道林·格雷的画像

[英] 奥斯卡·王尔德________著　孙宜学________译

浙江文艺出版社
Zhejiang Literature & Art Publishing House

果麦文化 出品

奥斯卡·王尔德 | Oscar Wilde

（1854—1900）

序言

艺术家是美的事物的创造者。

呈现艺术，隐去艺术家是艺术的目的。

批评家能把自己对美的事物的印象，转换成另一种形式，甚至全新的内容。

批评的最高形式，也是最低形式，是自传体的。

那些在美的事物中发现丑的含义的人是堕落而毫无魅力的。这是过错。

那些在美的事物中发现美的含义的人是有教养的。他们还有希望。

懂得美的事物仅仅意味着美的人，才是上帝的选民。

书没有道德和不道德之分，只有写得好的和写得差的，仅此而已。

十九世纪对现实主义的厌恶，如同从镜子里照见自己面孔的卡利班[1]的狂怒；

十九世纪对浪漫主义的厌恶，则是从镜子里照不见自己面孔的卡利班的狂怒。

人的道德生活只是艺术家创作题材的一部分，而艺术的道德在于完美地运用不完美的素材。

1. 卡利班：莎士比亚戏剧《暴风雨》中公爵普洛斯彼罗凶恶丑陋的奴仆。

艺术家并不想证明什么，即使真实可以被证明。

没有艺术家有道德上的同情。艺术家道德上的同情会造成不可饶恕的矫揉造作的风格。

从不存在病态的艺术家。艺术家可以表达一切。

对艺术家来说，思想和语言是艺术创作的工具；

对艺术家来说，罪恶与美德是艺术创作的素材。

从形式的角度看，音乐家的艺术涵盖了一切艺术类型；

从情感的角度看，演员的技艺涵盖了一切艺术类型。

一切艺术既有外表，又有象征。

若有人要钻到外表的下面，那后果自负；

若有人要解读象征的内涵，那后果自负。

艺术真正反映的是观众，而不是生活。

一件艺术品引发不同的观点，正体现了作品的新颖、复杂、重要；

当批评家们意见分歧，艺术家却与自身一致。

制造出有用之物的人是可以原谅的，只要他不崇拜它；

制造出无用之物的唯一借口，就是制造者狂热地崇拜它。

一切艺术皆无用。

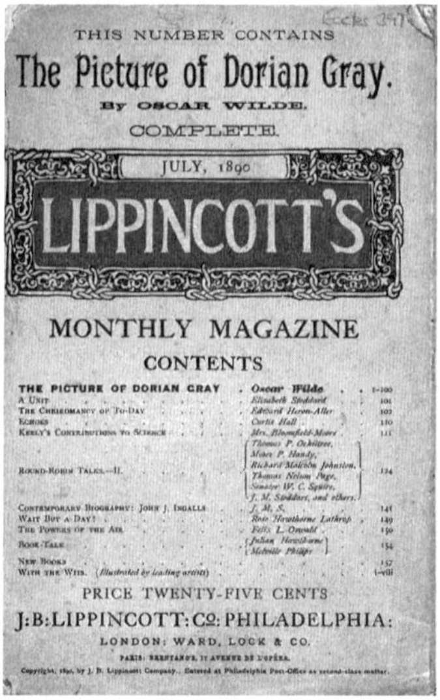

THIS NUMBER CONTAINS

The Picture of Dorian Gray.

By OSCAR WILDE.

COMPLETE.

JULY, 1890

LIPPINCOTT'S

MONTHLY MAGAZINE

CONTENTS

THE PICTURE OF DORIAN GRAY	Oscar Wilde	1–100
A UNIT	Elizabeth Stoddard	101
THE CHEIROMANCY OF TO-DAY	Edward Heron-Allen	102
ECHOES	Curtis Hall	110
KEELY'S CONTRIBUTIONS TO SCIENCE	Mrs. Bloomfield-Moore	111
ROUND-ROBIN TALKS.—II.	Thomas P. Ochiltree, Moses P. Handy, Richard Malcolm Johnston, Thomas Nelson Page, Senator W. C. Squire, J. M. Stoddart, and others.	124
CONTEMPORARY BIOGRAPHY: JOHN J. INGALLS	J. M. S.	141
WAIT BUT A DAY!	Rose Hawthorne Lathrop	149
THE POWERS OF THE AIR	Felix L. Oswald	150
BOOK-TALK	Julian Hawthorne, Melville Philips	154
NEW BOOKS		157
WITH THE WITS. (Illustrated by leading artists)		i–viii

PRICE TWENTY-FIVE CENTS

J. B. LIPPINCOTT CO. PHILADELPHIA:

LONDON: WARD, LOCK & CO.

PARIS: BRENTANO'S, 17 AVENUE DE L'OPÉRA.

Copyright, 1890, by J. B. Lippincott Company. Entered at Philadelphia Post-Office as second-class matter.

《道林·格雷的画像》是王尔德唯一一部长篇小说，

于 1890 年 7 月开始在《利平科特》杂志上连载，并于次年出版单行本。

图为连载时的封面。

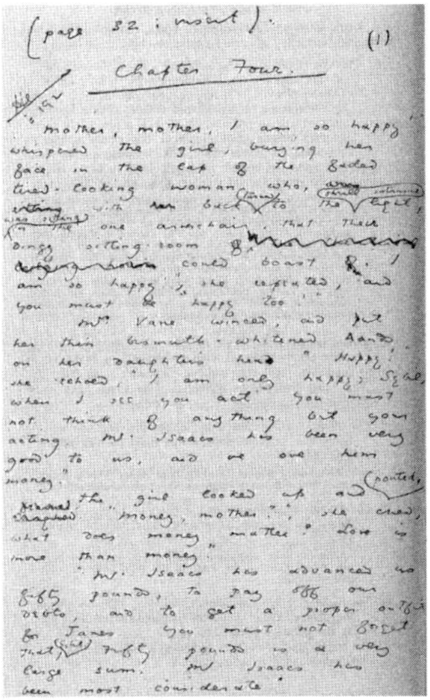
(page 32: insert).

(1)

Chapter Four.

"Mother, mother, I am so happy!" whispered the girl, burying her face in the lap of the faded tired-looking woman, who, with back turned to the shrill intrusive light, was sitting in the one armchair that their dingy sitting-room could boast. "I am so happy!" she repeated, "and you must be happy too!"

Mrs Vane winced, and put her thin bismuth-whitened hands on her daughter's head. "Happy!" she echoed, "I am only happy, Sibyl, when I see you act. You must not think of anything but your acting. Mr. Isaacs has been very good to us, and we owe him money."

The girl looked up and pouted. "Money, mother?" she cried, "what does money matter? Love is more than money."

"Mr. Isaacs has advanced us fifty pounds, to pay off our debts, and to get a proper outfit for James. You must not forget that, Sibyl. Fifty pounds is a very large sum. Mr Isaacs has been most considerate."

《道林·格雷的画像》的部分手稿

道林・格雷

第一章

浓郁的玫瑰香漫溢画室，夏日的微风轻拂花园里的树木，穿过敞开的门，传来阵阵紫丁香的馥郁，或是绽放着粉色花的荆棘的幽然清香。

亨利·沃顿勋爵侧卧在波斯毛布料长沙发的一角，像往常一样抽着烟，已数不清这是第几根了。映入他眼帘的是蜜一样香甜、蜜一样色泽的金链花的微光，抖颤的枝条似乎难以承载它火焰般绚丽的花朵。飞鸟奇妙的剪影，时不时地掠过遮住大窗的柞蚕丝绸的窗帘，瞬间产生了日本画的效果。这令他想起东京那些脸色苍白如玉、神情疲惫的画家，他们以必要的静态艺术手法想要表达迅捷和动感。蜜蜂发出沉闷的嗡嗡声，时而穿过没修剪的长草，时而不知疲倦地围着金色忍冬花打转儿，蔓生的忍冬花落满灰尘，静寂愈发压抑。从伦敦远远地传来模糊的喧嚣，像管风琴奏出的低音。

房间的中央支着笔直的画架，画架上夹着一幅全身画像，画像中的年轻人美貌惊人。画像前不远的地方正坐着画家本人，巴兹尔·霍华德。几年前，他的突然失踪曾在公众间引起极大兴趣，也招致了各色奇怪的猜测。

画家打量着自己精心创作的清奇俊美的艺术形象，脸上浮起得意的微笑，似乎沉醉其中。但他突然受惊一般跳起，闭上眼睛，用手指捂住，仿佛要把某个奇特的梦锁在脑中，唯恐自己从中一下醒来。

“这是你最好的作品，巴兹尔，你所有作品中最好的一幅，”亨利勋爵说，带着些许倦意，“明年你一定要把它送到格罗夫纳画廊去。皇家艺术学院太大，也太俗。每次我到那儿，要么人多得看不见画——那当然很糟糕，要么画多得看不见人——那更糟。格罗夫纳画廊的确是唯一值得送去的地方。”

“我可不想把画送去什么地方。”巴兹尔答道。他向后甩着头，奇怪的样子可是当年牛津朋友们的笑料。“不，哪儿也不送。”

亨利勋爵眉毛一挑，透过淡淡的蓝色烟圈，吃惊地看着巴兹尔。烟正从掺有大量鸦片的香烟中冒出来，升起奇异的螺旋形烟圈。“哪儿都不送？老兄，为什么？理由呢？你们画家真是古怪！不遗余力地去追逐名望，而一旦到手了，却好像要弃之不顾。你真是傻，因为世上比被人议论更糟糕的只有一件事，那就是没人议论。这幅画像不仅能让你超越英国所有的年轻人，还会招致老年人的妒忌，如果他们还能动情的话。”

“我知道你会嘲笑我的，”他回应道，“但我真不想将画送去公开展览，我在这幅画里倾注了太多的自我。”

勋爵在长沙发里伸了一下懒腰，大笑。

“我知道你不会错过这个嘲笑我的机会，但尽管如此，我仍实话实说。”

“倾注了太多的自我在里面！我发誓：亲爱的巴兹尔，我不知道你还如此虚荣。我实在看不出你和画像之间有何相似之处。你面孔粗糙、僵硬，头发黑得像煤，而这个年轻的阿多尼斯[1]，他看起来像用象

1. 阿多尼斯：希腊神话中的美少年，为爱与美的女神阿芙洛狄忒所爱。

牙和玫瑰叶制成的。啊，我亲爱的巴兹尔，他是那喀索斯[1]，而你——好吧，当然，你有理智的神情，以及诸如此类的东西。但是美，真正的美恰恰终结于理智神情出现的那一刻。理智本身就是一种夸张的形式，会破坏脸部的和谐。人一旦坐下来思考，就变得只有鼻子或只有额头，或者某种可怕的东西。看看那些需要高深学识的行业中的成功人士吧，他们真是让人极其厌恶！不过在教堂里的神职人员例外，因为他们不用动脑筋，一位八十岁的主教，一直说着他十八岁时人们教他说的话，结果，他自然而然总是令人极其愉悦。你那神秘的年轻友人，你从未告诉过我他的名字，但他的画像可真令我神魂颠倒。他从不思考，对此我深信不疑。他就是相貌迷人头脑空白的那一类。冬天我们无花可看，他就该一直待在这儿；夏天也一样，夏天我们需要某种东西来清醒我们的理智。别太自鸣得意了，巴兹尔，你跟他可是一点儿都不像。”

“你并不了解我，哈利[2]，”艺术家回答说，“当然，我并不像他，这点我非常明白。说实话，若我像他，反而让我遗憾了。你为何耸肩？我说的可都是实话。才貌超群者往往背负宿命的悲哀，纵观历史，这种宿命总是紧随帝王蹒跚的步伐。我们最好不要与自己的同类有别。丑陋的和愚笨的人在世间往往占得先机，他们可随性而坐，看戏时大张着嘴。如果他们对成功一无所知，那他们也就不知失败的痛苦。他们过着我们所有人都应过的那种生活——没有烦扰、平庸无奇、心平气和。他们既不会毁灭别人，也不会被别人毁灭。哈利，你

1. 那喀索斯：希腊神话中的美少年，因迷恋自己在水中的倒影而死，死后化为水仙。
2. 哈利：亨利勋爵的昵称。

的地位和财富；我的才智，虽然价值不大；我的艺术，不论它们价值几何；道林·格雷好看的容貌——这些皆为老天所赐，我们都得为此付出代价，可怕的代价。”

“道林·格雷？这就是他的名字？”亨利问道。他穿过画室走到巴兹尔·霍华德面前。

“对，是他的名字，我并没打算告诉你的。”

“为什么不？”

“哦，我也说不清楚。当我心有挚爱时，我绝不向任何人说出他们是谁，说出来就好比一点点出卖他们。我愈来愈喜爱隐秘了，这样似乎能使我们体会到现代生活的秘密和美妙。最最普通的事，只要掩盖起来，就变得妙不可言。如今，我外出从来不告诉身边的人，如果说出来了，我就兴致全无。我敢说，这是一种愚蠢的习惯，但这样好像给生活增添了很多浪漫色彩。我想你一定认为我蠢透了，不是吗？”

“一点也不。”亨利勋爵说，“一点也不，我亲爱的巴兹尔。你似乎忘了，我可是已婚男人，而婚姻的魅力之一就是：它把生活中的欺骗变成了夫妻双方所必需的。我从不知道我太太在哪里，她也不知道我在做什么。当我们见面时——我们偶尔会见面，一起出去吃个饭，或者去公爵大人那儿——我们都会一本正经地讲些最荒唐的故事。我太太在这方面非常擅长——事实上，比我高明得多。她从来不会搞混约会时间，而我却总弄错。但她发现我出去厮混也从不吵闹。有时我倒希望她闹一闹，但她呢，只是嘲讽我一番。”

“哈利，我不喜欢你这样谈论自己的婚姻，”巴兹尔·霍华德边说边慢慢地走向通往花园的门，“我相信你一定是个非常好的丈夫，但你却深深愧疚于自己的德行。你是个了不起的家伙，从不假道学，也从不做什么坏事。你只是摆出一副愤世嫉俗的姿态罢了。”

“顺其自然才是一种姿态，而且是据我所知最令人恼火的姿态。”亨利勋爵笑着嚷道。两个年轻人一起走到花园里，坐在月桂树荫下的长竹椅上。阳光顺着光亮的树叶洒下，草丛里，白色的雏菊在风中微微抖动。

过了片刻，亨利掏出表，轻声说：“巴兹尔，我要走了。走之前，我还是要你回答一下我前面问过的问题。”

“什么问题？”画家问，眼睛一直盯着地面。

“你心里很清楚。”

“我不清楚，哈利。”

“好吧，那我来告诉你。我要你解释为何不展出道林·格雷的肖像。我想知道真正的原因。”

“我已经把真实的原因告诉你了。”

“不，你没有。你说是因为在画里倾注了太多的自我。啊呀，这种解释太幼稚了。”

“哈利，”巴兹尔·霍华德直视着他说，“每一幅画家用感情所作的肖像都是艺术家本人，而不是坐在那里的模特。模特只是提供了一种偶然或者诱因。画家在彩色画布上所表现的是画家本人，而不是模特。我不想展出这幅画的原因在于：我恐怕在画中表露了自己内心深处的秘密。”

勋爵朗声大笑。“什么秘密？”他问。

“我会告诉你的。”画家说，但他脸上流露出困惑不解的表情。

“巴兹尔，我可是满心期待啊。”他的朋友接过话，扫了他一眼。

“唉，实际上真没什么好说的，哈利，”画家说，“我恐怕你理解不了，也可能觉得难以置信。”

亨利微笑着俯身从草地上摘了一朵粉色花瓣的雏菊，一边端详一边答道：“我确信我会理解的。”他凝视着这个小小的、金色带白毛的花蕊儿，“至于信不信的问题，只要不可信的，我都相信。”

风吹落了树上的一些花朵，一簇一簇星状的沉甸甸的紫丁香在慵懒的空气中来回摆动。一只蚱蜢在墙上聒噪，纤细的蜻蜓扇动着棕色的薄翼，如同一条蓝线飞过。亨利觉得似乎都能听到巴兹尔·霍华德的心跳声，不知道下一刻会发生什么。

“事情很简单，”画家过了一会儿说，“两个月前，我去布兰登夫人家聚会。你是知道的，我们穷画家总要时不时地在社交界露一下脸，无非想提醒大家我们可不是什么野蛮人。正如你曾对我说过的那样，任何人，哪怕是股票经纪人，只要晚礼服配上白领结，都会博得彬彬有礼之名。好吧，我在房间里待了大约有十分钟，正敷衍那些体态臃肿、珠光宝气的贵妇人和乏味的学究时，猛然发现有人正看着我。我侧过身，第一次看到了道林·格雷。当我们四目相对，我感觉自己顿然苍白失色。一种难以理解的恐怖感攫住了我。我意识到自己面对着的是一个纯粹的人格魅力如此令人迷醉的人，如果我纵容自己沉溺其中，那么我的全部天性、我的整个灵魂，甚至我的艺术本身，都会被它吞没。我可不想自己的生活受到任何外部影响。哈利，你是知道的，我天性独立，自己的生活自己做主，一向如此，直到我遇到了道林·格雷。随后——但我真不知道如何向你解释——有某种迹象似乎向我表明，我的生活已处在可怕的危机边缘。我产生了一种奇怪的感觉：命运为我储备了极度的欢愉和极度的悲伤。我越来越怕，转身离开了房间。我这样做与良知无关：这是因为我的怯懦。一心想着逃离不是什么光彩的事情。”

“巴兹尔，良知和怯懦原本就是一回事。良知只是公司的商号，仅仅如此。”

“我不相信，哈利，我也不相信你相信。然而，不管我的动机如何——也许是出于骄傲，我向来如此——我挣扎着走向门口，不用说在门口撞到了布兰登夫人。‘霍华德先生？你不会这么快就开溜了吧？’她尖声说。你知道她那奇特的刺耳嗓音吗？”

“是的，她的一举一动都像一只孔雀，除了美貌。”亨利勋爵边说边用他纤长不安的手指扯碎一朵雏菊。

“我不能摆脱她，是她提携我接近王族和拥有各种勋章的人，还有那些佩戴着夸张头饰、长着鹦鹉鼻子的年老名媛。她把我说成她最亲密的朋友。我之前只见过她一面，但她一门心思吹捧我。我相信，我的一些画在那时获得了巨大的成功，至少小报上已有如此评论，而这些评论则是十九世纪画作不朽的标准。我突然发现自己与那个年轻人四目相对，他的人格魅力如此奇怪地在我心中掀起了波澜。我们离得很近，几乎能触碰彼此。当我们再次四目相对，我竟不顾一切地请布兰登夫人介绍我认识他。或许这称不上轻率，毕竟我们的相识原本就不可避免。即便没有人介绍，我们也会彼此交谈，我对此确信不疑。后来道林也这么说——他也觉得我们命中注定会相识。”

“布兰登夫人是怎么形容这个奇妙的年轻人的？”同伴问道，“我知道她善于几句话就把所有的宾客介绍一遍。我记得她把我带到一个一脸凶相、红脸膛、浑身挂满勋章和绶带的老绅士面前，就对我耳语起来。不幸的是，透过她那嘶嘶的嗓音，那位老绅士最耸人听闻的细节让房间里的每一个人都听到了。我只得落荒而逃。我喜欢自己去了解一个人。布兰登夫人待她的客人，完全就像拍卖师对待拍卖品一样。她要么什么都说，要么讲得事无巨细但就是不说你想知道的。”

“可怜的布兰登夫人！哈利，你可真刻薄！”霍华德无精打采地说。

“老兄啊，她本意要搞个沙龙，却只成功开了一个饭厅，让我如何仰慕她？但告诉我，她是怎么讲道林·格雷的？”

“啊，大致是这样的：‘可爱的孩子——他可怜的、亲爱的妈妈跟我形影不离。啊，全忘了这孩子是做什么的了——恐怕他——啥也不做——啊，对！弹钢琴——或者拉小提琴，亲爱的格雷先生，对吗？’我俩都忍不住大笑起来，立刻成了好朋友。”

“对友谊来说，笑声确实是个不错的开端，同时也是最好的结局。”年轻的勋爵说着，顺手又扯了一朵雏菊。

霍华德摇摇头。“哈利，你不理解何为友谊。”他低声说，“或者就敌意而言，何为敌意。你对人人都喜欢，也就是说，你对人人都漠然。”

“你这样讲对我太不公平了！”亨利勋爵嚷着，帽子往后一斜，抬头看着天上小小的云朵，像一束束打结的光滑的白丝绸飘过澄明而碧蓝的夏日长空，“是的，你对我太不公平了。对人们，我一贯是完全区别对待的。我交朋友，都是因为他们长得好看；我结识人，都是因为他们有好的性格；我选敌人，都是因为他们有智慧。人在选择自己的敌人时再谨慎也不为过。没有一个傻瓜堪当我的敌人，他们都是智力超群之流，因此他们都欣赏我。我这样是不是太自负了？我想是相当自负了。”

“我认为是的，哈利。但根据你对人的分类，我也只能算作你的熟人了？”

“我亲爱的巴兹尔，你怎么可能仅仅是我的熟人呢？”

“基本上还不算朋友。我想，属于兄弟一类。”

“啊，兄弟！我才不在乎什么兄弟不兄弟的。我的哥哥总是不死，我的弟弟们却一心找死。”

“哈利！”霍华德皱着眉头大叫一声。

“我亲爱的老兄，我不是当真这样想的，但我忍不住厌憎我的亲戚。我想这都是因为我们无法容忍别人和我们有一样的毛病。我十分认同英国反对所谓上层社会恶习的民主风潮。民众觉得，酗酒、愚蠢、伤风败俗是他们特有的财产，我们中间要是有谁干了蠢事，那就好比入侵了他们的领地。当可怜的萨斯沃克走进离婚法庭时，他们就群情激愤。而我并不认为，百分之十的无产阶级在过着正确的生活。”

“你说的话我一个字都不同意，而且，哈利，我相信你也就是说说而已。”

亨利勋爵捋着自己尖尖的棕色胡须，用带着流苏的乌木手杖点了点自己穿着漆皮靴子的脚尖。“巴兹尔，你真是彻头彻尾的英国人啊！这已是你第二次这样讲了。如果有人向一个真正的英国人说出一个想法——这样做总归是轻率的——他绝不会考虑这个想法是对还是错，他唯一看重的是说的人自己是否相信。哎，一个想法的价值与说出这个想法的人是否真诚无关。实际上，很可能一个人越不诚恳，他的想法就越是纯粹理性的，而一旦如此，他的想法就不会被他的需求、欲望以及偏见所左右。然而，我不打算与你探讨什么政治学、社会学和玄学。我喜欢人远胜于原则，而且，我喜欢没有原则的人远胜过世间的一切。再给我说说道林·格雷吧，你多久见他一次？”

“天天见。一天见不到他，我就不开心。我绝对需要他。”

“真是不同寻常啊！我还以为你心里只有艺术呢。”

“他现在就是我全部的艺术，”画家一脸严肃地说道，“有时候我想，哈利，在世界历史上，只有两个重要的时代。第一个是新的艺术手段的出现，第二个是新的艺术人格的出现。正如油画的发明之于威尼斯人的价值，安提诺乌斯[1]之于晚期希腊雕塑的价值，将来某一天道林·格雷的容貌之于我，也具有同样的价值。我不仅仅是照着他画油画、素描、速写。当然，这些我全做过。但他对我而言不仅仅是个模特或者坐着被画的人。我不想告诉你，我不满意自己画的所有道林·格雷的画像，或者说，他的美超出了艺术的表现能力。没有什么是艺术表现不了的，我也知道，自从遇到了道林·格雷，我所完成的作品都很好，都是我迄今为止最好的作品。但他的人格魅力以某种奇怪的方式——我不知道你是否能理解——向我指明了一种全新的艺术表达方式，全新的风格模式。我看事物的方式不同了，思考方式也不同了。我现在可以用以前看不到的方式再现生活。‘在思想的白昼，实现形式之梦’——我忘了这是谁说过的话了。[2]但这正是道林·格雷之于我的价值。只要这个小伙子出现在我眼前——因为在我看来他只是个小伙子，尽管他实际上已经二十多岁了——只要他出现在我眼前——啊！我不知道你是否明白那意味着什么，他不知不觉就为我定义了一个新流派的线条，这个流派包含了浪漫主义精神的一切激情，以及希腊精神的尽善尽美。灵魂和肉体的和谐统一——那是多么重要啊！而我们却已疯狂地把两者分离，创造出一种粗俗的现实主义和一个空洞

1. 安提诺乌斯：希腊人，罗马皇帝哈德良的同性情人。他死后哈德良皇帝悲痛万分，下令大量制作他的雕塑，置于帝国的每个角落。
2. 来自英国诗人奥斯丁·杜布森（Austin Dobson，1840—1921）的诗《致一个希腊女孩》。

的理想。哈利！要是你知道道林·格雷对我而言多么重要就好了！你记得我那张风景画吗，阿格纽画商给我开出了那么高的价格，但我仍不肯出手的那张？这是我画过的最好的作品之一。这幅画为什么会这样？因为，当我作这幅画时，道林·格雷就坐在我一旁。某种微妙的影响透过他传给了我，我平生第一次在朴实无华的树林中，看到了自己总是在寻找又总是错过的奇迹。”

“巴兹尔，这是异乎寻常的！我必须见见道林·格雷。”

霍华德站起来，在花园里走来走去。过了一会儿，他回来了。“哈利，”他说，“道林·格雷对我来说仅仅是艺术的主题，你从他身上可能什么也看不到，我从他身上却能看到一切。他的形象不在我的画中时更是无所不在。正如我说过的，他暗示着一种新方法。我在某种曲线中，在某种微妙、灵动的色彩中，都能找到他。如此而已。”

“那你为什么不展出他的肖像？”亨利勋爵问。

“因为我无意中在画像里表达了这种奇怪的艺术化的偶像崇拜。当然，我从未对他说起此事，他对此一无所知，也永远不会知道这一切。世人可能会猜测到，但我不会把我的灵魂坦露给那些肤浅的、爱捕风捉影的眼睛。我的心永远不会放在他们的显微镜下。我在这幅画里投入太多自我了，哈利——投入太多自我了。”

“诗人们不会像你这样谨小慎微。他们知道激情多么有助于作品发表。如今，一颗破碎的心就会让书一版再版。”

“他们的这种做法让我生厌，”霍华德喊道，“艺术家应该创造美好的事物，但不应该把自己的生活也投入进去。在我们生活的这个时代，人们似乎只把艺术视为一种自传的形式。我们已经失去了抽象意义上的美感。将来有一天，我会向世界展示什么是抽象的美，而为此，世界将永远看不到我的道林・格雷画像。”

“我认为你是错的，巴兹尔，但我不想与你争论。争论的人只会失去理智。告诉我，道林・格雷很喜欢你吗？”

画家思索片刻，“他喜欢我。”他顿了一下回答道，“我知道他喜欢我，当然我也竭力取悦他。我发现，对他说那些我自知不该说的话，会让我产生一种奇异的快感。通常，他使我迷醉，我们坐在画室里，什么都谈。然而，他时不时又不顾及他人，似乎以给我痛苦为乐。这之后，我就会觉得，哈利，我把我的整个灵魂都给了某个人，而这个人似乎只把它当成一朵花，插在外套纽扣孔里，只是装点他虚荣心的一个小饰品，夏日的一种点缀。”

“巴兹尔，夏日总是蹒跚着不愿离去。”亨利勋爵喃喃道，“或许你会比他厌倦得更快，一想到此我就觉得可悲，但无疑天赋比美貌更持久，这也是我们都拼命接受过多教育的原因。在疯狂的生存竞争中，我们都希望拥有某种持久不灭的东西，所以我们用垃圾和事实填满我们的思想，愚蠢地希望保持自己的地位。无所不知的人——这就是现代人的理想。而无所不知的人的思想让人感到恐怖。它就像一个小古董店，里面只有怪物和灰尘，一切都价过其实。我想你依然会先生出厌倦。将来有一天，你会审视你的朋友，你会发现他与你的画有些不协调，或者你不喜欢他的色调，诸如此类。你会在内心狠狠责备他，严肃地认为他在你面前的表现很不好。下次他再来访时，你会极其无情和冷漠。这将是一个巨大的遗憾，因为这将改变你。你所告诉我的事确实很浪漫，或许可以称作艺术的浪漫，而任何浪漫的最坏之处，就是置人于不浪漫的境地。”

“哈利，不要这样说。只要我活着，道林・格雷的人格魅力就会支配我。你无法感受到我的感受，你太善变了。”

“啊，亲爱的巴兹尔，那恰是我能感受到的原因。忠诚之人只了解爱庸常的一面，不忠诚之人才知道爱的悲伤。”亨利勋爵在一只精致的银盒上擦着火，开始自得自满地抽起烟来，好像自己用一个短句就概括了整个世界。叽喳鸣叫的麻雀在常春藤光亮的绿叶间穿行，蓝色的云影像燕子一样追逐着飘过草坪。多么让人赏心悦目的花园！他人的喜怒哀乐多么令人愉悦！——在他看来比思想更让人愉悦！自己的灵魂，朋友们的激情——这些都是生活中迷人的事情。他静静地、饶有兴味地想象着自己因为在巴兹尔这里待了太久而错过的一顿乏味午餐。如果他去了姑母家，他一定会在那儿遇到“好人”勋爵，他的谈话无不围绕着让穷人有饭吃以及样板廉租房的必要性。每一个阶层都会宣扬那些美德的重要性，而在他们自己的生活中却没有必要践行。富人会谈论节俭之可贵，游手好闲者会滔滔不绝议论劳工的尊严。而能逃过这些，他真是惬意！当他想到自己的姑妈时，亨利似乎一下子想起了什么。他转过身对霍华德说：“我亲爱的朋友，我刚刚记起来了。”

“记起了什么？哈利。”

“我在哪儿听到过道林·格雷这个名字。”

“在哪儿？”霍华德微微皱了皱眉，问道。

“不要一脸怒气好吧，巴兹尔。是在我姑母阿加莎家，她告诉我她发现了一个奇妙无比的年轻人，可以帮她在伦敦东区[1]做点事情，他的名字就叫道林·格雷。我敢肯定，她从来没有告诉过我这个年轻人长得那么美。女人对于美貌没有鉴赏力，至少好女人都如此。她说他

1. 伦敦东区：英国伦敦东部、港口附近地区，曾是个拥挤的贫民区。

很热心，性情也很好。我立刻想象出一个戴着眼镜、头发平直、雀斑多得吓人、大脚拖沓而行的家伙。我所知道的如果是你的这个朋友就好了。”

“我很高兴你还不知道，哈利。”

“为什么？”

“我不想让你见到他。”

“你不想让我见到他？”

“不想。”

“先生，道林·格雷先生在您的画室了。”管家来到花园禀告。

“你现在必须介绍我们认识了。”亨利勋爵大笑着说。

“请格雷先生稍候片刻，帕克。我一会儿就过去。”画家转过身，对在阳光下眨巴着眼睛的管家说。管家躬了一下腰，原路折回。

随后，画家看着亨利勋爵，说：“道林·格雷是我最亲爱的朋友，他性情单纯美好。你姑母对他的看法无比正确。别毁了他，别试图去影响他。你的影响会是坏影响。世界很广阔，有许多绝妙的人。别从我身边夺走一个赋予我的艺术一切魅力的人，我的艺术家生涯还要靠他。记住，哈利，我相信你。”他说得很慢，每一个字都像违心地从他嘴里硬挤出来似的。

“你真是废话连篇！”亨利勋爵笑着说，他拉着霍华德的胳膊，几乎是把他拉进了房间。

第二章

他们一进门，就看到了道林·格雷。他正背对着他们，坐在钢琴边，翻览着舒曼的《森林情景》乐谱。“你要把这个借给我，巴兹尔，”他喊道，“我要学，它们迷人极了。”

“这得看你今天坐姿如何了，道林。”

“哦，我都坐腻了，而且我也不要与我真人一样大小的画像。”小伙子说着，任性地在琴凳上转了一圈。他一看见亨利勋爵，一丝红晕便爬上脸颊，他猛地跳了起来，“请原谅，巴兹尔，我不知道你有朋友在。”

“这是亨利·沃顿勋爵，道林，我牛津的老友。刚才我还一直对他讲，你是多完美的模特儿，现在都被你毁了。”

“见到你并未让我扫兴，格雷先生，”亨利勋爵向前走去，伸出手，“我的姑妈常常向我谈到你，你是她最喜欢的人之一，而恐怕，也是她的受害者之一。”

“我现在上了阿加莎夫人的黑名单，”道林脸上露出一种滑稽的内疚表情，“上星期二，我答应和她一起去白教堂区[1]的一家俱乐部，我真把此事忘得一干二净了。我们本是要一起表演二重唱的——是三个

1. 白教堂区：位于伦敦东区。

二重唱，我想。不知道她会对我说什么，我吓得都不敢去见她了。”

“哦，我会让你和姑妈和好的。她可是很喜欢你呢。你没出场，我真没觉得有什么大不了。观众们可能真认为是二重唱。阿加莎姑妈一坐到钢琴前，她奏出的声响足有两个人那么吵。”

“这评价对她而言真是可怕，对我来说也不是好话。”道林·格雷笑着回答。

亨利勋爵看了看他。是的，他确是风流倜傥，嘴唇绯红，线条匀称，蓝眼睛清澈透明，金发柔卷。他脸上有种东西会让人立刻就相信他，那是年轻人的一切坦诚和纯洁的热情。你会觉得他远离了一切世俗的玷污，难怪巴兹尔·霍华德崇拜他。

“你真迷人，不该去做什么慈善，格雷先生——太迷人了。”亨利勋爵一屁股坐在沙发上，打开了烟盒。

画家一直在忙着调色，准备画笔，看起来满腹心事。当他听到亨利勋爵最后一句话时，他看了勋爵一眼，犹豫了一会儿，说：“哈利，我想今天把这幅画画好，如果我请你走开，你是不是觉得我很粗鲁？”

亨利勋爵笑了，他看着道林·格雷，问：“我要走吗，格雷先生？”

“哦，请不要走，亨利勋爵。我知道，巴兹尔又闷闷不乐了，他一生气，我就受不了。而且我还想请你告诉我，为什么我不应做慈善。”

“我不知道要不要告诉你，格雷先生。这个话题太冗长乏味，得正儿八经地谈。但既然你请我留下来，我自然就不会走了。你不会真在乎的，巴兹尔，对吧？你经常对我说，你喜欢有人与你的模特聊天。”

霍华德咬住了嘴唇："如果道林希望如此，你当然应该留下。道林的一时兴起对谁来说都是法律，只他自己除外。"

亨利勋爵拿起他的帽子和手套。"你在给我施压啊，巴兹尔，但恐怕我仍得走。我已约人在奥尔良俱乐部碰头。再见，格雷先生。哪个下午有空，你可到柯曾街看我。五点我一般都在家。你若来，提前给我写信。要是见不到你，我会觉得可惜的。"

"巴兹尔，"道林·格雷叫道，"要是亨利勋爵走，我也走。你画画时总是一言不发，而我站在画台上，还要尽力保持一副高兴的模样，真是无聊得可怕。请他留下来，我坚持。"

"那就留下吧，哈利，既是为道林，也是为我，"霍华德一边说，一边目不转睛地盯着自己的画，"的确如此，我画画时从不说话，也不听别人说话。做我的模特，真是不幸，一定觉得乏味得可怕。求你了，留下吧。"

"但我约在奥尔良俱乐部的人怎么办呢？"

画家笑了："我想那没什么难办的。再坐下来吧，哈利。道林，你现在站到画台上去，别动来动去，也别理会亨利勋爵说什么。他对他的所有朋友都只施加坏影响，唯我例外。"

道林·格雷迈步走上画台，活像一个年轻的希腊殉道者。他微微噘了噘嘴，以示对亨利勋爵不满，而实际上，他对亨利勋爵很有好感。勋爵与巴兹尔完全不是一路人，两人的对比饶有趣味，勋爵的嗓音也很好听。过了一会儿，道林对亨利勋爵说："你的影响真有那么坏吗？就像巴兹尔所说的那样坏？"

"世上没有'好影响'这种东西，格雷先生。所有影响都是不道德的——从科学的角度看，都不道德。"

“为什么？”

“因为影响一个人，就是把自己的灵魂给他。他就不会依从自己的天性思考，或让自己天性的激情燃烧。他的美德不真的属于他。他的罪孽，要是有罪孽存在的话，也都是借来的。他成了别人音乐的一个回声，一个并非为他而写的剧本中的演员。生活的目的就是自我进步，要完全释放自己的天性——这是我们每个人来到人世的目的。现如今，人们竟怕起自己来了。他们忘记了自己的最高职责，即对自己应负的责任。当然，他们慈悲为怀。他们让饥者有食，让乞者有衣，但他们自己的灵魂却饥肠辘辘，赤身裸体。我们的种族已勇气尽失。或许我们就从来没真有过勇气。害怕社会，这是道德的基础；害怕上帝，这是宗教的秘密——支配着我们的就只是这两种东西。然而……”

“你的头稍往右侧一点儿，道林，做个好孩子。”画家说，他沉浸于创作，只意识到年轻人脸上出现了一种他之前从未看到过的表情。

“然而，”亨利勋爵接着说，声音低缓动听，手优雅地挥动着，这是他在伊顿公学读书时就有的招牌动作，“我相信，如果一个人能活得充分、彻底，表现出每一种感情，表达出每一种思想，实现每一种梦想——我相信，世界会获得如此新鲜的喜悦的冲动，会因此使我们忘掉中世纪时代的所有弊病，重回希腊的理想——可能是某种比希腊理想更美好、更丰饶的东西。但我们中最勇敢的人也害怕自己。野蛮人的那种残缺，还悲剧性地残存在我们的自我否定之中，而这种否定，毁坏着我们的生活。我们因为自我否定而受到惩罚。我们竭力要压制住的每一种冲动都在头脑中孕育着，并毒害着我们。而肉体只要犯了罪，就与罪孽无关了，因为行动是净化的一种方式。除了快乐的回忆，或奢侈的悔恨，就什么都没有了。摆脱诱惑的唯一方法就是屈服于诱惑。若抵制它，你的灵魂就会渴望自己被禁止的东西，就会渴求那些被可怕的法律弄得可怕和非法的东西。这样，你的灵魂就会得病。据说，世间诸般大事都发生在头脑里。而正是在头脑里，且只是在头脑里，孕育了世间的大恶。你，格雷先生，就以你自己来说吧，红玫瑰一样的青年时光，白玫瑰一样的少年岁月，你曾拥有过的让自己都感到害怕的激情，那些让自己备受恐惧折磨的念头，那些让你一想起来就满脸羞愧的白天黑夜做过的梦……”

“别说了！”道林·格雷吞吞吐吐地打断勋爵说，“等一下！我被你搞糊涂了，不知该说什么了。你有自己的答案，可我找不到。你别说话，让我想想。噢，算了，还不如尽量不去想。”

他站在那里，一动也不动，嘴巴张着，眼睛亮得异常。就这样过了大约有十分钟，他迷迷糊糊地意识到，自己的内心受到了一种全新的影响。然而，这种影响却似乎正来自自身。巴兹尔的这位朋友对他讲的几句话——无疑，只是随口说说，而且带有刻意的悖论——却触动了他内心深处某根秘密的心弦，这根弦之前从未被触动过，但现在却以奇怪的节律搏动着。

音乐也曾如此让他悸动，多次让他煎熬，但音乐并不能清晰表达，它在我们内心创造的不是一个新世界，而是另外一种混乱。语言啊！只不过是语言！它们是多么可怕、清晰，又多么生动、残酷！谁都无法逃避它们。然而，它们有着一种多么微妙的魔力啊！它们似乎能赋予无形的东西以可塑的形状，并把自身变成一种音乐，像维奥尔琴或鲁特琴一样动听的音乐。只不过是语言啊！可还有什么比它们更真实？

是的，少年时代的他确有很多东西不懂。现在他懂了。生活于他忽然变得像火一样红。他似乎一直就是在火中行走着。为什么以前没觉察到呢?

亨利勋爵观察着他，脸上露出神秘莫测的微笑。他准确地知道何时是一言不发的最佳心理时机。他兴趣大增，对自己的话竟产生这种突然的影响力感到惊异，他想起了自己十六岁时读过的一本书，这本书向他揭示了很多他以前所不知道的东西，不知道林·格雷是否也在经历着相似的体验。他只不过无的放矢，箭竟中了目标？这小伙子真迷人啊！

霍华德画笔不辍，笔触大胆奇妙，内蕴真正的精美和完美的优雅，这归根结底只源于其艺术功力。他没有意识到这时的安静。

“巴兹尔，我不想站了，”道林·格雷突然叫起来，“我得出去走走，在花园里坐一会儿。这儿的空气让我觉得闷。”

“真抱歉，我的朋友。我一画起来，就不想任何其他事了。但你的姿势比以前都好，一动也没动。我已经得到了我要的效果——嘴唇半张，眼神明亮。不知道哈利对你说了什么，但肯定是他让你流露出了最奇妙的表情。我想他一直在恭维你吧。他说的话，你可一句也别信。”

“他当然没有恭维我。或许正因此，他说的话我一句都不信。”

“你知道你都信了，”亨利勋爵说着，用那种梦幻的带有倦意的眼睛打量着道林，“我同你一起去花园。画室里热坏了。巴兹尔，给我们弄点带冰块的东西喝，再放些草莓。”

“没问题，哈利。按一下铃即可，等帕克进来，我告诉他给你们准备。我得先把背景画好，再去找你们。别耽搁道林太久。我的工作状态从来没像今天这样好，这将成为我的杰作。它现在已经是我的杰作了。”

亨利勋爵走到花园里，发现道林·格雷正把脸埋在清凉丰硕的紫丁香花中，喝酒般贪婪地吸着它们的香气。他走到道林身边，把手放在他的肩上。“你那样做很对，”他低声说，“只有感官才能拯救灵魂，就像只有灵魂才能拯救感官一样。”

年轻人吃了一惊，朝后缩了缩。他头上没戴什么，树叶拨着他不安分的鬈发，缠着他金色的发丝。他的双眼露出了一丝恐惧，就像一个人突然被叫醒了。他轮廓明晰的鼻孔颤动着，某根隐秘的神经触动了他鲜红的双唇，任它抖个不停。

“是呀，”亨利勋爵接着说，“那是生活的伟大秘诀之一——靠感官拯救灵魂，靠灵魂拯救感官。你是一个奇妙的创造物。你所知远比你自己以为所知的要多，就像你所知远比你想知道的要少一样。”

道林·格雷皱起了眉头，转过头去。他忍不住喜欢上了身旁站着的这个高高的、优雅的年轻人。那橄榄色的浪漫脸庞和疲惫不堪的神情使他兴趣陡生；那低沉缓慢而懒散的嗓音里有一种极其迷人的东西；甚至那冰凉、白皙、鲜花一样的双手，也有一种奇异的魔力。他说话时，双手就像音乐一样舞动着，似乎有自己的语言。但他害怕眼前这个人，并因害怕而感到羞愧。为什么要让一个陌生人来向自己揭示自己的内心呢？他与巴兹尔认识已数月，但他们之间的友谊并未能改变自己。突然，他的生活中闯进来一个人，他似乎向自己揭示了生活的秘密。然而，这又有什么好怕的呢？他不再是个小男生或小女生了。感到害怕，实属荒唐。

“我们到树荫下坐坐吧，”亨利勋爵说，“帕克已经端来饮料，如果你在这种阳光下再待下去，你要被毁掉的，巴兹尔也绝不会再画你了。你一定不要把自己晒坏了，不能那样做。”

“那有什么关系？”道林·格雷叫道，他一边笑着，一边在花园一角的座位上坐下来。

“应该至关重要才是，格雷先生。”

“为什么？”

“因为你拥有最奇妙的青春，而青春是一件值得拥有的东西。”

“我没有那种感觉，亨利勋爵。”

“不，你只是现在没有感觉到。某一天，当你又老又丑，脸上爬满皱纹，当思考让你的额头光润尽失，刻满线条，当激情将其可怕的火焰烙上你的双唇，你就会感觉到了，强烈地感觉到。现在，无论你到哪里，你都会迷倒世界，但会永远这样吗？……你有一张美到极致的面孔，格雷先生。别皱眉，你确是如此。美是一种天才的形式——实际上，是一种高于天才的形式，因为它不需要解释。美是世上的一大客观存在，就像阳光、春光，或者如同我们称之为月亮的，银色贝壳般在黑水中的倒影。这是毋庸置疑的。它有自己神圣的自主权，它把占有美的人变成王子。你笑了？唉！当你失去美时，就不会笑了……人有时会说美只是一种肤浅的东西。或许如此，但至少不会像思想一样肤浅。对我而言，美是奇迹中的奇迹。只有浅薄之人才不以貌取人。世界真正的神秘存在于可见之物，而非不可见之物——是啊，格雷先生，诸神眷顾你，但诸神赐予你的，他们很快会再取走。你可以真实、完美、实在地生活的时间只有几年。一旦青春不再，你的美也会随之而逝，那时你就会突然发现，不会再有什么胜利的凯歌，或者你得用那些微不足道的胜利来取悦自己，而对往昔的回忆则会使这些胜利比失败还要让你痛苦。月复月兮，美渐消殒，迫你日渐接近某种可怕的东西。时间妒忌你，与你的花容月貌作战。

你会脸色灰黄，双颊下陷，目光呆滞。你会忍受可怕的痛苦……啊！当你拥有青春时，你就要认识到它。不要虚掷你的黄金岁月，去听冗长乏味的说教，试图弥补无望的失败，或把你的生命献给无知、庸常和低俗。这些是我们这个时代病态的目标，虚伪的理想。活着！活出你宝贵的内在生命。什么都不要错过，始终去寻找新的感受。无所畏惧……一种全新的享乐主义——正是我们这个世纪所需要的。你可能就是其实实在在的象征。凭你的个性，你无所不能。世界只有一个季节属于你……我与你相遇的那一刻，我就看出，你没有明确意识到自己究竟是怎样一个人，以及你实际上可以成为怎样一个人。你身上有那么多让我迷恋的东西，以至于让我觉得必须把关于你的一些事告诉你。我想，如果你虚度光阴，那会多么不幸。因为你的青春时光稍纵即逝——只有那么一点点时间。普通的山花谢了，还会再开；明年六月，金链花依然会像现在这样绽放金黄；一个月后，铁线莲就会长出星星状的紫花，年复一年，深绿色的叶子支撑着紫色的星。但我们却再也唤不回青春。我们二十岁时欢快搏动的快乐脉搏，现在变得柔弱无力了。我们四肢乏力，感官衰退。我们蜕变成了可怕的傀儡，只剩下曾令我们恐惧不已的激情，和我们没有勇气屈服于之的巨大诱惑，依然萦绕不去。青春啊！青春！除了青春，世界再无他物！”

道林·格雷听着，大睁着双眼，一脸困惑。一束丁香花从他手里落到砂砾上。一只毛茸茸的蜜蜂飞过来，围着花嗡嗡飞了一会儿。接着，它就在椭圆的放射状的满是小花朵的花球上，开始忙忙碌碌，爬上爬下起来。他饶有兴味地看着小蜜蜂，是那种奇怪的对琐屑小事的兴趣。我们往往是在害怕大事来临，或者是当受到一种新的情绪的刺激却又难以表达，或者是当某种让我们害怕的念头突然纠缠着头脑，迫使我们屈服时，才产生这种兴趣。过了一会儿，蜜蜂飞走了。他看见它钻进了泰尔红紫旋花的脏兮兮的花朵里。花似乎颤动了一下，随后轻轻地来回摇摆起来。

突然，画家出现在了画室门口，不时打着手势，让两人进去。他们相视而笑。

“我还等着呢，”他叫道，“进来吧。光线很完美，你们把饮料拿进来吧。”

他们起身，一起沿小路向画室走去。两只绿白相间的蝴蝶从他们身旁飞过，花园一角的梨树上，一只画眉开始鸣叫。

“你很高兴遇见了我，格雷先生。”亨利勋爵看着他说。

“是呀，我现在很高兴。但不知道我会一直这样高兴吗？”

“一直！这是个可怕的词，我一听到这个词就发抖。女人们总是喜欢用这个词，她们为了使浪漫永存而把浪漫破坏殆尽。这个词也毫无意义。一时兴起和终生不变的激情的唯一区别，就在于前者比后者更持久一些。”

道林·格雷挽着亨利勋爵的手臂走进画室。“既已如此，就让我们的友谊变成一时兴起的产物吧。”他细声说，因为自己的莽撞而双颊绯红。随后他迈上画台，按原来的姿势坐好。

亨利勋爵一屁股坐进一张大柳条扶手椅里，看着他。画笔划过画布上的沙沙声打破沉寂，除此之外，只有霍华德时不时退后几步，远远地打量作品的脚步声。斜阳透过敞开的门照射进来，灰尘在阳光中飞舞，一片金黄。浓郁的玫瑰花香似乎充溢了每一个角落。

过了约有一刻钟，霍华德停下了画笔，对道林·格雷凝视良久，又凝视画作良久，嘴里咬着大画笔的一头，皱着眉。“全画好了。”

他终于叫了一声，然后弯下身，在画布的左角用细长的朱红色字母写下了自己的名字。

亨利勋爵走过去，仔细打量眼前的画。这的确是件奇妙的艺术品，而且极为逼真。

“老兄，我向你致以最热烈的祝贺，”他说，“这是现代最精美的画像。格雷先生，来看看你自己吧。”

小伙子一下子跳了起来，似乎刚从梦中醒来。“真画好了？”他自言自语般地说着，从画台上走下来。

“画完了，”画家说，“你今天的坐姿好极了，我万分感激。”

“那全归功于我，”亨利勋爵插话说，“是不是，格雷先生？”

道林一言不发，看似漫不经心地从画像前走过，又转过身向画像走去。他一看到画，就连退几步，双颊一时间因愉悦而溢出了红晕。他的双眼透出一丝喜悦之情，像是第一次认识了自己。他一动不动地呆站在那里，朦朦胧胧地意识到霍华德在同他说话，但并不知道他在说什么。他像蒙赐天启似的，恍然意识到了自己的美。他以前从未有过这种感觉。巴兹尔·霍华德的赞美对他而言似乎只是出于友情的溢美之词，他听过，笑过，就忘了，它们对他的天性并未产生什么影响。刚才，亨利·沃顿勋爵发表了一番奇怪的赞美青春的言论，以及青春易逝的吓人警告。这些话当即就让他心动，而此刻，当他站在那里，凝视着自己可爱的画像时，亨利勋爵所描述的那种情景，真真切切地在他脑际里闪现。是呀，总会有那么一天，他会面容枯槁、皱纹密布、老眼昏花、目光呆滞，优雅的体型会走形变样，唇红会渐渐褪色，头发的金黄色会悄悄消失。塑造其灵魂的生命，则会毁坏他的肉体，他会变得可怕、丑陋、粗俗不堪。

一想到此，一阵剧痛袭来，犹如刀子穿身，他本性里的每一根细小的神经都在颤动。他的双眸渐渐变成了紫水晶色，蒙上了一层泪水。他觉得似乎有一只冰冷的手抓住了他的心。

“难道你不喜欢？”霍华德忍不住叫道，小伙子的沉默不语有些刺痛了他，他不太明白。

“他当然喜欢了，”亨利勋爵说，“谁会不喜欢呢？这是现代艺术中最伟大的一幅作品。我愿为之付出你所要的一切，我要定它了。”

“它不是我的财产，哈利。”

“是谁的呢？”

“当然是道林的。”画家回答。

“这家伙太幸运了。”

“真悲哀啊！”道林·格雷喃喃自语说，双眼仍紧紧盯着自己的画像，“真悲哀啊！我会变老，变得可厌可怕，但这幅画将会永远年轻，永远停留在六月这特别的日子里，不会变老……如果能反过来就好了！如果永远年轻的是我，而变老的是画，那该多好啊！为了这个……为了这个，我愿献出一切！对，我愿献出这世上我拥有的一切！我愿以我的灵魂交换！”

“估计你不大会喜欢这样的交易，巴兹尔，”亨利勋爵喊起来，边说还边笑了起来，“那样的话，你的作品就会皱纹密布了。”

“我强烈反对，哈利。”霍华德说。

道林·格雷转过头来，看着他：“我知道你会反对的，巴兹尔。你爱你的艺术甚于爱你的朋友。对你而言，我充其量只是一尊青铜像。我敢说还不如青铜像。”

画家诧异地盯着他，这太不像道林说的话了，究竟发生了什么事？他似乎非常生气，面红耳赤的，脸颊似在发烧。

“是的，”他接着说，“对你来说，我还不如你以象牙雕的赫耳墨斯神，或银制的牧神。你会一直喜欢它们。可你会喜欢我多久？我想，充其量等到我长出了第一条皱纹，你就会厌倦我。我现在明白了，无论是谁，一旦失去了好看的容貌，他就失去了一切。你的画让我懂得了这个道理。亨利·沃顿勋爵说得完全正确。人唯一值得拥有的只有青春。等我发现自己在变老，我就自杀。”

霍华德的脸色一下子变得苍白，他一把抓住道林的手。“道林！道林！”他叫道，“别这样说。我从来没有过一个像你这样的朋友，将来也不会再有。你不会嫉妒物质的东西，对吧？你比任何物质都美！”

“我嫉妒一切美永驻的东西，我嫉妒你为我画的肖像。为什么它能保持住我一定会失去的东西呢？时间每流逝一秒，我身上就会失去一点什么，而我丢失的东西，却都转交给了它。啊！如果正好反过来该多好！要是画像会变，而我永远保持现在这样该多好！你为何要画它呢？它总有一天会嘲笑我的——好好地嘲笑我一番！”一股热泪溢满了道林的双眼，他挣脱霍华德的手，一屁股坐到沙发上，把头埋在沙发靠垫里，似乎在祈祷。

“这都是你干的，哈利。”画家毫不留情地说。

亨利勋爵耸耸肩：“这才是真实的道林·格雷——仅此而已。”

“这不是。”

“如果不是，那与我何干？”

“我请你走开时，你就该走掉。”他咕哝着。

“是你请我留下，我才留下的。”亨利勋爵回答。

“哈利，我可无法同时与两个最好的朋友吵架，但经你们俩一搅和，却使我恨起自己迄今最好的作品来了，我要毁掉它。它只是画布和颜料，除此之外还有什么？我不会让它横亘在我们三个活人之间，伤害我们。”

道林·格雷从垫子上抬起满头金发的脑袋，面色苍白，泪眼模糊地看着霍华德。霍华德正向有窗帘的大窗子下的松木画桌走去。他在做什么呢？他的手指在一堆锡罐和已干的画笔中间摸来摸去，在找着什么。对，他在找那把长调色刀，刀用柔钢做成，刃很薄。终于找到了，他要去割画布。

小伙子一下子停住了抽泣，他从沙发上跳起，冲到霍华德身边，从他手里抢过刀子，扔到了画室的一角。“不要这样，巴兹尔，不要这样！”他叫道，“你这是谋杀！”

“我真高兴你终于欣赏我的作品了，道林。”画家冷静下来后，面无表情地说，“我之前真没想过你会喜欢这幅画。”

“喜欢？岂止如此！我爱上它了，巴兹尔。它就是我的一部分。我有这种感觉。”

“好吧，等你一干，我就给你上光，装上框，送你回家。然后，你爱怎么处置自己，就随你便了。”他走过房间，打铃要茶，“你当然会喝杯茶了，道林？你也一样，对不对，哈利？或者说，你们会反对这种简单的快乐？”

“我崇尚简单的快乐，”亨利勋爵说，“这是复杂之事最后的避风港。但我不喜欢戏剧，舞台上的除外。你们这两个家伙多可笑呀！我不知是谁把人定性成理性的动物。这是迄今为止最草率的定义。人有多面性，但就不是理性的。人终究是非理性的，对此我很高兴——虽然我希望你们两个不要为画像争吵不已。巴兹尔，你最好把画给我。这个傻小子并不真想要，我想要倒是真的。”

“只要你把画给了除我之外的其他任何一个人，巴兹尔，我都永远不会原谅你！”道林·格雷叫道，“而且我不允许有人叫我傻小子。”

“你知道这画属于你，道林。它还没问世我就把它给你了。”

“你知道你是有点傻，格雷先生。而且，你并不真的反对有人提醒你，说你非常年轻吧。”

“今天早晨我本该强烈反对你这么说的，亨利勋爵。”

“啊！今天早晨！从那时起你才真的开始生活了。”

敲门声响起，管家进来了，他端着装满茶具的茶盘，把它放在一张小巧的日本茶几上。杯碟叮当响了一阵，一把刻有凹槽纹的乔治王时代的茶壶咝咝作响着。一位侍者送进来两只球形茶碗。道林·格雷走过去，倒好茶。两人慢悠悠地踱到茶几边，打开盖子仔细察看。

“我们今晚去剧院吧，”亨利勋爵说，“肯定会有剧院上演什么戏。我已经答应去怀特家吃饭，不过只是与一位老朋友聚聚，所以我可以给他发个电报，说我病了，或者说后来我又有新约，所以没办法去了。我想这个借口更好：坦诚得让人大吃一惊。”

“穿正式服装真让人烦，”霍华德低语着，“何况穿上后还丑得要命。”

“是呀，”亨利勋爵漫不经心地回答，“十九世纪的服装让人厌恶，那么阴郁，那么压抑。罪孽是现代生活中残留的唯一色素。”

“在道林面前你真不应该说这样的事，哈利。”

“在哪一个道林面前？是为我们倒茶的，还是画里的？”

“哪一个都不行。”

“我想和你一起去剧院，亨利勋爵。”小伙子说。

“那你就来好啦。你也去吧，巴兹尔？”

“我真去不了。我还是不去的好，我还有很多事要做。”

“那好吧，就我们两个人去，格雷先生。”

“我求之不得。”

画家咬着嘴唇，拿着茶杯，向画像走去。“我与真道林待在一起吧。”他伤感地说。

“那是真道林吗？”画像的原型叫道，穿过房间向他走去，“我真像它？”

“是，你与它一模一样。”

“太妙了，巴兹尔！”

“至少你们外表真像。只不过画像永远不会改变，”霍华德叹口气说，“那还真不一般。”

“关于忠诚，人们真是过于小题大做了！”亨利勋爵喊道，“唉，即使就爱情而言，也纯粹只是生理学方面的问题。忠诚与我们的个人意志毫不相干。年轻人想忠诚，却做不到；老人不想忠诚，但没办法；我们能说的只有这些。”

“今晚就别去剧院了，道林，”霍华德说，“留下来陪我一起吃晚饭吧。”

“不行，巴兹尔。”

“为什么？”

“因为我已经答应亨利·沃顿勋爵，与他一起去剧院。”

“他不会因为你守信就多喜欢你一些。他自己就常食言。求你不要去了。”

道林·格雷大笑着摇了摇头。

“求你了。”

小伙子犹豫了一下，目光转向亨利勋爵，而勋爵也正从茶几那边看着他们，顽皮地微笑着。

“我必须得去，巴兹尔。”他回答。

“很好。”霍华德说着，走过去把杯子放在茶盘上，“已经很晚了，还得换衣服，你们最好别浪费时间了。再见，哈利。再见，道林。尽早来看我，明天就来啊。”

“一定。”

“你不会忘？”

“不会，当然不会。”道林叫道。

“还有……哈利！”

“什么，巴兹尔？”

“记住我的请求，今天早上我们在花园里说过的事。”

“我已经忘了。”

“我信任你。”

“但愿我能相信自己，”亨利勋爵大笑着说，“来吧，格雷先生，我的马车已在外边等着了，我可以把你送到家。再见，巴兹尔。真是一个很有意思的下午。”

门关上后，画家一下子坐在了沙发上，露出痛苦的神情。

第三章

第二天十二点半，亨利·沃顿勋爵从柯曾街一路漫步到奥尔巴尼大街，拜访舅舅福默勋爵。这是一位友好，但举止有一点儿粗鲁的老单身汉，外界说他自私，只是因为没从他手里捞到什么特别的好处。上流社会却认为他慷慨，因为只要让他高兴，他就乐于款待。伊莎贝拉年轻的时候，他父亲曾做过我们驻马德里的大使，而当时普里姆还默默无名。[1]后来因为没有获任巴黎大使，父亲一气之下离开外交界，因为认为凭自己的出身，偷懒的本领，一手写批文的好文笔，对纵情享乐的热情，这个职位非他莫属。儿子曾做过他的秘书，也同长官一起辞职了，当时大家都觉得他做得有点蠢。几个月后，儿子继承了爵位，开始专注于研究"无所事事"这种伟大的贵族艺术。他在市区有两幢大房子，但为图省事，他宁愿住在单间房里，且基本上都在俱乐部里吃饭。他也略费心思，打理打理英格兰中部诸郡的煤矿，他还为自己插手这类产业找了借口，说是拥有煤矿的一个好处，就是能让一位绅士体面地在壁炉里烧木柴。政治上他属于保守党，只不过在保守

1. 伊莎贝拉指波旁王朝的西班牙女王伊莎贝拉二世，于 1833 年至 1868 年在位，后改革派将领胡安·普里姆于 1868 年发动军事政变，伊莎贝拉因此流亡法国。

党执政期间，他却大骂保守党人是一群激进分子。对仆人而言，他是英雄，但仆人也欺侮他；对大多数亲戚而言，他反而是恐怖的象征，因为他总是欺侮他们。只有英国才能孕育出他这样的人，而他总是说这个国家就要堕落了。他的原则信条已经过时，但他却总能为自己的偏见找到一大堆辩辞。

当亨利勋爵走进房间时，看见这位舅舅身穿粗犷的猎装，正抽着雪茄，坐在那里读着《泰晤士报》，一边还咕哝着什么。“哦，哈利，”老绅士说，“什么风把你这么早就吹到这里来了？据我所知，你们这些花花公子不到两点不起床，不到五点是见不到你们人的。”

“纯粹因为家族亲情，确是如此，舅舅相信我。我想从你这里拿点东西。”

“又是要钱吧，”福默勋爵一脸苦笑，“好吧，坐下说清楚。现在的年轻人啊，认为钱就是一切。”

“是啊是啊，”亨利勋爵一边低声回应，一边解开外套的扣子，“年纪一变大，他们就懂这一点了。但我不要钱。只有需要付账的人才要钱，而我从来不付账，乔治舅舅。不是长子的好处就是可以赊账，过这种日子才叫舒心畅快呢。另外，我只与达特穆尔的生意人来往，因为他们从来不烦我。我想要的是信息，当然，不是有用的信息，而是无用的。”

“好啊，凡是《英国蓝皮书》里所写的，我尽可以告诉你，哈利，虽然那些家伙现如今只会写一堆废话。我在外交部任职的时候，情况还好些。我听说如今需经过考试才能进外交界，那样的话你还能指望什么呢？考试，先生，纯粹就是不折不扣的骗局。如果是一位绅士，他所知自然绰绰有余；而如果不是绅士，无论他知道什么，对其都有害无益。”

“《蓝皮书》里没有道林·格雷，乔治舅舅。”亨利勋爵无精打采地说。

“道林·格雷？此为何人？”福默勋爵问，他浓密的白眉毛拧成了结。

“这正是我过来想了解的，乔治舅舅。不如这么说，我知道他是何人。他是克尔索勋爵的最后一位外孙。他母亲属于德福洛家族，玛格丽特·德福洛夫人。我想请你给我说说他母亲，她长什么样？和谁结的婚？你对你同时代的人几乎无所不知，所以你也可能认识她。我现在对格雷先生很有兴趣。我刚与他见过面。”

“克尔索的外孙！”老绅士回应着，“克尔索的外孙！当然……我与他母亲关系很好。我想我参加了她的施洗礼。玛格丽特·德福洛，真是一个极漂亮的姑娘。她与一个身无分文的年轻人私奔，把所有男人都整疯了——先生，一个绝对的无名小卒，步兵团的一个什么中尉，或诸如此类的小人物，绝对如此。这事儿我全记得，仿佛就发生在昨天。婚后才几个月，这个可怜的家伙就在斯帕的一次决斗中命赴黄泉。此事隐藏着一个丑闻。有人说克尔索雇了一个亡命恶徒，是个比利时恶棍，去公开侮辱自己的女婿——先生，是克尔索出钱雇他来干的，出钱雇来的——那个恶棍像杀鸽子似的把他捅死了。这事儿给掩盖起来，但是，天啊！自那以后，有好长一段时间克尔索都是一个人孤零零地在俱乐部里吃牛排。听人说，他把女儿弄回来与自己同住了，但她再也不与他说话了。唉，是呀，这件事真糟糕。那姑娘回来不到一年也死了。所以她留下了一个儿子，是不是？这件事我倒忘了。这个孩子是什么样的人？如果长得像妈妈，就一定是位漂亮小伙。”

"他很好看。"亨利勋爵表示赞同。

"我希望有合适的人照应他，"老人接着说，"如果克尔索处理得当，他应该能得到一大笔钱。他母亲也有钱。塞尔比家族的财产，都经其母亲的外祖父传给了她。她外祖父不喜欢克尔索，把他看成吝啬鬼。他也的确是吝啬鬼。我在马德里当差时，他曾去过那里。天啊，我真为他感到羞耻。女王以前常问我那个因车钱与马车夫吵个不休的英国贵族的情况。人们还就此编了很多故事。我有整整一个月都不敢出现在宫廷里。我希望他对待自己的外孙能比对待马车夫要好些。"

"我不知道，"亨利勋爵回答，"我想这个小伙子会有钱的。他还未成年。我知道，塞尔比的产业是他的，是他告诉我的。那么……他母亲很漂亮吗？"

"玛格丽特·德福洛是我见过的最可爱的女子之一，哈利。天知道她怎么会做出那样的事来，我永远都不能明白。实际上她想嫁给谁都可以啊。卡灵顿疯狂追她。不过，她很浪漫，那个家族的每个女人都浪漫。男人们都比较差劲，天呀！女人们却都妙不可言。卡灵顿曾向她求婚，这是他自己告诉我的。她嘲笑他，而当时伦敦没有一个姑娘不在追求卡灵顿。哈利，要说糊涂婚姻，顺便说一下，你父亲告诉我，达特穆尔这个骗子要娶一个美国女人？难道英国姑娘就配不上他？"

"当下娶美国女人非常时髦，乔治舅舅。"

"我敢赌英国女人最好，哪怕为此与全世界为敌，哈利。"福默勋爵用拳头捶着桌子说。

"赌注都押给美国女人了。"

"我听说她们的感情不长久。"他的舅舅咕哝道。

"长时间的约会让她们筋疲力尽，但她们擅长障碍赛，喜欢速决战。我认为达特穆尔没有获胜的可能。”

“谁是她家人？”老绅士嘟囔着，“她有什么亲人吗？”

亨利勋爵摇了摇头：“美国姑娘善于隐瞒父母的身份，就像英国女人善于隐瞒自己的过去。”他说着，站起来就要走。

“我想他们从事猪肉包装吧？”

“替达特穆尔考虑，希望如此，乔治舅舅。据说在美国，猪肉包装是最有利可图的行业，仅次于政治。”

“她长得美吗？”

“她的言谈举止表现得她很美的样子。大多数美国女人都是这样，这是她们迷人的秘诀。”

“为什么这些美国女人不待在自己的国家？她们不总是对我们说：对女人而言，美国是女人的天堂。”

“没错。这也就是她们为何都像夏娃一样，要迫不及待地离开天堂的原因。”亨利勋爵说，

“再见，乔治舅舅，要是再待下去，我就赶不上吃中饭了。谢谢您给我讲了我想听的一切。交了新朋友，我就想了解清楚他的一切；对我的老朋友，我就什么都不想知道了。”

“你去哪儿吃中饭，哈利？”

“到阿加莎姑妈家。我是不请自到，还约请了格雷先生，他是姑妈的新宠。”

“哼！哈利，去告诉你姑妈阿加莎，不要再为她的慈善募捐之事来麻烦我了。我烦死这些事了。哎呀，这个善良的女人以为我无所事事，只会为她愚蠢的怪癖签支票。”

“好啊，乔治舅舅，我会告诉她，但不会有任何效果。慈善家已

失去一切人性的感受，这是他们最突出的性格特点。”

老绅士气冲冲地表示同意，并按铃叫仆人送客。亨利勋爵没有穿过低矮的拱廊去伯灵顿街上，他掉转步子朝伯克利广场方向走去。

这就是道林·格雷父母的故事。故事讲得粗枝大叶，十分简略，但因其中暗含了一段奇异且近乎现代的浪漫情事，他仍被打动了。一个漂亮女人，为了追求疯狂的恋情而敢冒天下之大不韪。仅过了几周神魂颠倒的幸福时光，就被一桩丑恶、阴险的罪行打断了。又经过数月无言的痛苦折磨之后，一个婴孩在痛苦中呱呱出世。死亡夺走了母亲的生命，而把男孩留给了孤苦，和一位专横无情的老人。是啊，这个背景很有趣。它成为这位男孩的衬托，使他更完美，就如每一件精美之物的背后，总是存在着某种悲剧性的东西那样。即使最微不足观的小花要开放，世界也会经历痛苦。昨夜在俱乐部的晚餐上，道林·格雷是多么迷人啊，惊恐的目光，半开的双唇，他坐在亨利勋爵对面，沉浸于惊喜之中，红色的烛罩映照着他那让人惊艳的面孔，像一朵嫣然怒放的玫瑰。与他交谈，就像拉一把精制的小提琴，琴弦的每一次拉动和抖动，都会得到回应……能对人施以影响真是让人无比兴奋，没有什么能与之相比。把自己的灵魂投入到某个优雅的形体，并让它在里面逗留一会儿；听到自己睿智的见解得到回应，并伴随着一切激情和青春的乐章；把自己的精神才情，像一种妙不可言的流体或一股奇异的香气一样，浇灌进另一种精神才情：这都让人获得一种真正的快乐——在我们这个如此狭隘、如此庸俗的时代，这个纵情声色、缺乏大志的时代，这可能是我们所能获得的最惬意的快乐了……机缘巧合，与这个小伙子在巴兹尔的画室偶遇，他真是极妙的类型，或者说至少可以装扮成极妙的类型。他优雅，具有少年男孩一尘不染的纯洁，以及古希腊大理石雕像的美。你想把他怎么样，就尽可怎么样，可以把他做成提坦[1]，或者一只小玩具。可惜啊，这样的美竟注定要凋零！……可巴兹尔呢？从心理学角度看，他多有意思啊！只是因为看到眼前这个人的出现，奇特地启发了新的艺术风格和观察生活的模式，而这个人对此竟浑然不觉。如同住在昏暗林地里的精灵，静默地在空阔的旷野里走来走去，无影无踪，却又突然显露倩影，就像树林女神德律阿得斯那样，而且一点不惊惧。因为在一直寻觅着她的画家的灵魂里，已经唤起了一幅奇妙的情景，而只有在那里，奇妙的东西才能显形。仅仅是它们的形状和图案，都似乎变得优雅了，并获得了一种象征性的价值，好像它们本身就是另一种东西的图案，有更完美的形式，它们的影子变成了实体：这一切是多么奇怪啊！他记得历史上曾有类似的情况。不是那位思想界的艺术家柏拉图首次对此加以剖析的吗？不是米开朗基罗曾将这刻在了写有十四行组诗的彩色大理石上吗？但在我们这个世纪，人们却觉得这不可理喻……是呀，就像他竭力要去影响道林·格雷，就像道林·格雷在不知不觉中影响了画家，让他创作出了精妙的画像。他要设法去主导他——实际上他已经成功了一半。他要把那个奇妙的精灵收归已有，这个爱情和死亡之子身上有种迷人的东西。

突然，他停了下来，抬头看了看房子。他发现已经走过姑妈家有一段路了，便笑着转身往回走。他走进略显灰暗的大厅时，管家告诉他，大家已经去午餐了。他把帽子和手杖交给一个仆人，走进餐厅。

“又迟到了，哈利。”姑妈冲他叫道，直摇头。

---

1. 提坦：希腊神话中大地女神盖亚与天神乌拉诺斯所生的巨人族。

他随意编了个理由，在她旁边的空位上坐下，扫视了一下四周，看看在座都有哪些人。道林在桌子的另一头羞涩地向他欠了欠身子，脸上悄悄泛起一抹快乐的红晕。坐在他对面的是哈里公爵夫人，她天性善良，脾气温和，受人尊敬，认识她的人都很喜欢她，而作为女人，她的体态，若她没有爵位的话，一定会被当代历史学家描绘成结构比例都比较富态的胖子。坐在她右边的是托马斯·伯顿爵士，一位激进的议员，他在公开场合总是紧随领袖，但在私下里却紧随最好的厨师，奉行众所周知的明智原则：与保守党人同吃，与自由党人同思。哈里公爵夫人左边坐的是特莱德里的厄斯金先生，一位富有魅力和素养的老绅士，然而他已养成沉思不语的坏习惯，据他自己有一次对阿加莎夫人解释说，他现在沉默，是因为他在三十岁之前把要说的话都说完了。紧邻亨利勋爵自己的是范德勒夫人，他姑妈的一位老朋友，女人中的完美圣女，但装扮过时，使人想起装订得很糟糕的圣歌集。幸好她旁边坐着福德尔勋爵，一个聪明绝顶的中年庸人，其光秃秃的头犹如下议院部长的声明般不加掩饰，范德勒夫人正以其特有的极其热切的方式和他交谈着，而这种热切，福德尔勋爵本人曾说，是一切真好人都必犯的一种不能原谅，却又谁都不曾逃过的错误。

“我们正在谈可怜的达特穆尔的事儿，亨利勋爵。”公爵夫人隔着桌子朝他愉快地点了点头，大声说，“你认为他真会娶这位迷人的年轻女人吗？”

“我相信她已经做出了决定，要向达特穆尔求婚了，公爵夫人。”

“太可怕了！”阿加莎夫人嚷嚷起来，“真应该有人干涉一下。”

“据绝对权威消息，她父亲开着一家美国干货店。”托马斯·伯顿爵士傲气凛然地说。

“我舅舅刚暗示说，他做的是包装猪肉的生意，托马斯爵士。”

“干货！什么是美国干货？”公爵夫人惊异地抬起那双肥手，着重强调“是”字。

“美国小说。”亨利勋爵一边回答，一边拿过一只鹌鹑吃了起来。

公爵夫人看起来不明就里。

“别管他，亲爱的，”阿加莎夫人低声说，“他从来不把自己说的话当真。”

“我们发现美国的时候，”激进的议员开说了——他开始列举一些乏味的事实。就像所有那些一心要把一个话题一次说尽的人一样，他把自己的听众弄得筋疲力尽。公爵夫人叹了口气，就动用自己的特权，把他打断了。“上帝啊，但愿它从未被发现过！”她喊道，“真是的，我们的姑娘们现在都没机会了。这太不公平了。”

“也许，美国归根结底就根本没有被发现过。”厄斯金先生说，“我个人的观点是，美国只是被看到了。”

“哦！但我曾见到过真正的美国人，”公爵夫人含糊地回答，“我得承认，她们大都很美。穿得也很好。她们的服装都是从巴黎买来的。我希望自己也能买得起。”

“有人说，好的美国人死后都会去巴黎，”托马斯爵士咯咯笑起来，他的“俏皮话”衣柜里存着一大堆过时的衣服。

“真的！那坏的美国人死后去哪儿呢？”公爵夫人问。

“去美国。”亨利勋爵咕哝着。

托马斯爵士皱起了眉。“恐怕你的侄子对那个伟大的国家抱有成见，”他对阿加莎夫人说，“我曾坐车遍游美国，当地官员提供的车子，他们在这些事情上非常客气。我敢担保，美国游是一门教育。”

“但我们为了接受教育就必须去芝加哥吗？”厄斯金先生可怜巴巴地问，“这旅程我可受不了。”

托马斯爵士摆了摆手：“特莱德里的厄斯金先生的书架上有全世界。我们务实的人喜欢实地看世界，而不是读世界。美国人属于极其有趣、绝对理智的民族。我认为这是他们最突出的特点。是呀，厄斯金先生，他们是一个绝对理智的民族。我敢说，美国人从来不胡说八道。”

“多可怕啊！”亨利勋爵喊道，“我能忍受野蛮的暴力，但实在无法忍受野蛮的理性。这样用理性有点不公平，是对理智的暗算。”

“我不理解你的意思。”托马斯爵士的脸更红了。

“我理解，亨利勋爵。”厄斯金先生微微一笑说。

“自相矛盾的事儿自有其道理……”一位从男爵插话说。

“那自相矛盾吗？”厄斯金先生问，“我不这样想。或许是吧。好吧，自相矛盾的方式就是真理的方式。要验证事实，我们就必须把它放在钢丝上看。当事实变成杂耍演员时，我们就可以判断了。”

“天哪！”阿加莎夫人说，“你们这些男人多会争辩不休啊！说真的，我永远搞不明白你们到底在说什么。啊！哈利，我对你很生气。你为什么要劝我们可爱的道林·格雷先生不在伦敦东区演出？我敢保证，他一定会是无价之宝。他的演奏会招他们喜欢的。”

“我想要他为我演奏，”亨利勋爵笑着朝桌子那头瞅了一眼，看到道林·格雷报以高兴的一瞥。

“但白教堂区的人们太不幸了。”阿加莎夫人继续说。

“我同情一切，只苦难除外。”亨利勋爵耸了耸肩说，“我无法同情苦难，因为它太丑陋，太可怕，太让人痛苦了。现代人同情痛苦，这是一种可怕的病态。人们应当同情色彩、美丽和生活的欢乐。

至于生活的痛苦，说得越少，则越好。”

“但东区仍是个非常重要的问题。”托马斯爵士神情严肃地摇了摇头说。

“的确如此，”年轻的勋爵回答，“这是一个奴隶制的问题，而我们却想要以取悦奴隶来解决它。”

政治家热切地看着他。“那么，你建议进行哪些改变呢？”他问。

亨利笑了。“在英国，除了天气，我不想改变任何东西，”他回答，“我非常满足于哲理性的思考。但是，由于人们在十九世纪滥用同情以致枯竭，我宁愿建议求助于科学来匡扶我们自己。感性的优点，就在于把我们引入歧途，而科学的优点，则在于它不感情用事。”

“但我们负有重大责任。”范德勒太太赔着小心大胆说出了自己的想法。

“非常重大。”阿加莎姑妈随声附和。

亨利勋爵看了看厄斯金先生：“人类太把自己当回事了。这是世界的原罪。如果洞穴人知道如何笑，历史就会改写。”

“你真会安慰人，”公爵夫人柔声道，“我来拜访你亲爱的姑妈时，总觉得非常愧疚，因为我对东区毫无兴趣。以后我就可以直面她而不脸红了。”

“脸红与你非常相称，公爵夫人。”亨利勋爵说。

“人年轻时才会这样，”她回答，“像我这样的老太太，脸红就是坏兆头了。啊，亨利勋爵，我希望你能告诉我如何才能恢复青春。”

他想了想，问：“你还记得自己年轻时犯过什么大错吗，公爵夫人？”他的目光越过桌子看着她。

“恐怕有很多。”她大声说。

“那就把这些错再犯一次，”他一脸严肃地说，“要重返青春，就只有重做以前的蠢事。”

“真是令人高兴的理论！”她叫道，“我一定付诸实践。”

“危险的理论！”托马斯爵士从紧闭的嘴唇挤出这句话。阿加莎夫人摇了摇头，但忍不住觉得有趣。厄斯金先生在听。

“是的，”他接着说，“那是人生的伟大秘密之一。当今，大多数人都死于某种危言耸听的常识，当他们发现自己唯一绝不会后悔的是自己犯的错时，已为时太晚。”

整桌的人都笑了。

他玩弄着这个念头，慢慢肆无忌惮起来。他把它抛到空中，变换个花样；一会儿让它脱手而去，一会儿又把它捉回来；他用幻想给它涂满光彩，又用矛盾使它展翅飞翔。就这样玩着耍着，他对蠢行的赞美竟升华成了一种哲学，而哲学自身则变年轻了，像人们想象的那样，穿着酒渍斑驳的长袍，戴着常青藤的花冠，伴着疯狂的欢乐曲，像酒神巴克斯的女祭司一样，在生命之山上跳起舞来。她嘲笑愚钝的森林之神西勒诺斯竟还能保持清醒。事实在她面前纷纷逃离，犹如受到惊吓的林中动物。她白皙的双脚踩着智者奥马尔所坐的巨大的榨酒机，踩呀踩呀，直到葡萄汁翻腾着涌出来，在她的赤裸的双脚周围泛起紫色的泡沫。红色的酒泡沿着黑色倾斜的桶边，缓缓溢出。这是一件出神入化的即兴之作。他感觉到道林·格雷正目不转睛地看着自己，而因为意识到自己希望吸引听众中某个人的心，他似乎更加才思敏捷，想象更富有色彩。他才华横溢，想象丰富，不负责任。听者情不自禁为之倾倒，他们随着他的声音笑不合口。道林·格雷的眼睛始终未离开过他，只是着了魔似的坐在那里，嘴角闪过一阵阵微笑，惊讶的神情在渐渐加深的眼眸里慢慢转为严肃。

终于，现实穿着这个时代的服装，变成仆人的模样，走进了房间。仆人禀报公爵夫人，她的马车正在等候。她绞着手，装作很失望。“真讨厌!”她叫道，“我要走了。我得到俱乐部接我丈夫，送他去威利斯会议厅主持一个荒唐的会议。要是我迟到了，他一准会发火，戴着这种帽子可不能和他吵架。这帽子太脆弱，话说重点都会毁了它。是的，我得走了，亲爱的阿加莎。再见，亨利勋爵，你很讨喜，也真让人失去信心。我能确定的是，我不知道如何评价你的观点。哪天晚上你一定要来同我们共进晚餐。星期二怎么样？星期二你没有别的约会吧？”

“为了你，我可以拒绝其他任何人，公爵夫人。”亨利勋爵鞠了一躬。

“啊！那太好了，但你这样做也很不对。”她大声说，“记住一定要来呀！”她说着，风一般飘出了房间，阿加莎和其他几位夫人紧随其后。

当亨利勋爵又坐下时，厄斯金先生走过来，挨着他坐下，把手放在他胳膊上。

“你大谈特谈，出口成书，”他说，“你为什么不自己写本书？”

“我太喜欢读书，所以无意写书，厄斯金先生。当然，我想写一部小说，一部像波斯地毯一样可爱、一样不真实的小说。在英国，除了读报纸、初级读物和百科全书的人，没有谁读文学作品。在世界上所有的人种中，英国人是最没有文学美感的。”

“恐怕你是对的，”厄斯金回答，“我自己曾有过一番文学抱负，但早早就放弃了。而现在，我的年轻朋友，如果你允许我这样称呼你的话，我是否可以问一下，你午餐时对我们说过的话都当真吗？”

“我都忘了说过什么了，”亨利勋爵微笑着说，“都是坏话吗？”

“真的，都不是什么好话。说实在的，我认为你极其危险，如果我们善良的公爵夫人出了什么事， 我们都会认为你应当负主要责任。但我很想与你谈谈人生。我们这代人都乏味无趣。如果哪天你厌倦了伦敦，就到特莱德里来，给我阐释你的快乐哲学，我有幸拥有几瓶上等的勃艮第红葡萄酒，等你共享。”

“我会迷倒的。拜访特莱德里是我的一大荣幸，有完美的主人和完美的图书室。”

“你来，这些才完整无瑕。”老绅士彬彬有礼地鞠了一躬，“现在，我得和你的好姑妈告别了。我该上雅典娜俱乐部去了。这会儿我们该在那儿打瞌睡的。”

“你们所有人都这样吗，厄斯金先生？”

“我们总共四十个人，坐在四十把扶手椅上。我们在模拟英国文学院。”

亨利勋爵大笑，他站起来，大声说：“我要去公园了。”

他刚要跨出门，道林·格雷碰了碰他的胳膊。“让我和你一起去吧。”他低声说。

“但我以为你已经答应过巴兹尔·霍华德要去看他。”亨利勋爵回答。

“我更愿意跟你走。是呀，我觉得必须得跟你走。你一定得让我去。你能答应一路不停与我说话吗？谁都没你谈得精彩。”

“啊！今天我谈得已经够多了。”亨利勋爵微笑着说，“我现在只想去看看生活，只要你愿意，你尽可来同我一起去看。”

亨利·沃顿勋爵从柯曾街一路漫步到奥尔巴尼大街。

第四章

一个月后，某一天下午，在亨利勋爵位于梅菲尔[1]家中的小图书室里，道林·格雷正斜靠在豪华扶手椅上。书房本身很迷人，墙面镶有橄榄色橡木壁板，奶油色的中楣，有浮雕的灰泥天花板。砖粉色的毛毡地毯上，铺着缀有长长丝绸流苏的波斯小毛毯。在一张小椴木桌上，放着一个出自克洛迪翁之手的小雕像，旁边有一部《小说百篇》，是克洛维斯·伊夫[2]为玛格丽特皇后[3]装订的，封面上饰有涂金雏菊，是皇后专为自己挑选的图案。壁炉架上摆着一些大青瓷坛子和鹦鹉郁金香。伦敦的夏日阳光闪烁着杏黄色，穿过镶嵌着细小铅条的小窗，照进书房。

亨利勋爵还没到书房。他总是迟到，这是其准则：守时是时间之贼。道林·格雷因此看起来非常郁闷，他无精打采、漫不经心地随手

1. 梅菲尔：伦敦上流住宅区。
2. 克洛维斯·伊夫（Clovis Eve，1584—1635）：法国王宫的图书装订师，装帧风格华丽。
3. 玛格丽特皇后（Margaret of Valois，1553—1615）：父亲是法国瓦卢瓦王朝的国王亨利二世（1519—1559），母亲凯萨琳王太后来自意大利美第奇家族，她继承了欧洲两大家族的基因。

翻看着插图精美的《曼侬·莱斯科》[1]，这是他在一个书架上找到的。路易十四时代的时钟单调地滴答响着，让他心烦意乱，有一两次他甚至都想走了。

终于，他听到门外响起了脚步声，门开了。“你来得太晚了，哈利！”他咕哝着。

“恐怕不是哈利吧，格雷先生。”一个尖嗓子回答他。

他赶紧抬头看了看，站了起来：“对不起，我以为是……”

“你以为是我先生，可我是他太太。你得允许我自我介绍一下。我很熟悉你，因为我看过你的照片。我想我先生有你十七张照片。”

“没有十七张吧，亨利夫人？”

“好吧，那就是十八张。有天晚上我还看到你和他在歌剧院一起看戏。”她说着，神经质地笑起来，用那恍惚的蓝色的眼睛望着他。她是一个古怪的女人，身上的服饰看起来总仿佛是在怒气冲冲时设计，暴跳如雷时穿上的。她常常会爱上某个人，但因为她的激情从未得到回应，她一直保留着所有的幻想。她千方百计想让自己看起来花枝招展，但只给人留下衣衫不整洁的印象。她叫维多利亚，最大的癖好是去教堂。

“我想是在演《罗恩格林》的时候吧，亨利夫人？”

“对的，就是亲爱的歌剧《罗恩格林》上演的时候。我最喜欢瓦格纳的音乐。声音那么响，你尽可一直谈天，反正谁都听不见你在说什么。这是一大优点，你说对吗，格雷先生？”

1.《曼侬·莱斯科》：法国作家阿比·普拉沃斯所著小说，因其内容涉及爱欲而颇具争议。

她那两片薄嘴唇里又发出神经质般的短促笑声，她的手指开始玩弄一把长长的玳瑁壳柄裁纸刀。

道林笑了，摇了摇头："恐怕我不这么想，亨利夫人。听音乐时我从不说话——至少在听优美的音乐时是这样。如果听到的是不好听的音乐，听者就有责任用谈话声盖过它。"

"哎呀呀！这可是哈利的一个观点啊，对不对，格雷先生？我总能从哈利的朋友口中听到他的观点。这是我认识他朋友的唯一途径。但你千万别以为我不喜欢优美的音乐。我非常喜欢，但也害怕。它把我弄得太浪漫。我会崇拜钢琴家——有时一次就崇拜两个，哈利这样说过我。不知道他们身上有什么东西吸引我，或许因为他们都是外国人吧。他们全是外国人，不是吗？甚至那些在英国出生的人，过段时间也都成了外国人，不是吗？他们真聪明，这对艺术真大有裨益。这样一来，艺术就世界化了，不是吗？你从来没参加过我的任何聚会，不是吗，格雷先生？你一定要来。我没钱买兰花，但我在外国人身上不惜一切。他们使房间看起来绚丽多彩。看，哈利来了！——哈利，我来找你想问点事儿——我忘了要问什么了——然后我发现格雷先生在这儿。我们聊音乐聊得很愉快。我们两人的观点很一致，不，是很不同。但他真是个最讨人喜欢的人儿，见到了他我真高兴。"

"我很愉快，亲爱的，非常愉快。"亨利勋爵说，他竖起月牙般的浓黑眉毛，愉快地微笑着，看着他们俩，"真是抱歉，我来晚了，道林。我去沃德街看一块老式锦缎了，讨价还价了好几个小时。现在的人啊，什么东西的价格都知道，但它们的价值，都不知道。"

"我恐怕得走了。"亨利夫人喊道，她突然一阵傻笑，打破了让人尴尬的安静，"我答应了公爵夫人，要和她一起开车兜风。再见，格雷先生。再见，哈利。我想你们会在外面吃饭吧？我也是。或许我们会在索恩伯里夫人那儿再见面的。”

“我敢说会的，亲爱的。”亨利勋爵说。亨利夫人像一只淋了一整夜雨的天堂鸟，“嗖”的一声飞出房间，只留下一缕赤素馨香水的微香。她一出门，亨利勋爵就把门关上了，随后点上一支烟，猛地坐到了沙发上。

“绝对不要娶头发是草黄色的女人，道林。”他抽了几口烟后说。

“为什么，哈利？”

“因为她们太多愁善感了。”

“但我喜欢多愁善感的人。”

“根本就不要结婚，道林。男人结婚是因为厌倦，女人结婚是因为好奇：结果是双方都感到失望。”

“我想我不会结婚了，哈利。我已深陷爱河。这是你的一句警言。我正付诸实践，就像实践你说的每一件事那样。”

“你爱上谁了？”亨利勋爵顿了顿说。

“一个女演员。”道林·格雷说，脸涨得通红。

亨利勋爵耸了耸肩：“这是很老套的开场。”

“你要是见过她，你就不会这么说了，哈利。”

“她是谁？”

“她叫西比尔·文恩。”

“从未听说过这个人。”

“没人听说过她，但终有一天人们会听说她的。她是个天才。”

“好孩子，没有哪个女人是天才。女人是一种装饰性的动物。她们从来无话要说，却总说得让人着迷。女人代表着物质战胜了思想，正像男人代表着思想战胜了道德。”

“哈利，你怎么可以这样说？”

“亲爱的道林，这千真万确。目前我正在分析女人，所以我应该知道。这个问题并非如我所想的那么深奥难解。我发现，女人归根结底只有两种类型：单色的和彩色的。单色的女人很有用，你要想捞个体面的名声，你只需带她们去吃晚饭就可。另一类女人很迷人，然而她们犯了一个错误：她们化妆，想方设法使自己显得年轻。我们的祖母们化妆则是要千方百计使自己可以口若悬河。胭脂和智慧曾形影不离。现在完全不同了，只要一个女人看起来能比自己的女儿年轻十岁，她就满意了。至于交流，全伦敦只有五个女人值得一谈，而其中的两个还没有资格进入上流社会。不过，还是给我谈谈你的天才吧，你认识她有多久了？”

“啊！哈利，你的观点吓死我了。”

“不必在意。你认识她多长时间了？”

“大概有三星期了。”

“你在哪里遇到她的？”

“我这就告诉你，哈利，但你千万要心怀恻隐。毕竟这都是你惹的事，因为若没遇到你，这事就绝不会发生。是你让我充满了疯狂的欲望，想去认识生活中的一切。见到你以后，连续数天，我的血管里都似乎有某种东西在搏动。我无论在公园闲散漫步，还是逛皮卡迪利大街，我都习惯性地观察从我面前走过的每一个人，以一种疯狂般的好奇心，想知道他们过着一种什么样的生活。其中一些人使我迷恋，另一些人让我满怀恐惧。空气中弥漫着一种精致的毒气，而我却渴望去品味……就这样，有天晚上，大约七点钟，我决定出去探险了。我感到，在我们这个灰蒙蒙的鬼魅般的伦敦，像你曾说的那样，鱼龙混杂，恶棍遍布，罪孽昭然，这里面一定有什么东西在等着我去发现。我设想了数以千计的可能性，单单危险本身就让我有了一种愉悦感。我记得，在我们初次一起用餐的那个美妙的夜晚，你就对我说过，寻找美是生活的真正秘密。我不知道自己期望什么，但我依然出门了，朝东游逛过去，很快就迷失在蜿蜒肮脏的街道和黑咕隆咚寸草不生的广场里。大约八点半时，我经过一个乱糟糟的小剧院，汽灯光炫眼，剧目单花哨。一个丑陋的犹太人站在剧院门口，抽着劣质雪茄，穿着我平生从未见过的最奇怪的背心，一头长鬈发油光锃亮，脏兮兮的衬衫中间一颗大钻石闪着光。'要包厢吗，老爷？'他一见我就说，谦恭地脱帽致敬。他身上有种东西让我觉得有趣，哈利。他就是这样一个怪物。我知道你会嘲笑我，但我真进去了，付了整整一个畿尼，要了一个舞台包厢。我至今仍不明白为什么那样做，然而，如果我没进去——亲爱的哈利，要是我没进去——我可就错失我一生中最浪漫的事了。我看出来了，你在笑我。你真可怕！”

“我不是在笑，道林，至少不是在笑你，但你不该说这是你一生中最浪漫的事。你应当说是你一生中的第一次浪漫。你会一直有人爱，你也会一直爱上爱。多情是无所事事者的特权，也是这个国家有闲阶级的用处之一。别害怕，确实有许多美妙可人之事在等着你。这只是开始。”

“你认为我天性如此浅薄吗？”道林·格雷生气地叫道。

“不，我认为你天性深沉。”

“你什么意思？”

“好孩子，一生只爱一次的人才是真正的浅薄之人。他们自称忠实、忠贞，我则称之为习惯懒惰，或是缺乏想象。忠诚之于感情生活，就像一贯性之于理智生活——都只是承认失败。忠诚！将来我一定要研究研究这个东西。其中包藏着对财产的贪欲。如果不是因为害怕被别人捡走，我们肯定要扔掉很多东西。但我不想打断你，继续讲你的故事吧。”

“好吧，我发现自己坐进了一个可怕的私人小包厢，正对着粗俗不堪的幕布。我从幕布后往外看去，俯视了一下剧院。剧院简直庸俗至极，到处是丘比特和丰饶角[1]，活像一只低档的婚礼蛋糕。顶层和正厅后座区基本坐满，但昏暗的前两排却空无一人，而在我所猜想的他们称之为‘花楼[2]’的地方，也几乎不见人影。女人拿着橘子和姜汁汽水走来走去，很多人在大啖坚果。”

“那一定就像英国戏剧全盛时期的场景。”

“我想也是，就像那样，让人十分郁闷。当我看到剧目单时，我开始不知所措。你能想到要演什么戏吗，哈利？”

“我想应该是《傻男孩，或天真的哑巴》吧。我相信，我们的父辈过去都喜欢这些玩意儿。道林，我年岁越长，越强烈地感到，凡是父辈们觉得足够好的，我们都觉得不够好。无论是艺术，还是政治，*les grand-pères ont toujours tort*（先辈们总是错的）。”

“要看的这部剧对我们来说也够好了，哈利。是《罗密欧与朱丽叶》。我必须承认，一想到要在这样一个龌龊不堪的小地方看莎士比亚的剧，我很恼火。但我仍抱有某种兴趣。我决定无论如何等到第

1. 丰饶角：又名丰饶羊角，因其装满果实和鲜花而在西方文化中象征丰收。

2. 花楼：剧院或歌剧院，一般是乐队上方第一层楼厅的座位。

一幕开场。乐队很差劲，指挥是一个犹太年轻人，他弹着一架声音刺耳的钢琴，几乎把我吓跑，但大幕终于拉开，戏开场了。演罗密欧的是一位胖老男人，眉毛用软木炭涂得黑黑的，嗓音悲戚沙哑，整个人像只啤酒桶。茂丘西奥几乎也一样糟，演员是一个蹩脚的丑角，随心所欲地插科打诨，与乐队交情很好。这两个演员就像布景一样稀奇古怪，看起来像来自乡下的戏班。但是朱丽叶！哈利，想象一下吧，一个不满十七岁的姑娘，长着一张鲜花一样的小脸，小巧的希腊式脑袋，头上盘着一圈圈深棕色的发辫，眼睛就像紫罗兰色的井水，充满激情，嘴唇则像玫瑰花瓣。她是我一生中见过的最可爱的女子。你曾对我说过，你对悲情无动于衷，但美，单单是美，就能让你热泪盈眶。哈利，说实话，我因为泪流满面，几乎看不到这个姑娘。而她的声音——我从未听到过那么好听的声音。起初她的声音很低，音韵深沉，好似歌声，流进你的耳中。接着，声音稍稍高了一些，听起来就像一支长笛或是远处的双簧管在演奏。在花园里的那场戏，她的声音里蕴含了一种你只能在天亮前从夜莺的歌声中听到的，让人战栗的狂喜。后来，有好几个瞬间，她的声音又像小提琴声一样充满狂放的激情。你也知道，声音是多么容易让我激动。你的和西比尔·文恩的声音是我永难相忘的两种嗓音。我一闭上眼睛，就能听见它们各抒己见。我不知道听谁的好。我为何会不爱她呢？哈利，我真的爱她。她是我生活中的一切。一夜又一夜，我去看她的戏。今天晚上，她扮演罗瑟琳，第二天晚上，她又演伊摩琴。我曾眼看着她从情人的唇上吮吸毒药，死在意大利阴暗的墓穴中。我也曾看着她装扮成一个漂亮的年轻人，穿着紧身衣裤，头戴小巧的帽子，在亚登森林里游逛。她也疯过，曾走到一个有罪的国王面前，让他戴上芸香，品尝苦菜。她也曾扮演天真无邪的女人，被嫉妒的黑手掐断了芦苇一般的脖子。[1]我看到过各个年龄、穿着各种戏装的她。一般的女人从不能激发人的想象，她们身受所处时代的限制，连魅力也无法使她们有所改观。她们的头脑就像帽子，让人一目了然。你到处都能看到她们，没有谁有什么秘密可言。她们早上会到公园骑马，下午会在茶会上闲聊。她们的笑千篇一律，行为举止时髦。她们都很浅薄直露。但女演员！是多么与众不同啊！哈利！你为什么不告诉我只有女演员值得爱呢？"

"因为我爱过很多，道林。"

"噢，不错，是那些染发、化妆的可怕家伙。"

"别贬低染发化妆的人。她们有时表现出一种异乎寻常的魅力。"亨利勋爵说。

"现在我真希望没跟你谈起西比尔·文恩。"

"你忍不住的，道林。在你以后的人生中，你干了什么都会告诉我的。"

"是的，哈利，我相信是这样。我会忍不住把一切都告诉你的。你对我产生了一种奇怪的影响。即使我犯了罪，我也会来向你坦白。你会理解我的。"

"像你这种人——就像生活中无拘无束的阳光——是不会犯罪的，道林。但我仍感谢你的恭维。好了，现在就告诉我吧——给我火柴，做个好孩子——谢谢——你与西比尔·文恩实际上是什么关系？"

道林·格雷惊跳起来，脸涨得通红，目光如炬："哈利！西比尔·文恩是神圣的！"

1. 以上均为莎士比亚戏剧中的人物和场景。

“只有神圣的东西才值得去碰，道林。”亨利勋爵说，声音里透着一丝奇怪的伤感，“但你为什么这么生气呢？我想她终有一天会属于你的。坠入爱河的人，总是始于自欺欺人，终于欺骗他人。这就是世人所说的浪漫。不管怎样，我想你们互相认识了？”

“当然。我第一次去剧院的那天晚上，演出结束后，那个老犹太人来到我的包厢，说愿意带我到幕后，将我介绍给她。我当时对他大发脾气，我告诉他朱丽叶已经死了好几百年了，她的遗体躺在维罗纳的大理石墓穴里。看他愕然空洞的表情，我想他一定以为我喝了太多的香槟或者什么。”

“我不觉得奇怪。”

“随后，他问我是不是为某家报纸写稿。我对他说，我甚至从来都不读报。他似乎对此很失望，然后对我说了实话：所有的剧评家都合谋反对他，他得逐一将他们买通。”

“毫无疑问，我觉得他说得很对。另一方面，从他们的外表看，大多数剧评家的身价一点也不高。”

“嗯，他似乎觉得自己力所难及。”道林笑着说，“可就在这时，剧场的灯熄了，我不得不走了。他要我尝尝他强烈推荐的雪茄，我婉拒了。当然，我第二天晚上又去了那个地方。他一看到我，就鞠了一大躬，并硬说我是一位慷慨大方的艺术捐助者。他是那种让人极度讨厌的粗人，虽然对莎士比亚满怀热情。有一次，他还自豪地告诉我，他曾破过五次产，都是因为这位‘吟游诗人’，他坚持这样称呼莎士比亚，似乎觉得这是殊荣。”

“是殊荣，我亲爱的道林——极大的荣誉。很多人破产是因为在日常生活方面投资太多，所以能为诗而破产确是一种荣耀。但你与西比尔·文恩小姐第一次谈话是什么时候？”

“第三个晚上。她演罗瑟琳那晚。我情不自禁地走过去，给她扔了一些鲜花，而她则看了看我——至少我觉得她看了。老犹太人很固执，似乎决意要带我到后台去，我就同意了。奇怪的是，我并不想认识她，奇怪吗？”

“不，我不觉得有什么奇怪。”

“亲爱的哈利，为什么？”

“过段时间我再告诉你吧。现在我想了解一下这位姑娘。”

“西比尔吗？噢，她那样羞涩，那样温柔。她身上有股孩子气。当我谈对她表演的想法时，她惊讶得眼睛瞪得老大，似乎一点也没意识到自己的魔力。我想我们两个都非常紧张。老犹太人站在灰尘遍地的休息室门口，咧嘴笑着，对我们两个仔细地评头论足了一番，而我们站在那里，孩子似的你看着我，我看着你。他坚持叫我‘老爷’，所以我不得不让西比尔放心，我根本不是那种人。她则干脆对我说：‘你看起来更像一个王子。我必得叫你迷人王子。’”

“天呀，道林，我得说，西比尔小姐知道怎么恭维人。”

“你不理解她，哈利。她只是把我看作一个剧中人而已。她对人生一无所知。她与妈妈同住，她妈妈也是演员，但已年老色衰，我去的第一夜，她扮演的是凯普莱特太太，穿着那种洋红色的晨袍，看上去似乎也曾有过好日子。”

“我知道那种样子，让我沮丧。”亨利勋爵赏鉴着自己的戒指，低声说。

“那个犹太人想给我谈谈她的过去，但我说不感兴趣。”

“你做得完全正确。拿别人的悲苦作谈资，总归是极其卑鄙的。”

“只有西比尔让我有兴趣。她的出身与我何干？她小小的脑袋、小小的脚丫，都彻头彻尾、百分之百地神圣。此后人生中的每一晚，我都去看她的演出，而她一晚比一晚迷人。”

“难怪你现在再也不同我一起吃饭了。我就想吧，你一定陷进了什么奇怪的罗曼史，结果还真是如此，但与我期待的不太一样。”

“我亲爱的哈利，我和你可是天天在一起啊，不是一起吃午饭，就是共进晚餐，而且还不止一次一起去看歌剧。”道林说，一双蓝眼睛因惊讶睁得老大。

“你总是姗姗来迟，而且都极晚。”

“没办法呀，我要去看西比尔的演出，情不自禁。”他喊起来，“哪怕只去看一幕也好。我有点饥不可耐的感觉，一定要见她；一想到隐藏在那象牙般玲珑胴体内的奇妙灵魂，我就满怀敬畏。”

“今晚你可以同我一起吃饭，是不是，道林？”

他摇摇头。“今晚她要演伊摩琴，”他回答，“明晚她演朱丽叶。”

“何时她是西比尔·文恩呢？”

“永远不。”

“那我要祝贺你了。”

“你太可怕了！她集世上所有伟大的女主角于一身。她不只是一个人。你笑我，但我告诉你，她有天分。我爱她，而且一定要让她爱上我。你不是知道人生的一切秘密吗？那就告诉我怎样吸引西比尔来爱我！我要让罗密欧嫉妒，我要让世上已经死去的情人们听到我们的笑声，并为此伤感。我要呼出我们的激情，让他们已化为尘土的尸体苏醒过来，让他们的尸灰痛苦万分。天呀，哈利，我多崇拜她啊！”他一边说，一边在房间里来回走着，脸上因兴奋变得潮红，激动难抑。

亨利勋爵观察着，内心产生了一种微妙的愉悦感。现在的道林，和他之前在巴兹尔·霍华德的画室遇到的那个羞涩、胆怯的小伙子，已是迥然两人！他的天性已像花儿一样成长，绽放出红彤彤的花朵。他的灵魂已经从隐秘的潜藏之地爬了出来，欲望已在迎接它的途中。

“那你打算怎么办呢？”亨利勋爵最后说。

“我想让你和巴兹尔哪天晚上和我一起去看她演出。我对这样做的结果一点都不怕。你们一定会承认她的天才。然后，我们一定得把她从犹太人手里解救出来。她与他签了三年合同——至少还有两年八个月——从现在算起。我当然得付些钱给他。等这些问题都解决了，我就去包下伦敦西区的一个剧院，让她大红大紫。她会像让我发疯一样，也让整个世界发疯。”

“我亲爱的孩子，那不可能。”

“不，她可以的。她不仅有完美的艺术直觉，还有人格魅力；你常常对我说，推动时代前行的是人格魅力，而不是道德准则。”

“好吧，我们哪天晚上去？”

“我想想。今天是星期二。那就定在明天吧，明天她演朱丽叶。”

“好吧。八点钟，布里斯托尔饭店见。我去叫上巴兹尔。”

“请别八点，哈利。六点半吧。我们必须在开幕之前赶到。你们一定得看她演第一幕，看她与罗密欧见面。”

“六点半！什么鬼时间！这个时间吃点心，或读读英文小说还可以。一定得七点。没有哪位绅士是在七点前吃饭的。这两个时间之间你还见巴兹尔吗？还是我写信和他说？”

“天哪，巴兹尔！我已经一个星期没见他了。我太差劲了，他已让人把我的画像送来，还配上了他专门设计的精美的画框，画上的人比我本人年轻了整整一个月，虽然我有点妒忌，但必须承认，我是喜欢这幅画的。也许还是你写信给他比较好。我不想单独见他，他说的话让我不安。他给我出的主意倒不错。”

亨利勋爵笑了：“人都爱放弃自己最需要的东西，这就是我所谓的慷慨的深意。”

“噢，巴兹尔最好了，但我觉得他似乎有点庸人之气。这是自我认识了你之后才发现的。”

“巴兹尔，好家伙，他把身上所有迷人的东西都倾注进了作品，结果能留给生活的就只有他的偏见、原则和常识了。我所认识的艺术家中，凡个性讨人喜欢的，都是糟糕的艺术家。好的艺术家，都只存在于他们的作品之中，他们本人都是极其无趣乏味的。伟大的诗人，真正伟大的诗人，都是世间万物中最没有诗情画意的家伙。但蹩脚诗人，却绝对魅力四射。诗写得越拙劣的诗人，看上去却越动人。一个人若出版了一部二流的十四行诗集，他就会魅力难挡，这是不折不扣的事实。他的生活，就是他无力写出的诗；而另一些人写出了诗，却不敢实践诗一般的生活。”

“真是这样吗，哈利？”道林·格雷边说，边从桌上一个金色盖儿的大瓶子里倒了些香水到手帕上，“你说是，就一定是了。现在我要走了。伊摩琴正等着我呢。可别把明天的事儿忘了。再见。”

道林一离开房间，亨利勋爵就垂下厚重的眼睑，陷入了沉思。显然，几乎没有哪个人像道林·格雷这样使他兴趣盎然，而那个小伙子却疯狂地爱上了另一个人，但这并没给他带来丝毫烦恼或嫉妒的痛苦。他为此高兴，因为这让道林作为其研究对象更有意思了。他经常迷醉于自然科学的方法，但自然科学的一般论题在他看来又太琐细，没有意义。于是，他开始剖析自己，最后去剖析别人了。人的生活——他觉得值得探究。与此相比，再无其他有价值的东西。事实上，当看到生活中痛苦和愉快的奇怪折磨时，你不可能戴上玻璃面具，也不可能阻止硫磺的烟雾熏坏大脑，把想象搅和成奇奇怪怪的幻想和不切实际的梦呓。有些毒药药性难解，要了解其性质，你就得自己中毒。有些疾病病理难知，要理解其实质，你必须亲身罹患此病。然而，你会得到多大的报偿啊！整个世界对你而言变得多么奇妙啊！要注意激情奇异的刻板逻辑，以及理智多情斑斓的生活——要观察它们在哪里相遇、在哪里分离；在哪一点上一致、在哪一点上相左——这本身就是一种乐趣！至于为此要付出多大代价，何必管它？为了获得这种感觉，付出再高的代价也值得。

他意识到了——一想到此，他玛瑙似的褐色眼睛里闪出一道喜悦之光——正是听了他的某些话，他用音乐般的语调说出的音乐般的话，道林·格雷的灵魂转向了这位单纯的姑娘，并拜倒在她的石榴裙下。在很大程度上，这个小伙子就是他的创造物，自己已使他早熟。这有点意思。普通人等着生活向自己显露出秘密，但对极少数人，对上帝的选民，在生活的面纱揭开之前，其秘密就已一览无余。有时，这是艺术的效果，大部分是直接以激情和理智为主题的文学艺术的效果。但时不时地，总有一个复杂的人取而代之，承担了艺术的功能，而事实上，其自身就是一件真正的艺术作品。就像诗歌、雕塑或绘画一样，生活本身就蕴含了复杂的杰作。

的确，这小伙子早熟了。还在春天，他就已开始收获。青春的脉搏和激情隐藏在体内，而他开始有自我意识。观察他是一种快乐。那漂亮的面孔，美丽的灵魂，使他惊奇。至于这一切如何结束，或者注定要如何结束，都不重要。他就像一场露天表演或一部戏剧中的某个优雅角色，他们的欢乐似乎远离人群，但他们的悲伤却会激起人的美感，伤口如同红玫瑰。

灵魂和肉体，肉体和灵魂——它们是多么神秘呀！灵魂有动物性，肉体有灵性的瞬间。感觉会升华，理智会堕落。谁能说出肉体的冲动在何处终结，或者说灵魂的冲动在何处起始？平庸心理学家的武断定义是多么浅薄！而要在不同学派的主张之间决定取舍，又何等困难！难道灵魂是坐在罪恶之屋中的影子？或者真如乔达诺·布鲁诺所想，肉体确在灵魂里？精神与物质的分离是一个谜，精神和物质的结合也是一个谜。

他开始思考，我们是否能把心理学变成一种绝对的科学，能向我们揭示生活中微小的跃动。事实上，我们总是误解自己，也很难理解别人。经验没有道德价值，它只不过是人赋予自己所犯错误的名字。道德学家总是视经验为一种警示形式，并认为它对性格的培养具有某种道德效果，还赞扬它可以教导我们应该遵循什么，启发我们应当避免什么。但经验中没有驱动力。它与良心一样，都不是积极的动因。实际上它所能昭示的一切，无非是我们的未来与我们的过去一模一样，我们曾经带着厌恨犯下的罪孽，我们会带着愉悦一再犯下去。

他非常清楚，实验是能对情欲进行科学分析的唯一方法。道林·格雷显然是送上门来的一个研究对象，而且似乎一定能得到丰硕的成果。他突然对西比尔·文恩产生了疯狂之爱，就是一个非常有意思的心理现象。毫无疑问，这与好奇心密切相关，是对新体验的好奇和渴盼，然而，这种激情并不简单，它相当复杂。孩提时代本真存在的纯粹的感官本能，已经通过想象转化成了某种对这个青年本人来说已经远离感官的东西，而恰是因此才显得更加危险。情欲源自何处，对情欲我们总是自欺欺人，而它却强烈地主宰着我们。我们能意识到我们最微弱的动机的本质。往往，当我们以为是在别人身上做实验的时候，实际上我们是在拿自己做着实验。

正当亨利勋爵坐着翻来覆去思考这些事情时，敲门声响起，他的仆人进来，提醒他该更衣赴晚宴了。他站起来，向大街上望去。对面房子上层的窗户已被夕阳染成了金红色。玻璃窗熠熠闪光，像烧红的金属。窗户之上的天空则似一朵凋谢的玫瑰。他想着朋友年轻而火热多彩的生活，不知道这一切会如何告终。

十二点半左右，他回到家，看见大厅的桌子上有一封电报。他打开，发现是道林·格雷发来的。电报里说，他和西比尔·文恩已经订婚。

第五章

“妈妈，妈妈，我真开心！”姑娘低声说着，把脸埋进一位容颜已逝、满面倦容的妇人的膝上。妇人坐在晦暗的起居室仅存的一把扶手椅里，背对着破窗而入的刺眼阳光。“我真开心！”她一遍遍说着，“你也一定很开心！”

文恩太太皱起了眉头，把她那双因化妆过多而苍白消瘦的手搭在女儿头上。“开心！”她回应说，“西比尔，我只是在看你演出时才开心。除了你的演出，其他你什么都不能想。艾萨克斯先生待我们一直很好，我们还欠他钱呢。”

姑娘抬起头，噘起了嘴。“妈妈，钱？”她叫道，“钱算得了什么？爱情比钱重要。”

“艾萨克斯先生给我们预支了五十英镑，让我们还清了债务，还为詹姆斯买了一套得体的行装。你可不能忘呀，西比尔。五十英镑是一大笔钱。艾萨克斯先生为我们考虑得太周到了。”

“他不是绅士，妈妈。我讨厌他跟我说话的方式。”姑娘说着站起来，朝窗边走去。

“若没有他，我真不知道我们该如何度日。”老妇人带着怨气回答。

西比尔仰头大笑起来："我们以后不会需要他了，妈妈。现在，迷人王子来照顾我们的生活。"随后，她停住不说话了。血液里一朵玫瑰在摆动，她的双颊泛起了玫瑰红。她呼吸急促起来，花瓣般的双唇张开着，颤动不已。激情的南风吹拂着她全身，搅起了她衣服上的精巧褶皱。"我爱他。"她只说了这一句。

"傻丫头啊！傻丫头！"文恩太太鹦鹉学舌般地回应着。已经变形的、戴着假钻石的手指摇来摇去，让她的话听起来多了分怪诞。

姑娘又笑了起来，声音里透出笼中鸟般的欢悦。她的眼睛里闪烁着明亮的光，回应这优美的旋律，随后她闭了会儿眼，仿佛要掩饰眼眸后面的秘密。当她再睁开时，眼睛里闪过梦一般的迷雾。

薄唇的智慧之妇仍坐在破旧的椅子上和她说着话，暗示她凡事谨慎，仿佛从一部冒用常识之名写的关于懦弱的书里引经据典。她并没有在听。在激情的囚室里，她是自由的。她的王子，迷人王子，陪伴在她身边。她唤起记忆来重塑他，派出灵魂去寻觅他，并已经把他带回来了。他的热吻再次灼烧着她的嘴唇。她的眼睑热乎乎的，那是他呼吸的余温。

随后，智慧之妇改变了方法，开始谈起窥探和发掘。这个年轻人可能有钱。要是这样，倒可以考虑婚姻。世俗的狡狯之浪打在西比尔的耳廓上，破碎了。诡计的箭镞，从她身边射过。她看到那薄唇在动，她笑了。

突然，她觉得要说点什么。长时间的沉默让她无法忍受。"妈妈，妈妈，"她喊道，"为什么他那么爱我？我知道自己为什么爱他。我爱他，因为他就是爱本身。可他能从我身上看到什么？我配不上他。可是——我说不出来是为什么——尽管我觉得自己的身份远低于他，但我并不觉得卑贱。我感到自豪，非常自豪。妈妈，你当初像我现在爱迷人王子这样爱爸爸吗？”

老妇人脸上盖着粗脂劣粉，双颊变得苍白了。一阵痛苦袭来，她干燥的双唇抽搐起来。西比尔冲过去，搂住她的脖子，亲吻她。“原谅我，妈妈。我知道谈论父亲会让你痛苦。但正是因为你那么爱他，所以才会痛苦。不要一脸悲伤了。我今天的快乐与你二十年前的快乐是一样的。啊！让我永远这样快乐下去吧！”

“孩子呀，你还太年轻，真不该谈情说爱。而且，你对这个年轻人又知道多少？你甚至还不知道他的名字。整件事都极难处理，真是的，詹姆斯还正准备去澳大利亚，我要操心的事真是多，我得说，你要多多体谅我才是。不过，就像我之前所说的，如果他有钱……”

“啊！妈妈，妈妈，让我快乐吧！”

文恩太太瞥了她一眼，一把搂住了她，这虚假的戏剧动作经常变成舞台演员的第二天性。这时门开了，一个长着一头棕色乱发的年轻人走进来。他个头厚实，粗手大脚，动作有些笨拙，不像姐姐那样有教养，旁人很难看出两人是近亲。文恩太太盯着他，笑得更欢快了。她在心里将儿子提升到了观众的高贵地位。她确信这个场景很有趣。

“我想你会给我留几个吻吧，西比尔。”小伙子温和地抱怨道。

“啊！但你不喜欢被人吻呀，吉姆[1]，”她喊起来，“你是一头可怕的老熊。”她穿过房间，跑上前去抱住了他。

詹姆斯温和地注视着姐姐的脸：“西比尔，我想和你一起出去散散步。我想我再也不会看到这个可怕的伦敦了。我确实不想再见到它。”

1. 吉姆：詹姆斯的简称。

“我的儿子啊，不要说得那么吓人，”文恩太太一边喃喃地说着，一边叹着气拿起一件俗艳的戏服，开始缝补起来。儿子没有加入她们的表演，她感到有点失望，他的加入会使戏剧场景更生动。

“为什么不说呢，妈妈？我是认真的。”

“我的儿子啊，你让我痛苦。我相信，你从澳大利亚回来时，会很有钱。我相信殖民地没有上流社会这种东西——没有我称之为上流社会的东西——所以，一旦你发了财，你就必须回来，在伦敦站稳脚跟。”

“上流社会！”小伙子嘟囔着，“我不想有丝毫了解。我只想挣点钱，让你和西比尔离开舞台。我恨舞台。”

“噢，吉姆！”西比尔笑着说，“你说话太不友好了！但你真要与我同去散步吗？真好！我担心你要去与一些朋友道别——比如汤姆·哈代，是他给了你那只丑陋的烟斗，或内德·兰顿，他取笑你用那烟斗抽烟。你让我陪你度过在这里的最后一个下午，你真是太好了。我们去哪儿呢？去公园吧。”

“我太寒酸了，”他皱着眉回答说，“只有时髦的人才去公园。”

“胡说，吉姆。”她低声说，轻抚着吉姆的衣袖。

他犹豫了一会儿。“好吧，”他最后说，“但换衣服可别换太久。”她一路舞着，离开了房间。可以听见她一边上楼一边哼着歌。那双小脚在头顶踢踏作响。

他在房间来回踱了两三次，接着转向椅子上静止不动的人影。“妈妈，我的东西准备好了吗？”他问。

“全准备好了，詹姆斯。”她回答，眼睛仍专注于手头的活计。在过去几个月里，当她与这个粗鲁、严厉的儿子独处时，她总感到不自在。只要两人的目光一相遇，她那肤浅隐秘的本性就会不安。她总想弄明白儿子是否在猜疑什么。他对任何事都不置一词，这种沉默让她越来越难以忍受。她已经开始抱怨。女人总是以攻为守，就像她们会突然奇怪地投降，好开始进攻一样。“我希望你能满意自己的航海生活，詹姆斯，”她说，“一定要记得这是你自己的选择。你本可以进一家律师事务所工作的。律师是非常受人尊敬的阶层，在乡下，律师常常是与最上等的人家一起吃饭的。”

“我讨厌律师事务所，也讨厌做什么职员，”他回答，“不过你说得很对，是我自己选择了自己的生活。我要说的只有一句话，照看好西比尔。不能让她受丝毫伤害。妈妈，你一定要照看好西比尔。”

“詹姆斯，你说话真是非常奇怪。我当然会照看好西比尔的。”

“我听说有位绅士每晚都来剧场，到后台与她谈话。是这样吗？这怎么说？”

“你在说你不明白的事，詹姆斯。做这个行当，我们常受众人捧场，早已习以为常。以前，我自己也曾常常收到许多花束。那都是在你的表演被人真正理解的时候。至于西比尔，我目前还不知道她的喜爱是否严肃。但毫无疑问，我们所说的这位青年男子是个完美的绅士。他对我一直谦恭有礼。而且，他似乎是有钱人，送的花也可爱。”

“尽管你不知道他的名字。”小伙子粗声粗气地说。

“是的，我不知道，”他母亲一脸平静地回答，“他还没透露真名。我想这恰恰是他浪漫的地方。他可能是贵族成员。”

詹姆斯·文恩咬了下嘴唇。“照看好西比尔，妈妈，”他喊道，“照看好她。”

“我的儿子，你让我很难过。我对西比尔一向特别关心。当然，如果这位绅士富有，为什么她不该与他订婚呢？我相信他出身贵族，我一定得说，他看上去完全是贵族做派。对西比尔而言，这可能是一桩最体面的婚姻。他们会成为天作之合。他漂亮的外表真是让人难忘，每个人都注意到了他俩。”

小伙子咕咕哝哝说了些什么，用粗手指敲着窗玻璃。他刚转身要说什么，门开了，西比尔跑了进来。

“你们俩怎么那么严肃！”她喊道，“怎么了？”

“没事儿，”他回答，“我想人有时就得严肃。再见，妈妈，我五点吃晚饭。除了衬衣，其他的东西都收拾好了，所以你不用麻烦了。”

“再见，我的儿子。”她欠身回答，显得既庄严又紧张。

儿子与自己说话的语气让她非常生气，而他流露出的某种神情又让她感到害怕。

“吻吻我，妈妈。”姑娘说。她花瓣般的双唇触到妇人憔悴的面颊，融化了她脸上的冰霜。

“我的孩子！我的孩子！”文恩太太喊着，仰头看着天花板，仿佛在寻找顶层观众席。

“走吧，西比尔。”弟弟不耐烦地说道。他讨厌母亲假模假式的样子。

他们走到了闪烁的阳光下，清风扑面，两人沿着沉闷乏味的尤斯顿路走着。路人惊奇地瞅着这个一脸沉郁、身板厚实的年轻人，他身着不合体的粗衣，却与这样一个举止优雅、面容姣好的姑娘相伴而行。他就像一个手拿着一朵玫瑰赶路的粗俗花匠。

吉姆不时遇到陌生人探询的目光，每次他都会皱眉。他不喜欢被人盯着看。天才到晚年才会有这种脾性，庸人则时刻不曾摆脱。然而，西比尔却完全没有意识到自己所产生的效果。她的爱意正在她微笑的双唇上颤动。她正想着迷人王子，可能为了更好地想他，她没有说起他，倒是一直喋喋不休吉姆出海要乘的船，谈着他一定能发现的金子，说着某位妙不可言的女继承人，而他必定会从邪恶的红衫丛林强盗手中救出她的命。因为他不会一直做水手，或货仓管理员，或他要从事的任何工作。啊，不！水手的生活是可怕的。设想一下：他被囚锢在可怕的船上，山峰似的巨浪嘶吼着扑来，黑风吹倒桅杆，把船帆撕裂成尖叫着的长条！他将在墨尔本离船上岸，与船长礼貌道别，就立刻奔金矿而去。不用一周时间，他就能遇到一大块纯金，这是迄今所发现的最大的金块，由运货马车，在六名骑警护送下，送到海岸。从林强盗三次袭击他们，但都大败而逃，死伤惨重。或者，不，他根本不去什么金矿。那些地方都很可怕，那里的人们都醉醺醺的，在酒吧里彼此射杀，满口脏话。他要做一个优雅的牧羊场主，某天晚上，当他骑马回家时，他会看到一个漂亮的女继承人，正被一个骑着黑马的强盗拖在马背上掳走，他纵马追去，把她救下。当然，她会爱上他，他也会爱上她，他们会结婚，一起回到老家，住进伦敦一所大房子里。是的，他面前有一大堆好事在等着他。但他必须好好做人，不能发脾气，或随意挥霍。她只比他大了一岁，但她的生活阅历却比他要深很多呢。他还必须给她写信，每个邮班都要写，每晚睡前都祈祷。上帝慈悲为怀，会眷顾他。她也会为他祈祷，数年后，他就回来，富有而快乐。

小伙子沉着脸听她说着，一言不发。要离家了，他感到心痛。

然而，使他郁闷沮丧的并不只此一事。他虽阅世不深，但仍强烈意识到西比尔的处境很危险。爱上她的这位年轻公子哥，对她来说并非好事。那男的是上流人士，因此他恨他，基于某种自己都解释不清的奇怪的阶层本能恨他，而正因此，这种恨越发支配着他。他也意识到母亲天性浅薄，虚荣心强，并感到这会对西比尔和她的幸福造成无穷的危害。孩子人生初始都爱父母，随着年龄渐长，他们开始批判父母，有时他们会原谅父母。

他那母亲啊！他心里有些话一直想问她，这些话他已默默思考了好几个月。他在剧院偶尔听到的只言片语，一天晚上他在后台门口等她们时耳边传来的低声讥笑，都让他脑中浮现出一个接一个可怕的想法。这些事历历在目，犹如一根猎鞭抽在脸上。他眉头拧得就像一道楔形的沟壑。一阵痛苦的抽搐，他咬住了下唇。

“你根本没在听我说话，吉姆，”西比尔喊道，“我却在为你的未来制定最美妙的计划。你说话呀。”

“你让我说什么好呢？”

“噢！说你会做个好孩子，说你不会忘了我们。”她笑看着他回答。

他耸耸肩。“你更可能忘掉我，而不是我忘记你，西比尔。”

她脸红了。“你什么意思啊，吉姆？”她问。

“我听说你新交了一位朋友。他是谁？你为什么不和我谈谈他？他对你没好处。”

“住口，吉姆！”她大喊起来，“你不许说他的任何坏话。我爱他。”

“凭什么，你甚至都不知道他的名字，”小伙子回答，“他是谁？我有权知道。”

“他叫迷人王子。难道你不喜欢这个名字？啊，你这个傻瓜！你要永远记住这个名字。你只要见了他，你就会认为他是世界上最棒的人。你某一天总会见到他——你从澳大利亚回来的时候吧。你会深深地喜欢上他。人人都喜欢他。而我……爱他。我希望你今晚能来剧院，他会去那儿的，我会出演朱丽叶。噢！我该怎么演呢！想想吧，吉姆，恋爱中的我要演朱丽叶！而他就坐在那儿！为取悦他而演！恐怕我会吓坏剧团的，吓坏他们，或者让他们倾倒。恋爱是超越自己。可怜又可怕的艾萨克斯先生会在酒吧里对那些游手好闲的人大呼‘天才’。他一直像传教一样宣传我；今晚他会宣布我是上帝的启示。我感觉到了。这一切全是他的功劳，只归功于他，我的迷人王子，我美妙无比的情人，我的福赐之神。而我在他身边只是个穷人。但贫穷？那又有什么关系？‘贫穷溜进门，爱情飞进窗’，我们的谚语要重写。[1]这句谚语是冬天写的，而现在是夏天；我想，对我来说是春天，是蓝天下的花舞蹁跹。”

“他是上流人士。”年轻人闷闷地说。

“他是一个王子！”她那悦耳的声音喊道，“你还要什么呢？”

“他会奴役你。”

“一想到自由我就会发抖。”

“我要你小心他。”

“见了他就会崇拜他，了解他就会信任他。”

“西比尔，你爱他爱疯了。”

她笑着挽住他的胳膊：“亲爱的吉姆老弟，你说话像已经活了一百岁。某一天你自己也会恋爱的。到时你就知道爱是什么了。别那么拉着脸。想想看，虽然你要走了，但留下的我比以前任何时候都幸福，一想到这一点，你当然应当高兴。对我们俩而言，生活一直非

1. 原英国谚语为：“贫穷溜进门，爱情飞出窗。”

常艰辛，苦不堪言，困难重重。但现在起就会不同了。你就要踏入一个新世界，而我已经发现了一个新世界。这儿有两把椅子，我们坐下来，看看过往的时髦人们吧。”

他们坐了下来，周围是一群看风景的人。路对面的一片郁金香盛开得像一圈圈跳动的火。白色的尘雾——似乎是云彩般的鸢尾根在颤抖——悬挂在浮动的空气中。鲜艳的太阳伞舞起舞落，犹如巨形蝴蝶。

她让弟弟谈谈自己，谈谈他的希望和前景。他说话慢吞吞的，很费力。他们你说一句，我接一句，就像赌徒一来一往传着筹码。西比尔有点透不过气来。她无法传达出自己的喜悦。她所能赢得的回应，只不过是弟弟那闷闷不乐的嘴边若有若无的微笑而已。过了一会儿，她就默不作声了。突然，她瞥见金色的头发和大笑的嘴唇。一辆敞篷马车驰过，上面坐着的除了两位女士，正是道林·格雷。

她一下子站了起来。“是他！”她叫道。

“谁？”吉姆·文恩问。

“迷人王子呀。”她回答，目送着远去的敞篷马车。

他跳起来，粗暴地抓住她的胳膊。“指给我看哪个是他！指出来。我一定得见他！”他喊着。但就在此刻，伯威克公爵的四驾马车冲到他们和那辆马车中间，当它驰过留出了空地，敞篷马车早已驶出了公园。

“他走了，”伤心的西比尔喃喃地说，“我真希望你看见他了。”

“我也希望我见到他了，老天有眼，他要是让你受了什么委屈，我就杀了他。”

她惊恐地看着他。他又重复了一遍刚才的话，字字如匕首，刺向空中。周围的人顿时目瞪口呆，站在她近旁的一位女士窃笑起来。

“走吧，吉姆。走吧。”她悄声说。吉姆一脸倔强地随她穿过人群。他挺高兴他说了这些话。

当他们走到阿喀琉斯像前时，她转过头来。双眸流露出的怜惜之情，在她的唇边化作了笑声。她对着弟弟摇了摇头。“你真傻，吉姆，傻透了。真是个坏脾气的男孩，如此而已。你怎么会说出那样可怕的话呢？你都不知道自己在说什么。你就是妒忌、无情。啊！我真希望你也坠入爱河。爱情使人向善，你说的话是恶毒的。”

“我十六岁了，”他回答，“我知道自己是什么样的。妈妈帮不了你什么。她不懂怎么照顾你。现在我真希望自己根本不去什么澳大利亚了。我非常想放弃一切计划。要是我没有签过约，我就不去了。”

“噢，可别当真不去了，吉姆。你就像妈妈过去常常在愚蠢的情节剧中喜欢扮演的角色一样。我不准备和你争吵。我刚才已经看见他了。噢！能见到他就是完美的幸福。我们不吵了。我知道你从来不会伤害任何我爱的人，是不是？”

“我想，只要你爱他，我就不会。”他阴沉地回答。

“我会永远爱他！”她叫道。

“那么他呢？”

“也会永远爱我！”

“他最好如此。”

她身子一缩，从他旁边闪开。随后又笑起来，把手搭在他胳膊上。他只是个孩子。

在大理石拱门处，他们搭乘了一辆公共马车，在尤斯顿路寒酸的家附近下了车。已经五点多了，西比尔得在演出前躺下休息两小时。吉姆坚持让她这样做。他说待会儿与她告别时宁愿母亲不在场。母亲肯定会弄出一幕戏剧场景，而他厌恶任何戏剧化的场景。

他们在西比尔自己的房间里分别了。年轻人的心怀嫉妒，他对仿佛夹在他们中间的那个陌生人厌恶至极。然而，当她的双臂搂住他的脖子，手指摩挲着他的头发时，他的心软下来了，真心实意地吻了她。下楼时，他已热泪盈眶。

母亲正在楼下等他。他一来她就嘟嘟囔囔抱怨他不守时。他一言不发，坐下吃贫乏的晚饭。苍蝇绕在桌子周围嗡嗡乱飞，在脏兮兮的桌布上爬动。穿过公共马车驶过时的隆隆声和出租马车的嗒嗒声，他仍能听见那嗡嗡的唠叨声正在吞噬着留给他的每一分钟。

过了一会儿，他把盘子推开，把头埋进双手。他觉得自己有权知道。如果事情真像他所怀疑的那样，那她早就该告诉他。他母亲充满恐惧地注视着他，话儿机械地从她嘴里掉出来，手指摆弄着一块镶着花边的破手帕。钟敲六点时，他站起来，朝门口走去。随后，他又转过身来，看着她。两人的目光相遇了。从她的眼中，他看到了急于乞求怜悯的神情。这激怒了他。

“妈妈，我要问你件事。”他说。她的眼睛漫无目的地扫视着房间，没有回答。“告诉我实情，我有权知道。你和父亲结婚了吗？”

她深深地、如释重负地叹了一口气。这个可怕的时刻，她曾日日夜夜担惊受怕的时刻终于到来了，而她并没有感到害怕。说实话，在某种程度上，她倒有点儿失望。这个粗鲁的直接的问题需要一个直截了当的回答。这情境不是逐渐引导至此的，它粗糙生硬，让她想到一场糟糕的排练。

“没有。”她回答，困惑于生活的粗糙和简单。

“那我父亲是个无赖！”年轻人喊起来，攥紧了拳头。

她摇摇头：“我知道他身不由己。我们彼此深深相爱。要是他还活着，他一定会供养我们。儿子啊，可别说他的坏话。他是你父亲，一位绅士。实际上，他门第高贵。”

他脱口而出一句咒骂的话。“我自己无所谓，”他大喊起来，“但别让西比尔……这又是一位绅士爱上了她，是不是？或者自称爱上了她？我想他门第也很高啊。”

一阵可怕的羞辱感袭来，妇人低下了头。她双手哆嗦着擦了擦眼睛。“西比尔有母亲，”她轻声说，“但我没有。”

年轻人感动了。他走到她身边，弯下腰吻她。“如果我问起父亲的事让你伤心了，对不起，”他说，“但我情不自禁要问。现在我必须走了。再见。别忘了，你现在只有一个孩子需要照看。相信我，如果那个人欺负了我姐姐，我一定会搞清楚他是谁，找到他，像杀狗一样把他宰了。我发誓。”

他那愚蠢的夸张的威胁，伴以情绪激烈的手势，再加上疯癫闹剧式的言语，对她而言，似乎把生活变得更加生动了。她熟悉这种氛围。她的呼吸更自由自在了，数月来，她第一次真正欣赏儿子。她很想将这场情感戏继续按原样演下去，但儿子打断了她。箱子得拿下去了，围巾也要找出来，公寓的差役跑进跑出，还得与马车夫讲价。她所期待的戏剧时刻，在庸俗的细节中荡然无存了。儿子的车离开了，她在窗口挥着破烂的花边手帕，内心重又升起一种失望感。她意识到一个大好的戏剧时机被浪费掉了。作为自我安慰，她告诉西比尔，她觉得自己的生活会变得孤寂凄凉，因为她“只有一个孩子需要照看”了。她记住了这句话，这让她很高兴。而对儿子的威胁，她只字未提。她把话说得鲜活生动，戏剧性十足。她觉得，将来某一天他们回忆起来会大笑的。

第六章

“我想你应该已经听到那条消息了吧，巴兹尔？”亨利勋爵说。那天晚上，当霍华德被领进布里斯托尔饭店的一间小包房时，里面已经摆好了三人的晚餐。

“没有，哈利，”艺术家一边回答，一边把帽子和外衣交给弯腰恭迎的侍者，“什么消息？我希望与政治无关！政治提不起我的兴趣。下议院里几乎没有一个人值得我画，虽然其中很多人最好能稍微润色修饰一下。”

“道林·格雷订婚了。”亨利勋爵一边说一边观察着他。

霍华德吃了一惊，皱起眉来。“道林·格雷订婚了！”他喊道，“不可能！”

“千真万确。”

“和谁？”

“一个什么小女演员。”

“我不信。道林可是个非常明事理的人。”

“道林就是因为太聪明，才时不时做些傻事，亲爱的巴兹尔。”

“结婚可不是时不时能做一下的事，哈利。”

“除了在美国。”亨利勋爵无精打采地回答，“但我并没说他已经结婚了。我只是说他订婚了。两者有天壤之别。我清清楚楚地记得自己结了婚，但我根本不记得自己订过婚。我更愿意认为自己从未订过婚。”

“但想一想道林的出身、地位和财富吧。与一个地位远低于自己的人结婚是荒谬的。”

“如果你想让他娶那位姑娘，那就这样跟他说吧，巴兹尔。他就一定会娶她的。无论何时，一个人要做一件彻头彻尾的蠢事，都是出于最崇高的动机。”

“我希望这是位好姑娘，哈利。我不想看到格雷与一个会让他天性堕落、理智毁灭的卑劣女人绑在一起。”

“哦，她岂止是好——她还漂亮，”亨利勋爵一边轻声说，一边小口喝着混了味美思酒的橙皮苦酒，“道林说她漂亮，在这种事上，他一般不会错。你为他画的画像激发他去欣赏别人的外表。画像确实具有这种奇妙的效果，当然并不仅仅是这种效果。我们等一下就能见到她了，如果道林没有忘记今晚的约定。”

“当真？”

“千真万确，巴兹尔。我此时比任何时候都认真，否则我会感到痛苦的。”

“那你赞成他结婚吗，哈利？”画家咬着嘴唇，在房间里踱来踱去，“你可能不会赞成。这是一时愚蠢的痴迷。”

“现如今，任何事我都不说赞成还是不赞成。这种看待生活的态度是荒谬的。我们被送到人世间，不是为了宣扬我们的道德偏见的。我从不关注普通人说什么，也从不干预有魅力的人做什么。如果一个人的个性让我着迷，那么他无论选择什么表现方式，我都会觉得很喜欢。道林·格雷爱上了一个扮演朱丽叶的小美女，并向她求婚。为什么不可以呢？即使他娶了麦瑟琳娜[1]，也依然魅力不减。你知道，我不是婚姻的卫道士。婚姻真正的弊端在于使人无私，而无私的人是平淡无奇的。他们缺乏个性。当然，婚姻会使有些人的性情变得更加复杂。他们保留了利己主义，还附加上许多其他自我。他们被迫过着多面人生，变得高度有序，而我认为，高度有序是人类存在的目的。此外，每一种经历都是宝贵的，不管人们如何反对婚姻，它必然也是一种经历。我希望道林·格雷会娶这个姑娘，激情四射地爱上她半年，随后又突然迷上了另一个人。那么他会成为一个奇妙的研究对象。”

“你说的话没一个字是当真的吧，哈利。你知道你不是当真的。要是道林·格雷的生活被毁了，谁都没你难过。你实际上是个好人，只是假装不好。”

亨利勋爵大笑：“我们之所以都喜欢把别人往好处想，是因为我们都为自己感到害怕。乐观主义的基础就是纯粹的恐惧。我们称赞邻居拥有那些美德，就以为我们自己慷慨，实际上只是因为那些美德可能对我们有利。我们赞扬银行家，只为可以透支；我们找出拦路强盗的优点，只是希望他会饶过我们的口袋。我说的话都当真。我最鄙视乐观主义。至于说生活被毁，没有什么生活会被毁，只有生长被遏制才是真的毁了。如果你想破坏一个人的本性，你只需改造它。至于婚姻，当然是愚蠢的，男人与女人之间还有其他更有意思的关系。我肯定会鼓励这些关系，它们具有时尚的魅力。你看，道林来了。他能告诉你的比我多。”

1. 麦瑟琳娜（Valeria Messalina，17/20?—48）：古罗马皇帝克劳狄乌斯的第三任妻子，因荒淫过度而臭名昭著。

“亲爱的哈利，亲爱的巴兹尔，你们必须祝贺我！”小伙子一边说，一边脱下两边是缎子衬里的晚用斗篷。他挨个儿与朋友们握手：“我从来没那么快乐过。当然，这事来得突然：真正的好事都是如此。然而，这仿佛就是我一生一直在寻找的东西。”他激动快乐得脸通红，看起来十分英俊。

“我希望你永远快乐，道林。”霍华德说，“但我很难原谅你不早点把订婚的消息告诉我，而告诉了哈利。”

“我也不原谅你晚饭迟到。”亨利勋爵插嘴道，他把手搭在小伙子的肩头，笑眯眯地说，“来，我们坐下来吧，尝尝这儿的新厨师的手艺，然后你再和我们说说整件事的来龙去脉。”

“真没多少好说的，”他们在一张小圆桌旁落座后，道林喊道，“事情简单说来是这样：哈利，昨晚同你分别后，我穿戴整齐到鲁伯特街那家你推荐的意大利小餐馆吃了晚餐，八点钟去了剧院。西比尔正在演罗瑟琳。当然，布景很差劲，奥兰多也演得很荒唐。可西比尔！你们真该见见她！她女扮男装登场时，真是美妙极了。她身穿有浅黄褐色袖子的苔绿色丝绒坎肩，搭配棕色交叉带长裤袜，戴着一顶可爱的小绿帽，帽上缀着一颗宝石，上面系着老鹰羽毛，还披着一件暗红色衬里的带兜帽的斗篷。在我看来，她似乎从未如此精致优雅。她拥有你画室那尊希腊塔纳格拉小雕像的所有风韵，巴兹尔。她的头发簇拥着她的面孔，就像深色的树叶衬托着一朵白色玫瑰。至于她的表演——好吧，你们今晚就会看到了。她简直天生就是个艺术家。我坐在肮脏破旧的包厢里，完全迷醉了。我全忘了自己是在伦敦，生活在十九世纪。我和我的爱人来到了一处从未有人见过的森林。演出结束后，我到后台和她说话。我们坐在一起时，她的眼睛里突然呈现出一种我以前从未见过的神情。我的唇移向她的唇，我们亲吻了。我没法向你们形容我当时的感受。我似乎觉得，我的全部生命都浓缩成了一个完美的点，充满玫瑰色的欢乐。她浑身发抖，像一朵微颤的白水仙。接着一下子跪在地上，亲吻起我的手来。我觉得我不该告诉你们这些，但我忍不住。当然，我们订婚之事还是绝密。她甚至都没告诉她母亲。我不知道我的监护人会说什么。莱德利勋爵一定会暴跳如雷。我不在乎，用不了一年我就成年了，到时我想干什么就干什么。我做的一直是对的，是不是，巴兹尔？我从诗中获得爱情，从莎士比亚的戏剧中找到妻子。莎士比亚教会说话的嘴唇，在我耳边低语着它们的秘密。我已将罗瑟琳搂入怀中，亲吻过朱丽叶。”

“是的，道林，我想你是对的。”霍华德不紧不慢地说。

“你今天见过她了吗？”亨利勋爵问。

道林·格雷摇了摇头。“我在阿尔丁的森林离开了她；我将在维罗纳的果园找到她。[1]”

亨利勋爵若有所思地呷了口香槟，“你在什么关键时刻提了‘结婚’二字，道林？她是怎么回答你的？或许你已经全忘了。”

“亲爱的哈利，我并没有把这当作一场商业交易，也没有正式向她求婚。我告诉她我爱她，而她说她不配做我的妻子。不配！呵，与她相比，整个世界对我而言都不算什么。”

“女人都极其务实，”亨利勋爵低语道，“比我们男人务实。在那种情形下，我们常常会忘了谈结婚的事儿，她们总会提醒我们想到这

1. 莎士比亚剧作《皆大欢喜》以英国阿尔丁森林作为背景，而《罗密欧与朱丽叶》的故事发生在意大利城市维罗纳。

一点。”

霍华德把手搭在他的胳膊上：“别说了，哈利。你已经惹道林不高兴了。他和别的男人不同，他从不会给别人带去痛苦。他天性太善良，做不出那种事情。”

亨利勋爵看着桌对面的格雷说：“道林永远不会生我的气的，我问这个问题，出于最充分的理由，实际上，这是问任何问题都该得到原谅的唯一理由——单纯的好奇心。我有一种理论：一直是女人向我们求婚，而不是我们向女人求婚。当然，在中产阶级的生活中，这是例外。但中产阶级那些已经过时了。”

道林·格雷仰天大笑起来：“你真是不可救药，哈利。但我不在意，我不可能生你的气。等你见了西比尔·文恩，你就会觉得，只有畜生，没心没肺的畜生，才会对不起她。我不明白怎么会有人想要羞辱自己的爱人。我爱西比尔·文恩。我要把西比尔置于金色的宝座上，看着整个世界膜拜我的女人。什么是婚姻？婚姻就是一个不可变更的誓言。你因此而嘲笑婚姻。啊！可别笑。这正是我要立下的不可改变的誓言。她的信任使我忠诚，她的信念促我向善。我与她在一起时，我为你教我的一切感到悔恨。我已经完全不同于你所认识的我了，我变了。只要一碰到西比尔的手，我就会忘了你，忘了你所有那些错误、迷人、有毒却讨人喜欢的理论。”

“那些理论是……？”亨利勋爵问，一边取了些色拉。

“哦，你的那些人生理论、爱情理论、享乐理论。实际上，你的一切理论，哈利。”

“只有享乐值得有理论，”他以那种悦耳又悠缓的语气说，“但我恐怕不能将这理论据为己有。它属于天性，而非属于我。享乐是天性的测试，是天性赞许的标志。我们快乐时，我们总是善的，但我们善的时候，却不一定总是快乐。”

“啊！但你所谓的‘善’是什么意思？”巴兹尔·霍华德喊道。

“是啊，”道林说着往椅背上一靠，他隔着放在桌子中间的一大簇茂密的紫色鸢尾花看着亨利，“你所谓的‘善’是什么意思，哈利？”

“‘善’，就是要与自身和谐。”他用苍白尖细的手指碰了碰手中杯子的细柄，说，“不和谐，就是被迫与他人维持和谐。人自身的生活才是重要的。至于周围人的生活，假如有人想做道学先生或清教徒，他尽可抒发自己的道德观念，但不管别人的事。除此之外，个人主义其实抱有更崇高的目标。现代道德就体现在接受自己时代的标准。而我认为，对任何一个有教养的人而言，接受自己时代的标准就是一种最严重的不道德。”

“但是，如果一个人只为自己而活，哈利，他会为此付出可怕的代价吗？”画家提出自己的想法。

“是呀，如今一切东西都代价过大。我想，穷人的真正悲剧在于，除了自我否定，他们什么都负担不起。美丽的罪恶，就像一切美的东西一样，是富人的特权。”

“除了钱，人们还得以其他方式付出自己的代价。”

“什么方式呢，巴兹尔？”

“噢！我想是以忏悔，以痛苦，以……唉，以对自己堕落的意识。”

亨利勋爵耸耸肩：“好孩子，中世纪艺术是迷人的，但中世纪的情感已过时。当然，写小说倒还用得着。以后人们在小说中能用的就只有那些在现实中过时的东西了。相信我，没有文明人会为享乐而感到悔恨，而没开化的人都不知道享乐是什么。”

“我知道什么是享乐，”道林·格雷喊道，“那就是去崇拜一个人。”

“崇拜别人当然比被人崇拜好，”他回答，手里拨弄着水果，“被人崇拜让人生厌。女人对待我们，就像人类对待神。她们崇拜我们，老是纠缠着我们为她们做这做那。”

“应该说，她们向我们索取的任何东西，她们都已经先给了我们。”小伙子严肃地低声说，“她们创造了我们天性中的爱，她们有权要回这种爱。”

“那倒是真的，道林。”霍华德叫道。

“没有什么东西是真的。”亨利勋爵说。

“这就是真的，”道林打断他的话说，“你得承认，哈利，女人们把自己生命中最珍贵的东西给了男人。”

“可能吧，”亨利勋爵叹了口气，“但她们一定会零打碎敲地要回去，这就是麻烦所在。就像某个风趣的法国人所说，女人会激发我们做番大事的欲望，但又总是阻止我们去实现它。”

“哈利，你太可怕了！我不明白自己为什么这么喜欢你。”

“你会一直喜欢我，道林，”他回答，“你们要喝咖啡吗？——侍者，拿咖啡和上等香槟来，还有香烟。不，不要香烟了——我还有一些。巴兹尔，我不能让你再抽雪茄了。你必须试试香烟。抽香烟就完全是一种完美的享乐。它很优雅，而且让人永不满足，夫复何求？是的，道林，你会一直喜欢我。对你而言，我代表着所有你没有勇气犯下的罪恶。”

“你在胡说什么，哈利！”道林一边喊着，一边从侍者放在桌上的喷火银龙里点上烟，“我们去剧院吧。等西比尔一上台，你就会对生活有一种新理想了。对你而言，她将代表你不曾知晓的东西。”

“我已无事不知，”亨利勋爵说，眼神流露出一丝倦意，“但我始终准备体验新的情感。虽然对我而言，恐怕已不再有这种东西了。你那位尤物可能会让我激动吧。我喜欢看戏，它比生活要真实得多。我们走吧，道林，你和我一起走。对不起，巴兹尔，我的布鲁厄姆马车只能容下两个人。你得乘出租马车跟在我们后面了。”

他们起身穿上外套，又站着呷了口咖啡。画家一言不发，想着心事。他脸色沉郁。他无法忍受这桩婚姻，但他似乎又觉得，与其他很多可能会发生的事相比，这样还好一些。几分钟后，他们都下了楼。根据既定的安排，他自己坐车随他们走。他望着前面那辆小马车上闪烁的灯光，一种奇怪的失落感袭遍全身。他感到，对他来说，过去的道林·格雷再也回不来了，生活已经把他们隔开……他的眼神黯淡下来，熙熙攘攘、灯火辉煌的街道在他眼前模糊了。当马车停在剧院门口时，他似乎觉得自己一下子苍老了许多。

第七章

不知为何，那晚剧院拥挤不堪，在门口迎候他们的胖犹太经理满脸怯懦的谄笑。他把他们领进包厢，谦卑得有些浮夸，他挥舞着戴着珠宝的肥手，还扯着大嗓门嚷嚷。道林·格雷比以往更讨厌他。他感觉仿佛自己本是来找米兰达的，却被卡利班碰上了。[1]相反，亨利勋爵却非常喜欢他。至少他说自己喜欢他，而且执意要同他握手，他向他保证自己真是荣幸，能遇到一位发现了真正的天才，还为诗人而破产的人。霍华德感兴趣的，则是观察正厅后座区观众的一张张脸。剧院里热气逼人，巨大的汽灯光芒四射，犹如一朵喷射着黄色火焰的巨形大丽花。顶层的年轻人们脱掉外套和马甲，搭在旁边的座位上。他们与离很远的人高声交谈，与身边俗里俗气的姑娘分吃橘子。一些女人大声笑着，声音刺耳难听。一阵阵噗噗声从酒吧传来，那是在开瓶塞。

“竟然在这样的鬼地方找到了自己的女神！”亨利勋爵说。

“对！”道林·格雷回答，“我就是在这儿找到了她。她比世间万物都神圣。她演出时，你会忘记一切。只要她一上台，这些面孔粗

1. 米兰达：莎士比亚剧作《暴风雨》中公爵普洛斯彼罗之女。卡利班：公爵普洛斯彼罗的凶恶丑陋的奴仆。

糙、举止野蛮的平凡粗人，就大不一样了。他们会安静地坐着，看着她，和她一起哭，一起笑，像小提琴那样反应灵敏，一切任凭她摆布。她使他们富有灵性，让人觉得他们与我们血脉相连。”

“血脉相连！啊，我可不要！”亨利勋爵叫起来，一边用观剧镜扫视着楼上的观众。

“别理他，道林，”画家说，“我明白你在说什么，也相信这个姑娘。凡你所爱，皆为佳人。任何具有你所描述的那种影响的姑娘，必定美好高尚。赋予身处的时代灵性——这是值得做的事。如果这姑娘能给那些没有灵魂的人以灵魂，能在一直过着肮脏丑陋生活的人心里生出美感，能褪去他们的自私，能把眼泪借给那些不会悲伤的人，那么她配得上你所有的爱慕，全世界的爱慕。这桩婚事非常好，我起初不这样想，但现在我认可了。神为你创造了西比尔·文恩，没有她，你就是不完整的。”

“谢谢了，巴兹尔，”道林·格雷按着画家的手答道，“我知道你会理解我的。哈利太愤世嫉俗，简直让我害怕。乐队开始演奏了。是很糟糕，但只需忍五分钟左右。随后大幕就会拉开，你们会看到我愿意献出全部生命的那个姑娘，我已经把我身上所有的善都给了她。”

一刻钟后，在一阵乱糟糟的热烈掌声中，西比尔走上了舞台。是的，她看上去的确可爱——亨利勋爵认为，她是自己迄今所见过的最可爱的姑娘之一。她羞涩、优雅、惊愕的眼神，犹如一头小鹿。她看了一眼拥挤而热情的剧场，两颊泛起淡淡的红晕，像银镜映出的一朵玫瑰。她退后了几步，双唇似乎在颤动。巴兹尔·霍华德跳起来，开始鼓掌。道林·格雷就如在梦中，一动不动地坐着，目不转睛地看着她。亨利勋爵透过观剧镜观看着，低声自语：“迷人！真迷人！”

这场戏发生在凯普莱特家的厅堂，罗密欧扮成香客，与茂丘西奥和其他朋友一起走进来。乐队依然糟糕，但也算奏了几段音乐，随后舞蹈开始。西比尔从一群戏服简陋、动作笨拙的演员前飘过，仿佛是来自另一个更美好的世界的生灵。她跳舞时身体摆得像植物在水中摇曳。她颈部的曲线如同洁白的百合花，双手仿佛是用清凉的象牙雕琢而成。

但令人奇怪的是，她演得无精打采。她的目光停在罗密欧身上，却没有丝毫喜悦之情。她勉强地说着几句台词：

好信徒，莫太亏待你的双手，
这才显出虔敬的礼数；
圣徒之手本容信徒触碰，
合掌之礼即朝圣者之吻。

紧接着是几个简短对话，说得极其做作。她声音甜美，但音调和音色都是错的。她掳走了诗句的生气，热烈的情感听上去很不真实。

道林·格雷看着她，脸色变得苍白起来。他既困惑又焦急。朋友们没有谁敢对他说什么。在他们看来，西比尔演技拙劣，他们太失望了。

不过他们觉得，真正能考验朱丽叶扮演者的，是第二幕阳台相会一幕。他们等着看，如果这一幕她也演不好，只能说明她徒有其表。

当她出现在月光下时，看起来很迷人，这不容否认。但演技却做作得让人难以忍受，而且越演越差。她的手势假模假样，非常荒唐，说每一句话都过度强调。剧中有一段漂亮的台词：

你知道我蒙着黑夜的面具，
否则，我今夜被你听去的话，
一定会羞红我少女的脸颊。

这段话就像是由一个二流演讲教员教出来的女学生读出来的，一字一句，让人听着痛苦。她俯身在阳台上，开始朗诵美妙的诗句：

虽然我喜欢你，
却不喜欢今晚的约定；
太仓促，太草率，太突然；
太像闪电，让人来不及说“闪电”，
就消隐而去。好人儿，晚安吧！
这朵爱的蓓蕾，受着夏日催熟的暖风吹拂，
在我们下次相见时，也许能开出美丽的花。

她说着这些句子，似乎它们对她而言没有任何意义。这不是因为紧张。实际上，根本不是紧张，而是自我克制。纯粹是她演技太差。她的演出彻底失败了。

连正厅后座和顶层那些没有受过教育的平庸观众，也对演出失去了兴趣。他们骚动起来，开始高声交谈，乱吹口哨。站在花楼后的犹太经理愤怒得又是跺脚，又是怒骂。唯一无动于衷的，只有姑娘自己。

第二幕结束时，剧场里响起了潮水般的嘘声，亨利勋爵从座椅上站起来，披上外套。“她很漂亮，道林，”他说，“可她不会演戏。

我们走吧。”

“我要看完，”小伙子回答，语气生硬而痛苦，“我非常抱歉，让你们浪费了一个晚上，哈利。我向你们两位道歉。”

“亲爱的道林，我是觉得文恩小姐病了，”霍华德打断他说，“我们改天晚上再来吧。”

“我希望她是病了，”道林回答，“但我似乎觉得她只是冷漠无情。她完全变了。昨晚她是个伟大的艺术家，今晚她只是个普通平庸的女演员。”

“不要这样谈论你所爱的任何人，道林。爱情比艺术更美妙。”

“两者都只不过是模仿的形式罢了。”亨利勋爵发表高论，“我们还是走吧，道林，你一定不能再待在这儿了。观看拙劣的表演无益于人的道德。此外，我想你也一定不会让自己的妻子去演戏，所以，即使她把朱丽叶演得像木偶一样又有什么关系？她很可爱，如果她对生活和表演都一无所知，倒成了一种愉快的经历。只有两种人真正让人迷恋——无所不知，和一无所知的人。天哪，我亲爱的孩子，不要看上去那么悲伤！保持年轻的秘密就在于永远不要有不恰当的情绪。与巴兹尔和我一起去俱乐部吧。我们一块抽会儿烟，为西比尔·文恩的美貌干一杯。她是个美人，你还要什么呢？”

“走开，哈利，”小伙子喊道，“我想单独待一会儿。巴兹尔，你也得走。啊！你们没看见我的心都碎了吗？”他热泪盈眶，嘴唇颤抖，他冲到包厢后面，靠在墙上，双手捂着脸。

“我们走吧，巴兹尔。”亨利勋爵说，语调里带有一种奇怪的温柔。两个年轻人一起离开了。

没过一会儿，脚灯亮起，第三幕开始了。道林·格雷回到座位上。他看起来脸色苍白，傲慢而冷漠。演出冗长乏味，好似没完没了。一半观众离场了，他们一路说说笑笑，把靴子踏得轰然作响。整个演出大败。最后一幕几乎是演给一排排空椅子看的。幕落时，一阵嗤笑和抱怨声响起。

戏一演完，道林·格雷就冲进幕后的演员休息室。姑娘正独自一人站在那里，脸上流露出胜利之色，双眼炯炯有神，看上去神采奕奕。她咧着嘴，因为双唇间的秘密而微笑着。

他进去时，西比尔看着他，脸上露出无限欣喜的表情。“今晚我演得真是太糟糕了，道林！”她喊道。

“太糟糕了！”他回答，一脸诧异地盯着她，“糟糕透顶，简直可怕。你病了吗？你不知道这戏是什么样的，你不知道这让我多痛苦。”

姑娘笑了。“道林，”她唱歌似的拖长了他的名字，仿佛对花瓣似的红唇来说，这名字比蜜还甜，“道林，你应当理解的。你现在理解了，不是吗？”

“理解什么？”他气呼呼地问。

“为什么我今晚演得那么糟糕，为什么我将会一直糟糕，为什么我以后再也不会演好了。”

他耸了耸肩：“我想你是病了。病了，就不该演出。你让自己看上去很可笑。我的朋友们感到厌烦了，我也厌烦了。”

她似乎不在听他说话。她高兴得容光焕发，完全沉浸在幸福的狂喜之中。

“道林，道林，”她叫道，“在认识你之前，表演是我生活中唯一的真实。只有在剧院我才是活着的。我把那些都当作真的。一天晚上我是罗瑟琳，另一天晚上我是鲍西娅；碧翠丝的快乐就是我的快乐，考狄利娅的悲伤就是我的悲伤。[1]我什么都信。与我同台演出的普通人在我眼里都有如神明。画出来的布景就是我的世界。我什么都不知道，除了这些角色的影子，我把它们当作真的。这时，你来到了我身边——哦，我的白马王子！你带我的灵魂逃离出囚牢。你教我知道了什么才是真正的现实。今晚，我有生以来第一次看穿了自己一直在空洞、虚假和愚蠢的戏剧里表演。今晚，我有生以来第一次意识到罗密欧是丑陋、年迈和虚假的；意识到果园里的月光是假的，布景是庸俗的，我不得不念的台词是不真实的，不是我的话，也不是我想说的话。你给我带来了更高尚的东西，让一切艺术成为它的镜像。你使我明白了真正的爱是什么。我的爱人！我的爱人！迷人王子！我生命中的王子！我已经厌倦了做影子。你对我来说远胜于一切艺术。那我还与戏中的傀儡有什么关系？今晚我走上舞台时，我不明白一切感觉怎么就离我而去了。我还以为我会表演出色，却发觉自己什么也做不了。突然，我的灵魂觉醒了，一切都清楚了。对我来说，这觉醒美妙极了。我听见了他们的嘘声，但我笑了，他们怎么能理解我们这样的爱呢？带我走吧，道林——带我走吧，到只有我们俩的地方去。我讨厌舞台。我可以模仿一种自己感觉不到的激情，但无法模仿像火一样燃烧着我的激情。啊，道林，道林啊，你现在理解这一切的含义了吧？即使我能做到，对我来说，表演爱情是对爱情的亵渎。是你让我看到了这一点。”

道林一下子跌坐在沙发上，掉过头去。“你已经扼杀了我的爱。”他喃喃低语。

1. 罗瑟琳、鲍西娅、碧翠丝、考狄利娅皆为莎士比亚戏剧中的女性角色。

她惊讶地看着他，笑了起来。他没有理会。她走到他身旁，用纤弱的手指轻抚着他的头发，跪下来，把他的手按在自己的唇上。他抽出手，浑身一阵战栗。

接着他跳起来，往门口走去。“是的，”他叫道，“你已经扼杀了我的爱。你曾激发我的想象，但现在，你甚至无法激发我的好奇心。你对我一点影响都没有了。我爱你，是因为你奇妙无比，因为你有天分和智慧，因为你让伟大的诗人之梦成真，因为你赋予艺术的影子以外形和内在。你把这一切都丢了。你既浅薄又愚蠢。天啊！我竟会爱上你，真是疯了！我真是个傻子！你现在对我已经什么都不是了。我永远不会再见你，也永远不会再想你了。我永远不会再提起你的名字。你不知道你曾经对我意味着什么。啊，曾经……噢，一想到此，我就受不了！我真愿自己从来没有见到过你！你毁掉了我一生的浪漫。如果你说爱情损害了艺术，说明你对爱情是多么无知！没有艺术，你什么都不是。我本可以让你扬名，让你灿烂夺目、事业辉煌，整个世界都会膜拜你，而你本可以冠上我的姓。你现在是什么呢？只是一个三流女演员，脸蛋漂亮而已。”

姑娘脸色发白，浑身颤抖。她紧紧地绞着双手，声音似乎哽在了喉咙里。“你不是认真的吧，道林？”她轻声说，“你是在演戏。”

“演戏！你才会演戏。你演戏多么在行。”他愤恨地说。

她站了起来，穿过房间走到他面前，神情可怜痛苦。她把手按在他手臂上，注视着他的眼睛。道林一把推开她。“别碰我！”他叫道。

她发出一声低沉的哀吟，扑到了他脚下，像一朵被践踏过的花。“道林，道林，别离开我！”她低声说，“我没有演好，真对不起。演出时我一直都在想你。但我会努力的——真的，我会努力。我对你的爱突如其来。如果你没有吻我——如果我们没有亲吻彼此，我想我永远都不知道什么是爱。再吻我一下吧，亲爱的。不要离开我。我受不了。啊！不要离开我。我的弟弟……不，没什么。他不是当真的，他是在开玩笑。——可是你，噢！今晚你能不能原谅我？我一定会很用功，努力演得更好。不要对我那么残忍，我爱你胜过爱世上的一切。毕竟，只有这一次我没让你开心。但你说得很对，道林。我应当表现得更像一个艺术家。我真傻，但我控制不住自己。噢！别离开我，别离开我。”一阵情绪激烈的抽咽让她透不过气来。她像受伤的动物蜷伏在地板上，而道林·格雷那双漂亮的眼睛俯看着她，轮廓分明的嘴唇极其轻蔑地撇了撇。当你不再爱一个人，就会觉得他的感情里总有几分可笑。在他看来，西比尔·文恩似乎荒唐可笑、小题大做。她的眼泪和抽泣惹恼了他。

“我走了。”他最后冷静、清晰地说，“我不想对你不好，但我不能再见你了。你让我失望了。”

她静静地哭着，没有答话，又爬近了些。她的小手茫然地伸着，仿佛在找他。道林转身离开了房间。不一会儿，他出了剧院。

他几乎记不清自己后来去了哪儿。只记得徘徊在灯影暗淡的大街上，走过黑咕隆咚的拱廊和看着可怕的房子，身后传来女人嘶哑的、刺耳的笑声。醉汉从他身旁趔趄走过，自言自语地咒骂着什么，活像巨大的猿人。他看到长相奇怪的孩子们蜷缩在台阶上，听见阴暗的院子里传来尖叫和诅咒。

晨曦初萌时，他发现自己来到了考文特花园市场附近。暗夜已逝，霞光乍现，天空就像一枚空心的精美珍珠。空旷洁净的大街上，一辆辆满载着摇曳的百合花的大车隆隆地慢慢驶过。空气里弥漫着浓郁的花香，花儿的美似乎可以抚平心头的伤痛。他跟着进了市场，看人们卸货。一个穿白色罩衫的赶车人送给他一些樱桃。他道了谢，不明白为什么那人不要他的钱。他心不在焉地吃起来。樱桃是午夜摘的，汁液里还带着月色清冷的气息。一长列男孩扛着一箱箱扎起来的郁金香、黄玫瑰和红玫瑰，从他面前一个个走过，穿行在成堆的浅绿色蔬菜中。门廊下，阳光晒褪色的灰色柱子旁，一群邋遢的不戴帽子的姑娘在闲逛，等着拍卖结束。其他人则都挤在广场咖啡屋的旋转门附近。拉车的大马踏着粗糙的石子路，不时打一下滑，铃铛和饰物一路摇晃着。一些车夫在一堆麻袋中间睡着了。彩颈红趾的鸽子跳来跳去啄着种子。

过了一会儿，他叫了辆马车，往家赶去。他在家门口徘徊了一会儿，环顾静寂的广场，周围空荡荡的，只有紧闭的窗户和凝视着他的百叶窗。此刻，天空呈现出乳白色，屋顶在天幕的映衬下闪烁着银光。对面，一家人家的烟囱升起一缕轻烟，旋成紫色的丝带，飘向珍珠色的空中。

嵌着橡木板的宽大的门厅天花板上，挂着一盏镀金的威尼斯大吊灯。这是威尼斯总督驳船上的战利品，吊灯上的三个喷嘴发着光，好似镶着白色火边的蓝色细花瓣。他关了吊灯，把帽子和披肩扔在桌上，穿过书房朝卧室走去。卧室在一楼，是一间八角形的大房间，由于最近对“奢华”有了新的感觉，他把卧室重新装饰了一遍，墙上挂上一些奇怪的文艺复兴风格的壁毯，那是在塞尔比皇家庄园一处废弃的阁楼上被发掘的。当他转动卧室门把手时，目光落在了霍华德为他画的肖像上。他似乎受了惊吓，倒退了一步，又困惑地走进了自己的房间。他取下插在外套纽扣孔上的花，犹豫了一下，最后回到画像前，仔细看起来。在钻过奶白色丝绸百叶窗的暗淡光线下，画像上的脸在他看来似乎有些变了，表情看起来不一样了。或者可以说画像的嘴角露出了一丝残忍，这着实古怪。

他转身走到窗前，拉起百叶窗。明亮的晨光洒遍了房间，把奇形怪状的影子扫进阴暗的角落，任由它们颤抖。但他在画像上注意到的奇怪表情似乎还在那儿，甚至更明显了。不停抖动着的强烈的阳光，分明照出了画像嘴角流露出的残忍，就像他做了什么可怕的事情后，照镜子看到的自己一样。

他皱起眉，从桌上拿起一面椭圆镜子，那是亨利勋爵送给他的众多礼物之一，边框上有数个象牙雕的丘比特。他急忙透过光洁的镜面往里看，红色嘴唇的线条并未扭曲。这是怎么回事？

他揉了揉眼睛，走近画像，再次仔细审视起来。他在看画时，画没有发生任何变化，但无疑画像的整个表情已经变了。这不是幻觉，是让他感到恐惧的清清楚楚的事实。

他倒在椅子上，思考起来。突然，他脑海里闪过一道光，记起了自己在这幅画完成的那天在巴兹尔的画室说过的话。是的，他全想起来了。他许了一个疯狂的愿望，希望自己永葆青春，而画像变老；自己的美永不褪色，而画布上的脸庞会代他承担情欲和罪孽的重担，画上的形象会代他呈现痛苦和思考的痕迹，而他则能保持自己刚刚意识到的少年的娇嫩青春和可爱。当然他的愿望没有成真吧？这种事是不可能的，甚至想想都觉得可怕。然而，那幅画像就在他面前，嘴角现出一丝残忍。

残忍！他很残忍吗？这是那位姑娘的错，不是他的。他曾把她梦想成一位伟大的艺术家，把自己的爱献给了她，因为他认为她伟大。后来，她让他失望。她浅陋，配不上他。然而，一想到她伏在自己脚边，抽泣得像个小孩子，他心里便涌起无限悔恨。他记得自己当时曾那么冷酷无情地看着她。为什么他现在变成了这个样子？为什么自己拥有这样一颗灵魂？但他自己也是痛苦的。在西比尔演出的那可怕的三个小时里，他仿佛经受了数个世纪的痛苦，捱过了亿万年的折磨。他的生命完全配得上西比尔的生命。如果说他伤了西比尔一辈子，那么西比尔也至少伤了他一时。而且，女人比男人更适应忍受痛苦。她们以情感为生。她们只想到自己的感情。她们找情人，也就是想找个人可以任凭撒娇打闹。亨利勋爵就是这样告诉他的，而亨利勋爵了解女人是什么。他为什么要为西比尔烦恼呢？她现在于他而言什么都不是。

但这幅画呢？他能说些什么？这幅画隐藏着他生活的秘密，讲述着他的故事。它已经教会他爱自己的美。它会教他厌恶自己的灵魂吗？他还要再看它吗？

不，这只是混乱的理智扭曲成的幻觉，他度过的那个可怕的夜晚留下了幻影。突然，他想到一个小小的红点就能让人发疯的事儿。这幅画并没有变，只有傻瓜才会这么想。

然而，画像正注视着他，面孔漂亮而扭曲，笑容残忍。在清晨的阳光下，它闪光的头发熠熠生辉。画里的蓝眼睛与他的眼睛相遇了。他心中萌生了一种无尽的遗憾，不是为他自己，而是为他自己的画像。画像已经变了，还会发生更大的改变。它的金色会褪成灰色。它红白玫瑰似的容颜会枯萎。他每犯一次罪，画像的脸上就会出现污点，美貌就会损毁。但他不会再犯罪了。这幅画无论变或不变，都是他良心看得见的象征。他会抵制诱惑。他不会再见亨利勋爵了——

无论如何不再听他那些微妙的有毒的理论，正是这些理论，在巴兹尔·霍华德的花园里，第一次激起了他的痴心妄想。他会回到西比尔身边，补偿她的痛苦，娶她，尽力再爱上她。是的，这是他的责任。她一定比他更痛苦。可怜的孩子！他太自私，对她太残酷了。西比尔会重新对他施展魅力。他们会幸福地生活在一起，他们的生活会美丽而纯洁。

他从椅子上起身，拉过一块大屏风放到画像前。他又看了画像一眼，不寒而栗。“多可怕啊！”他低声自语着，走到窗前，打开了窗子。他又走到房外的草地上，深吸了一口气。清晨的新鲜空气似乎驱走了他一切阴郁的情绪。他只想着西比尔，心里重新荡漾起爱的微弱的回响。他一遍又一遍地重复着西比尔的名字。连鸟儿也在露水打湿的花园里歌唱，似乎向花儿诉说西比尔的故事。

第八章

他醒来时早已过了午后。他的贴身仆人蹑手蹑脚地来过房间好几次，看他是否醒了，他很奇怪是什么让年轻的主人睡得那么晚。终于，铃响了，维克多端着一只古老的塞佛尔小瓷盘，上面放着一杯茶和一叠信件，轻轻地走进了房间。他拉开挂在三扇高窗前的橄榄色缎子窗帘，蓝色的衬里闪着光亮。

“先生今天早上睡得很好。”他笑着说。

“几点钟了，维克多？”道林·格雷问，仍一副昏睡未醒的样子。

“一点一刻，先生。”

怎么这么晚了！他坐起来，喝了几口茶，翻看起信来。其中有一封信是亨利勋爵早晨派人专门送来的。他犹豫了一会儿，将信放到了一边，无精打采地拆开其他的信。信里照例是一些贺卡、请帖、私人展览的票子、慈善音乐会的节目单等等。在这等社交季节，诸如此类的信件每天早晨都会涌向时尚的年轻人们。其中还有一张数额相当大的账单，用于支付一套路易十五时代风格的银质镂空梳妆用具的费用，他还不敢把账单拿给自己的监护人看，因为后者非常守旧，还不明白在我们生活的这个时代，不必要的东西才是唯一的必需品。另外几封是杰明街的放债人写来的，用词非常谦恭，表示可以随时提供任何数额的贷款，利息最为合理。

大概过了十分钟，他下床了，披上一件精致的丝绣开士米羊毛睡袍，走进缟玛瑙铺就的浴室。久睡以后的冷水浴让他恢复了活力。他似乎忘掉了自己所经历的一切。只是偶尔有那么一两次，他迷迷糊糊地觉得自己曾卷入一场奇怪的悲剧，但这悲剧又如梦一般虚幻。

他穿好衣服进了书房，在敞开的窗边的小圆桌旁坐下来，开始享用为他备好的简便法式早餐。美好的一天开始了。温和的空气里似乎充溢着各种芳香。一只蜜蜂飞了进来，绕着他面前的一只插满黄绿色玫瑰的青龙瓷碗嗡嗡飞舞。他满心愉悦。

蓦地，他看到了自己放在画像前的屏风，吃了一惊。

“是太冷吗，先生？”仆人问，边把煎蛋卷放在桌子上，“我把窗关上？”

道林摇了摇头。“我不冷。”他低声说。

这一切都是真的吗？画像真的变了吗？还是说，这只是他自己的想象，把快乐的神情看成了丑恶的？画好了图的画布一定不会变？这事真荒唐，将来某一天可以当作“天方夜谭”讲给巴兹尔听。他听了会笑的。

然而，他对整件事的记忆却是那么栩栩如生！先是在朦胧的黎明，接着在明亮的清晨，他都看到了扭曲的嘴唇边流露的残忍神情。他几乎害怕仆人会离开房间了。他知道，他独自一人时就会仔细审视这幅画像的。他害怕知道确切的答案。仆人送上咖啡和香烟后，转身就走了，他特别想叫他留下。仆人就要关上门时，他把他叫了回来。仆人站着等他吩咐。道林看了他一会儿。“维克多，无论谁来访，都说我不在家。”他叹了一口气说。仆人欠身退下了。

随后，他从桌旁站起来，点了一支烟，一下躺倒在正对着屏风的靠垫豪华的长沙发上。屏风是老式的，由镀金的西班牙皮革做成，印有过分华丽的路易十四时代风格的图案。他扫了屏风一眼，好奇这块屏风以前是否也隐藏过一个男人生活的秘密。

究竟要不要把屏风移开呢？为什么不让它就在那儿？知道答案有什么用呢？如果真有其事，那就太糟糕了。如果这不是真的，又何必自寻烦恼？但是，如果其他人碰巧暗中看到了屏风后可怕的变化，怎么办？如果巴兹尔·霍华德来了，要看自己的画，他该怎么办？巴兹尔肯定会这样做的。不行，必须得马上仔细看看。这样疑神疑鬼的，比什么都可怕。

他站起来，把两扇门都锁上了。这样当他看见自己耻辱的面具时，至少可以保证独自一人。接着他拉开了屏风，面对面看到了自己。千真万确，画像变了。

他后来每次想起这一刻都感到同样惊奇——他发现自己一开始几乎是以一种科学研究的兴趣盯着画像的。画像竟发生了这样的改变，令他难以置信。而这却是事实。在画布上构成形象和颜色的化学原子，与他体内的灵魂之间，存在着某种微妙的密切联系？他灵魂所思，都可实现？灵魂所梦，皆可成真？还是有其他更可怕的原因？他感到害怕，颤抖地回到沙发上，躺在那里，盯着画像，感到厌恶的恐惧。

不过，有一件事他觉得画像为他做了。它使他意识到，自己对西比尔·文恩是多么不公平，多么残酷。现在要弥补还为时不晚。她仍可成为他的妻子。他虚假自私的爱会屈服于更高尚的影响，会转化成更高贵的激情。霍华德为他作的画像将成为他生活的导航，就像神圣之于一些人，良心之于另一些人，对上帝的畏惧之于我们所有人那样。总有为后悔准备的鸦片，那是一种能哄道德感入睡的毒品。这里却有一个看得见的堕落犯罪的象征，一个人将灵魂引至毁灭的始终存在的标志。

三点过了，然后是四点，四点半，钟敲个不停，道林·格雷却一直没动弹。他正竭力拢起生活的红线，想编织出一个图案。他在血红色的激情的迷宫里徘徊，想找到一条出路。他不知道该做什么，或思考什么。终于，他走到桌旁，给他爱的姑娘写了一封激情四溢的信，请求她宽恕，责备自己疯狂。他写了一页又一页，满纸热烈的悔恨和更热烈的痛苦。自责中往往有种奢侈。我们自责时，总觉得别人无权再责备我们。是忏悔，而不是牧师，给我们赦免。道林一写完这封信，就觉得自己已经得到了宽恕。

突然，敲门声响起，他听见外面亨利勋爵的声音：“亲爱的孩子，我一定得见你。马上让我进去。我受不了你这样把自己关起来。”

起初他没有回答，依然坐着不动。亨利勋爵继续敲着，越来越响。好吧，让他进来更好，向他解释一下自己要过新生活了。如果吵架必不可少，就吵架；如果绝交无法避免，就绝交。他跳起来，急急地拉过屏风遮住画像，开了门锁。

“我对发生的一切深表遗憾，道林，”亨利勋爵一进门就说，“但你千万不要对此思虑过多。”

“你说的是西比尔·文恩？”小伙子问。

“是啊，当然。”亨利勋爵回答，他陷进一把椅子里，慢慢脱下黄色手套，“从某个角度看，这件事很可怕，但这不是你的错。告诉我，演出结束后你去后台看她了吗？”

“去了。”

“我敢肯定你去过。你和她吵架了？”

“我很残忍，哈利——太残忍了。但现在好了。任何已经发生的事，我都感到遗憾，它们让我更了解自己。”

“啊，道林，我很高兴你能用这种方式接受此事！我还担心你会沉湎于忏悔，撕扯自己漂亮的鬈发呢。”

“这些我都经受过了，”道林摇了摇头，微笑着说，“我现在特别快乐。首先，我知道了什么是良知，它不像你告诉我的那样。它是我们身上最神圣的东西。别再嘲笑了，哈利——至少在我面前别这样。我要做一个好人。一想到自己的灵魂是丑恶的，我就受不了。”

“这是道德准则迷人的艺术基础，道林！我祝贺你。但你打算怎么开始呢？”

“和西比尔·文恩结婚。”

“和西比尔·文恩结婚！”亨利勋爵叫着站起来，一脸困惑和惊诧地看着他，“但是，亲爱的道林……”

“是的，哈利，我知道你要说什么。肯定是说婚姻多么可怕。别说了，不要再跟我说诸如此类的话了。两天之前，我向西比尔求过婚。我不会食言的，她将成为我的妻子。”

“你的妻子！道林！……你没收到我的信吗？我今天早上写给你，让我自己的人送来的。”

“你的信？噢，对的，我想起来了。我还没看呢，哈利。我担心信里有些话我会不喜欢。你用自己的格言警句把生活撕成碎片。”

“那么你还什么都不知道？”

“什么意思？”

亨利勋爵穿过房间，坐到道林·格雷身边，把他的双手放在自己手里，紧紧握着。“道林，”他说，“我的信——别害怕——是要告诉你西比尔死了。”

一声痛苦的喊叫从小伙子的唇间迸发出来，他一下子跳起来，挣脱了亨利勋爵的手：“死了！西比尔死了！这不是真的！这是个可怕的谎言！你怎么敢这样说？”

“千真万确，道林，”亨利勋爵严肃地说，“所有早报都登了这个消息。我写信给你，就是要你谁都别见，直到我来。当然，会有例行的验尸调查，你一定不能卷进去。这种事在巴黎会让人成为流行人物，但在伦敦，人们都深怀偏见。在这里，初入社交圈，绝不能以丑闻崭露头角，可以把这份兴致留给晚年时候。我猜剧院里的人不知道你的名字吧？如果他们不知道，就没事的。有谁见过你到她的房间去吗？这一点很重要。”

道林久久没有作答，他吓得不知所措。最后，他结结巴巴，压抑地说：“哈利，你说要验尸？那是什么意思？难道西比尔——？啊，哈利，我受不了啦！但你快一点，立刻把一切都告诉我吧。”

“毫无疑问，这不是意外，虽然对公众必须得这样说。情况似乎是这样的：十二点半左右，她与母亲正要一起离开剧院，她说把什么东西忘在楼上了。他们等了她一会儿，但她再也没有下来。最后，他们发现她躺在化妆室的地上，死了。她误吞了什么东西，剧院里用的某种可怕的东西。我不知道是什么，但可能是氢氰酸或者是铅白。我想是氢氰酸，因为她好像当场就死了。”

“哈利，哈利，这太可怕了！”小伙子喊道。

“是的，这当然是大悲剧，但你千万不要卷进去。我从《旗帜报》上看到，她才十七岁。但我以前总觉得她还要更年轻一些。她看起来完全像个孩子，似乎还不怎么懂表演。道林，你可不能受这件事的刺激。你一定要过来和我一起吃饭，饭后我们去看歌剧。今晚是帕蒂歌唱之夜，人人都会到场。你可以到我姐姐的包厢，她那里有几个漂亮的女伴。”

“所以是我谋杀了西比尔·文恩，”道林·格雷近乎自言自语道，“就像我拿刀割断了她纤细的喉咙，是不折不扣的谋杀。然而，玫瑰并不会因此失去魅力，花园里的鸟儿依然在快乐地歌唱。今晚我会与你一起晚餐，然后去歌剧院，接着我想，可能会在什么地方吃宵夜。生活是多么异常的戏剧化！如果我在一本书上读到这一切，哈利，我想我会痛哭。然而不知为何，现在这种事真的发生了，对我来说这事似乎太奇特，让我哭不出来。这是我有生以来写的第一封热烈的情书。多么奇怪，第一封那么热烈的情书竟写给了一个死去的姑娘。我不知道他们能感受到吗——那些惨白的、沉默的，我们称之为死人的人们？西比尔！她能感受到、知道，或者听到我的话吗？哦，哈利，我曾经多么爱她！可现在这对我来说似乎是几年前的事了。她曾是我的一切。后来就有了那个可怕的夜晚——实际上不才是昨晚的事吗——她演得太差劲了，我的心几乎都碎了。她把一切都解释给我听，那么可怜，我却丝毫不为所动，还认为她肤浅。后来突然发生了一件让我害怕的事。我不能告诉你是什么事，但这事真的很可怕。我说我会回到她身边。我觉得自己做错了。现在她死了。天啊！天啊！哈利，我该做什么呢？你不知道我身处险境，而没有什么能让我回到正轨了，西比尔本该可以的。她没有权利自杀，她自私。”

“亲爱的道林，”亨利勋爵回答，他从烟盒里抽了一支香烟，又拿出一个镀金的火柴盒，“一个女人改造一个男人的唯一方法就是让他彻底厌倦，以至于他失去了一切可能有的对生活的兴趣。如果你真的跟这个姑娘结了婚，你就会陷入悲惨的境地。当然，你会友善待她。人们总会善待自己毫不在乎的人。但她很快就会发现，你对她极其冷淡。而一旦女人发现了这一点，她要么变得穿戴过时，要么开始戴漂亮的帽子，不过替她买单的是其他女人的丈夫。我就不说你们的社会阶层不门当户对了，那会很悲惨——当然，也是我无法容忍的——但我可以肯定地告诉你，这桩婚姻无论如何都会是一场败局。”

“我想会是这样的，”小伙子一边低声说着，一边在房间里走来走去，脸色惨白，“但我觉得责任在我。这个可怕的悲剧阻止了我做正确的事——结婚，这并不是我的错。我记得你曾说过，好的决心都具有某种悲剧性——总是下得太晚。我的决心无疑也是这样。”

“好的决心若想干涉自然法则，便只会是徒劳。它们的根源是纯粹的虚荣心，结果绝对是零。它们时不时给我们一种华丽而空洞的情感，而只有弱者才会被吸引。它们只是男人们的空头支票，仅此而已。”

“哈利，”道林·格雷喊起来，他走到亨利勋爵身边坐下，“为什么我对这个悲剧的感受达不到我想要的深度呢？我想我并不无情，你觉得呢？”

“过去的两个星期你干了太多傻事，没资格冠上‘无情’二字，道林。”亨利勋爵带着他特有的那种甜蜜而忧郁的微笑说。

小伙子的眉头皱了起来。“我不喜欢这种解释，哈利，”他回答，“但你不认为我无情，我很高兴。我不是那种人，我知道我不是。然而，我必须承认，这件刚发生的事并没有对我产生应有的影响。对我来说，它似乎只是一出美妙戏剧的美妙结局。它具有希腊悲剧所有可怖的美，我是这场悲剧的主角之一，但没有受到伤害。”

“这个问题有意思，”亨利勋爵说，他从玩弄小伙子无意识的自我中心中获得了微妙的快乐，“很有意思。我想真正的解释是：真正的生活悲剧常常以毫无艺术性的方式发生，它们用残忍的暴力、绝对的不和谐、荒谬的没有意义和彻底的没有风格，来伤害我们。悲剧对我们的影响，就像庸俗对我们的影响。它们给我们留下的印象是：纯粹的暴力，而我们会反抗。然而，我们的生活中有时会遭遇带有艺术美感的悲剧。如果这些美感真有艺术性，那么整个悲剧就只会吸引我们去关注戏剧性效果。突然，我们发现自己不再是演员，而是这出戏剧的观众，或者不如说两者都是。我们观看自己，而仅仅这奇妙的场景就让我们迷醉。就目前这个情况而言，到底发生了什么呢？有人因为爱你而自杀了。我希望我也能有这样的经历，我会余生都爱上爱情。爱慕我的人——这样的人不多，但总算也有一些——总是坚持要活下去，虽然我早就对她们失去了兴趣，或者反过来。她们变得又胖又无聊，我一遇到她们，她们就立刻开始缅怀过去。女人可怕的记忆力啊！真吓人！暴露了她们的智力已经完全停滞！人应当吸收生活的色彩，而永远不要记得它的细节。细节总是庸俗的。”

“我得在我的花园里种罂粟花[1]了。”道林叹息道。

“没必要，”他的同伴回答，“生活的手里始终有罂粟花。当然，一些事情总让人挥之不去。我曾一度整个季节只戴紫罗兰，作为一种艺术形式，来悼念一段不愿忘却的浪漫。然而最终，它还是逝去了。我忘了是什么扼杀了它。我想是因为她提出要为我牺牲整个世界。那样的时刻总是可怕，让人充满对永恒的恐惧。好吧——你相信吗——一

1. 罂粟花的花语之一是遗忘。

个星期前，在汉普夏尔夫人家，我就坐在她旁边，她执意要重忆过去的一切，翻陈年旧事，再提一下未来。我已把自己的那份浪漫埋在了长春花[1]的花床里，而她又把它挖了出来，一再让我相信是我毁了她的生活。我不得不在此声明，她晚餐吃得很多，所以我一点没当回事。但她的行为举止实在太没品了！陈年旧事的唯一魅力，在于它已成旧事。但女人们从不知道大幕已经落下。她们总想着还有第六幕[2]，尽管戏剧中的趣味已荡然无存，她们还希望戏能继续演下去。如果都遂了她们的心意，每一出喜剧都会以悲剧结尾，每一出悲剧都会以闹剧结束。她们的做作中有几分迷人，但毫无艺术美感。你比我幸运多了。相信我，道林，我所认识的女人中，没有一个会像西比尔那样，为了我做那些为你做的事。普通的女人总会自我安慰。一些女人喜欢用带感情的色彩以求慰藉。比如千万别信穿淡紫色衣服的女人，不管她年龄大小，或爱戴粉红色缎带的过了三十五岁的女人。这大多表明她们有一段情史。还有一些女人由于突然发现了丈夫的优良品性而感到特别安慰。她们在人前炫耀婚姻的美满，好像它是罪孽中最迷人的。宗教也安慰不少人。宗教的神秘与调情一样富有魅力，曾有一个女人这么告诉我，我深表理解。此外，最值得炫耀的是被人说成罪人。良心把我们都变成了自我中心主义者。是的，女人们真的可以在现代生活中找到无穷无尽的安慰。实际上，最重要的安慰我还没提到呢。”

“是什么，哈利？”小伙子无精打采地问。

“哦，也是最明显的安慰。失去了一个追求者，就换成别人的

1. 长春花在古希腊神话中象征死亡。

2. 莎士比亚的戏剧一般都是五幕剧。

追求者。在上流社会，这样总能洗白一个女人。但真的，道林，西比尔·文恩与我们遇见的所有女人简直天壤之别！她的死在我看来有一种美感。我很高兴自己生活在一个还有这种奇迹的时代。它们使人相信我们儿戏的一切都真的存在，比如浪漫、激情和爱。”

“你忘了，我对她非常残酷。”

“恐怕女人喜欢冷酷远胜于一切，十足的冷酷。她们具有强大的原始本能。我们解放了她们，但她们仍然像奴隶一样寻找着主人，她们喜欢被支配。我相信你当时一定干得非常漂亮。我从未见你大发雷霆，但我可以想见你看上去会多么可人。前天你对我说了些什么，当时我觉得是天方夜谭，但我现在明白那全是真的，它揭示了一切。”

“我说了什么，哈利？”

“你对我说，对你来说，西比尔·文恩代表了一切爱情戏的女主角——一天晚上她是苔丝德蒙娜，另一个晚上则是奥菲利娅；如果她以朱丽叶之名死了，仍会以伊摩琴之名复活。[1]”

“现在她永远不会复活了。”小伙子喃喃自语，把脸埋进双手。

“是的，她再也不会复生了，她演完了自己的最后一个角色。但你一定得把她在俗气的更衣室里孤独的死，想成只是詹姆士一世时期某出悲剧中一个怪异恐怖的片断，想成韦伯斯特、福特，或西里尔·图尔纳剧本中的一个绝妙场景。这位姑娘从未真正活过，所以也就从未真的死去。对你来说，至少她一直是一场梦，一个在莎士比亚戏剧中白变着角色的幽灵，让那些戏剧变得更可爱，或一支牧笛，让戏剧的音乐更加丰富愉悦。她一接触到现实生活，就把生活给毁了，

1. 苔丝德蒙娜、奥菲利娅、朱丽叶、伊摩琴皆为莎士比亚戏剧中的女性角色。

而生活也毁了她，于是她香消玉殒了。如果你愿意，就凭吊奥菲利娅吧，因为考狄利娅被绞死而把灰撒到自己头上[1]吧，因为勃拉班修的女儿[2]死了而悲愤地责问上天吧，但不要为西比尔·文恩浪费你的泪水，她还没有这些角色真实。”

一阵沉默。夜幕降临，影子踏着银色的脚步，无声无息地从花园潜了进来。房间里的东西都倦怠地褪去了颜色。

过了好一会儿，道林·格雷抬起头：“你剖析我的内心给我看了，哈利。”他仿佛解脱般低低地叹了一口气，“你所说的一切我都感受到了，但不知为何，我对此感到害怕，我自己也说不上来究竟在害怕什么。你真了解我！已经过去的事我们不要再谈了。那是一次奇妙的经历，如此而已。我不知道生活是否还为我准备了其他同样奇妙的事儿。”

“生活为你准备了一切，道林。你拥有非同寻常的美貌，凭此你无所不能。”

“但是，设想一下，哈利，我变得老态龙钟、满脸皱纹，那时会怎么样？”

“啊，那个时候么，”亨利勋爵一边说着，一边站起来要走，“那个时候，亲爱的道林，你就得为自己的胜利而战了。而现在，你可不战而胜。不，你必须保持姣好的面容。我们生活在一个读书太多反而愚蠢的时代，一个思考太多反而不美的时代。你也不能幸免。现在你最好换衣服，乘车去俱乐部。实际上，我们已经相当晚了。”

1.《圣经·旧约》中的典故，以示心情极为悲痛。

2. 即苔丝德蒙娜，莎士比亚悲剧《奥赛罗》的女主角。

“我想我们还是在歌剧院见吧，哈利。我太累了，什么都吃不下。你姐姐的包厢是几号？”

“二十七号吧，我想。在豪华包厢区。你可以在门上看到她的名字。我很遗憾，你不能来与我们一起吃饭。”

“我不想吃，”道林无精打采地说，“但我非常感谢你对我说的所有话。你显然是我最好的朋友。从没有人像你这样了解我。”

“我们的友谊才刚开始，道林。”亨利勋爵回答，握了握他的手，“再见。我希望九点半前可以再见到你。记住，今晚帕蒂演唱。”

亨利勋爵一关上门，道林·格雷就按了下铃，几分钟后，维克多提着灯来了房间，放下百叶窗。道林不耐烦地等着维克多离开，这人似乎做什么都磨磨蹭蹭的。

维克多一离开，道林就冲过去拉开了屏风。是的，画像没再发生什么变化。画像在他知道西比尔·文恩的死讯前就已经知道了。生活中的事件一发生，它就能意识到。毫无疑问，画像嘴角的优美轮廓扭曲成一副恶毒凶相，是在姑娘喝下什么毒药的那一刻发生的。或者说，画像对结果无所谓，只是能认识到灵魂深处发生的变化？他百思不得其解，希望有一天自己能亲眼看到它的变化过程，他想到自己希望如此，不禁颤抖起来。

可怜的西比尔！这一切曾是多么浪漫啊！她常常在舞台上表演死亡，然后死亡本身光顾了她，把她带走了。她是如何扮演那可怕的最后一幕的呢？她临死时诅咒他了吗？不会的，她因爱他而死，而自此以后爱对他而言将始终是神圣的。她以自我牺牲偿还了一切。他不会再去想那个可怕的晚上，在剧院她让他经受的痛苦。他想起她时，会把她当成一个悲剧人物，为了展示爱绝对真实的存在而被送到世界的舞台上。一个绝妙的悲剧人物？他想起了她孩童般的容颜，楚楚动人的梦幻般的举止和羞怯的优雅，不禁热泪盈眶。他匆匆拭去泪水，又看了看画像。

他感到真的到了做抉择的时候了。或者说，他已经做出了抉择？是的，生活已经为他决定——生活，以及他对生活无限的好奇心。永恒的青春、无限的激情、微妙而隐秘的欢愉、狂野的快乐以及更狂野的罪孽——他将拥有所有这一切。画像将替他承担羞耻的重负。就这样吧。

他想到画布上那张英俊的面孔将要遭受玷污，心头掠过一阵痛楚。曾有一次，他像个孩子一样模仿那喀索斯，亲吻，或者说假装亲吻了此刻正对着他无情冷笑的双唇。一个又一个清晨，他坐在画像前，惊奇于它的美，有时几乎可以说迷恋上了它。现在，每一次自己禁不住诱惑，画像都会变吗？画像会变成可怕的、讨厌的东西，只能锁在房间里藏起来？阳光再也没法把它舞动的秀发抚得金光熠熠？可惜啊！真可惜！

有那么一刹那，他想到了祈祷，祈求存在于自己与画像之间的那种可怕的感应会结束。他以前的祈求，画像已经有了回应；或许他祈祷画像不变，画像也会再次答应吧。然而，只要对生活略有所知，有谁会愿意放弃永葆青春的机会呢，不管这种机会如何古怪，或者可能隐藏着什么致命的后果。另外，这画像真的受他控制了吗？真的是祈祷产生了这种对调的效果？有没有可能存在一些奇怪的科学原因能解释这一切？如果想法能对一个活的有机体产生影响，那它难道不能对死的无机体产生影响？不，假设我们体外的物体没有想法或欲望，它们难道不会与我们内在的情绪和情感产生共鸣，原子和原子之间因为隐秘的爱或奇特的相似而相互吸引呢？但原因不重要。他再也不会通过祈祷招致可怕的力量了。如果画像要变，那就变吧。别无他法。为何如此深究呢？

因为观察画像有一种真正的乐趣。他能追踪自己的思想，直至其隐秘之处。这幅画像会成为他最神奇的镜子。就像画像已经向他展现了自己的身体一样，它还会向他揭露自己的灵魂。当画像迎来冬日，他仍立于春夏之交变幻的时节。当画像脸上的血色悄然褪去，只留下油画里的苍白面具和铅灰色的双眼时，他仍将葆有少年的光华。他可爱的生命之花永不会凋零。他生命的搏动永不会减弱。他会像希腊诸神般强壮、敏捷、快乐。画布上的彩绘形象会怎么样又有什么关系呢？反正他是安全的。那最重要。

他微笑着把屏风拉回到原来的位置，挡在画像前，然后走进卧室，他的仆人已在那里等候。一小时后，他已身处歌剧院，亨利勋爵正向他的椅子探过身来。

第九章

第二天早晨，他正坐着吃早餐，巴兹尔·霍华德被仆人请进了房间。

“我很高兴找到你了，道林，”他严肃地说，“昨晚我来找你，他们告诉我你去看歌剧了。当然，我知道那是不可能的。但我真希望你留了言，说下你到底去哪儿了。我一夜担惊受怕，生怕一个悲剧紧跟着一个悲剧。我想你一听到消息就会给我拍电报。我是偶然在俱乐部翻阅《环球报》晚间版时读到的。我立刻赶来这里，不幸的是，没有找到你。我无法告诉你这整件事让我多伤心。我知道你会经受什么样的痛苦。但你在哪儿？你去看望那位姑娘的母亲了吗？我曾有那么一刹那，想到那儿去找你。报上公布了她的地址，在尤斯顿路的某个地方，是吗？但我担心自己贸然介入，却不能为你分忧。可怜的妇人！她一定伤心欲绝！那可是她的独生女啊！她对这件事怎么说？”

“亲爱的巴兹尔，我怎么知道？”道林·格雷低声说，他端着一只镶着小金珠泡泡的威尼斯酒杯，抿了一小口淡黄色酒，看起来很不耐烦，“我当时在歌剧院。你也该去那儿的。我在那里初识了哈利的姐姐，格温德伦夫人。我们坐在她的包厢里，她迷人极了。帕蒂唱功非凡。别再谈那个可怕的话题了。如果人们不谈论一件事，那件事就从来没有发生过。就像哈利说的，表达赋予事物真实存在。我可能提到过，西比尔不是那个女人的独生女。她还有个儿子，我相信也很可爱。但他不是演员，是个水手，或者什么。好了，现在谈谈你自己吧，你在画什么？”

“你去歌剧院了？”霍华德一字一顿地说，声音里透出一种压抑的痛苦，“当西比尔的尸体还寄存在某个肮脏的地方，你却在看歌剧？在你所爱的姑娘还没找到安睡的坟墓之前，你竟可以同我谈另一个女人的可爱，还有帕蒂的唱功非凡？啊，朋友，多少恐怖在等待着她那具小小的白色尸体去领受啊！”

“住嘴，巴兹尔！我受不了！”道林跳起来喊道，“你别给我上课了。做过就做过了，过去的已经过去了。”

“你称昨天是过去？”

“这与时间的实际长短有什么关系？只有浅薄的人才需要数年来摆脱一桩感情。一个人若能做自己的主人，他就能轻松疗愈悲伤，就像他能轻松创造快乐一样。我不想受自己感情的摆布。我要利用感情，享受感情，支配感情。”

“道林，真可怕啊！什么事将你彻底改变了。你看起来还依然与那个美妙的小男孩一模一样，他过去常常来我的画室，一天又一天，坐着让我画他的肖像。但你那时纯朴，自然，充满爱心。你曾是全世界最纯洁无瑕的人。现在，我不知道在你身上发生了什么。你说话似乎没心没肺，毫无同情心。都是受哈利的影响，我能看出来这一点。”

道林一下子脸红了，他走到窗前，看了一会儿青葱的光影斑驳的花园。“哈利帮了我很多，巴兹尔，”他终于说，“比你帮我的更多。你只教会我自命不凡。”

“是的，我为此受到了惩罚，道林——或者说某一天我会受到惩罚的。”

“我不明白你什么意思，巴兹尔，”他转过头来叫道，“我不知道你想要什么。你想要什么？”

“我要我过去画的那个道林。”艺术家伤心地说。

“巴兹尔，”道林说着走过去，把手放在巴兹尔肩上，“你来得太晚了。昨天，当我听到西比尔·文恩自杀的消息后……”

“她自杀了！天哪！真有此事？”霍华德喊起来，抬头看着他，一脸惊恐。

“亲爱的巴兹尔！你一定不会认为这只是一起庸俗的事故吧？她当然是自杀。”

霍华德双手捂脸。“多可怕呀！”他喃喃地说，不禁打了个寒战。

“不，”道林·格雷说，“没什么可怕的，这是我们时代最伟大的浪漫悲剧之一。通常，演员们都过着最普通的生活。他们是好心的丈夫，忠贞的妻子，或某种乏味的人。你知道我的意思——中产阶级的美德以及诸如此类的东西。西比尔多么与众不同！她活出了最完美的悲剧。她永远是女主角。她最后一个演出之夜——你看到她的那个晚上——演得很差，因为她知道了爱是真实存在的。当她知道爱并不真正存在时，就死了，就像朱丽叶的死那样。她重新进入了艺术的疆界。她身上有一种殉道者的精神，她的死具有殉道所有的那些悲哀的无用，所有被荒废的美。但是，当我在说这话时，你千万不要以为我没经受痛苦。如果你昨天在那个特别的时刻来——大约在五点半，或是五点三刻——你会发现我在哭泣。甚至连给我带来这个消息的哈利，他当时就在这儿，实际上也不知道我当时经受了多大的痛苦。我痛苦万分。后来，痛苦就过去了。我无法重复一种情感，除了感伤主义者们，谁都做不到这一点。你来这里安慰我，你真好。但你发现我已获得安慰，就勃然大怒。这怎么像一个有同情心的人！你让我想起哈利给我讲过的一个慈善家的故事，他一生中花了二十年时间试图为了伸冤，或改变某条不公平的法律——我不记得到底是什么了。最后，他大功告成，却大失所望。他完全无所事事了，几乎死于厌倦，变成了一个不折不扣的厌世者。此外，亲爱的老朋友巴兹尔，如果你真是来安慰我的，不如就教教我如何忘掉已经发生的事儿，或者教教我如何以恰当的艺术视角来看待往事。戈蒂耶[1]以前不是总写什么'艺术的慰藉'吗？我记得有一天我在你的画室里拿起一本羊皮封面的小书，碰巧看到这讨人喜爱的说法。好吧，我是不像我们一起在马洛时你给我提到的年轻人，他总说金黄色的缎子可以慰藉生活中的所有痛苦。我喜欢很多可以抚摸和把玩的美丽物件。老式锦缎、青古铜、漆器、象牙雕塑、精美的环境和陈设、奢侈品……所有这些都让人获益许多。而对我来说更重要的，是它们所创造的，或至少是展现的艺术气质。做自己生活的旁观者，正如哈利所说，能逃避生活的痛苦。我知道，我这样和你说话，你会觉得惊讶。你还没意识到我的成长。你刚认识我时，我还是个男生，现在我是个男人了。我有了新的情感、新的思想、新的观点。我与以前不一样了，但请一定同以前一样爱我。我变了，但请一定永远做我的朋友。当然，我很喜欢哈利。但我知道你比他好。你不比他强——你太害怕生活——但你更好。我们过去

1. 泰奥菲尔·戈蒂耶（Théophile Gautier，1811—1872）：法国唯美主义诗人、散文家和小说家，提倡"为艺术而艺术"。

在一起多开心啊！别离开我，巴兹尔，也别与我争吵。我就是我。除此之外，我无话可说了。”

画家被奇怪地感动了。他无限珍爱道林，道林的人格魅力曾是他艺术的伟大转折点。他丝毫不想再去责备他了。毕竟，他的冷漠可能只是一种情绪，会慢慢不见的。他身上仍有那么多善良和高尚。

“好吧，道林，”他最终笑容苦涩地说，“自今天起，我不会再和你提这可怕的事情了。我相信你的名字不会与这事儿有牵连。验尸调查会在今天下午进行。他们传唤你了吗？”

道林摇了摇头，一听到“验尸调查”这几个字，他的脸上就浮起一丝厌恶，这种事总让人觉得粗鲁和庸俗。“他们不知道我的名字。”他回答。

“但她一定知道？”

“她只知道我的教名，而且我非常肯定她从来没跟任何人提起过我。有一次她告诉我，他们都非常好奇，想知道我是谁，而她一概告诉他们我的名字叫迷人王子。她真好。你一定得给我画一幅西比尔的像，巴兹尔。我还想多拥有一些她的东西，除了记忆中的几个吻和几句破碎的可怜的话。”

“我会想办法做点什么，道林，如果这能让你高兴的话。但你一定得过来再让我画像。没有你，我没法继续画了。”

“我没法再做你的模特了，巴兹尔。这不可能！”他后退了一步，大叫着说。

画家瞪着眼睛看着他。“我亲爱的小伙子，你在胡说什么！”巴兹尔喊道，“你的意思是说，你不喜欢我为你画的画吗？那幅画在哪儿？你为何用屏风挡在画像前？让我看看它。这是我最好的一幅画。

必须把屏风挪开，道林。你的仆人把我的画这样藏起来，真是可耻。我进来时就觉得这房间看起来变了。”

“这不关我仆人的事，巴兹尔。你不会以为我会让他布置房间吧？他只不过有时帮我插插花而已。不，是我自己放的。照在画像上的光线太强了。”

“太强！当然没有，不是吗，老兄？画像放在这里再合适不过了。让我看看画。”霍华德说着，朝房间一角走去。

一声恐怖的惊叫传来，道林·格雷猛地冲到画家和屏风之间。“巴兹尔，”他面色惨白地说，“你绝对不能看，我也不希望你看。”

“不能看我自己的作品！你不是认真的吧。为什么我不能看？”霍华德哈哈大笑着喊道。

“如果你一定要看的话，巴兹尔，我以自己的名誉担保，我有生之年再也不会跟你说话了。我绝不是开玩笑。我不会做任何解释，你也别想要我解释。但你记住，如果你碰这屏风，我们之间，一切都结束了。”

霍华德如遭五雷轰顶。他惊呆似的看着道林·格雷，他以前从未见过道林像现在这样。小伙子愤怒得脸色发白，他双手紧攥，两个瞳孔像喷出蓝色火焰的圆盘，全身都在发抖。

“道林！”

“别说了！”

“但到底怎么啦？当然，如果你不要我看，我就不看，”他语气非常冷淡，转身朝窗口走去，“但说实话，我不能看自己的作品，好像很荒唐啊，特别是今年秋天我还要在巴黎展出这幅画呢。在这之前我可能得给它再上一层光油，所以我总有一天要看的，那为什么不是今天呢？”

“展出！你想展出那幅画？”道林·格雷喊起来，一股奇异的恐怖感爬上心头。那不等于要将他的秘密展示给全世界？人们岂不是要目瞪口呆？那不行。得做点什么——他不知道要做什么——但一定得立马做点什么。

“是的，我想你不会反对展出的。乔治·佩蒂要收集我最好的画，在塞兹街举办一次特展，在十月第一周开幕。这幅画像我只拿走一个月。这点时间我想你让出来不难吧。事实上，你肯定不会待在城里。而且如果你一直用屏风把画遮着，说明你也不是很在乎它。”

道林·格雷的额头上渗出了汗珠，他用手擦了一下。他感到自己止处在一个极度危险的边缘。“一个月前，你对我说，你永远不会展出它，”他叫道，“你为什么改变主意了？你们这些追求持之以恒的人，与其他人一样阴晴不定。唯一的区别是你们的情绪毫无意义。你不会已经忘了吧，你曾郑重向我保证，这世上没什么能让你送它去参加任何展出。你对哈利也说过完全一样的话。”他突然停住，眸子里灵光一闪。他记得，亨利勋爵曾半开玩笑半认真地对他说，“如果你想经历一次奇特的一刻钟，那就让巴兹尔告诉你他为什么不展出你的画像。他和我说过原因，真是令我大开眼界。”嗯，或许巴兹尔也有自己的秘密，他要试着问问看。

“巴兹尔，”他边说边走到巴兹尔近旁，眼睛直直地盯着他的脸，“我们人人都有一个秘密。你说出你的秘密，我就告诉你我的秘密。你当时拒绝把我的画像送展的理由是什么？”

画家忍不住打了个寒战。“道林，如果我告诉你，你可能就会不这么喜欢我了，你一定会嘲笑我。不管这其中哪一种，我都受不了。如果你希望我再也不看你的画像，我愿意的。我永远可以看你呀。如果你希望我最好的作品藏起来不让这世界上的任何人看到，我也心满意足。对我来说，你的友谊比我的名气或声誉更珍贵。”

“不，巴兹尔，你一定得告诉我，”道林·格雷坚持说，“我想我有权知道。”他的恐惧已经消失，取而代之的是好奇心。他决心要挖出巴兹尔·霍华德的秘密。

“我们坐下来吧，道林，”画家看起来有些困惑，“来，我们坐下。只回答我一个问题。你注意到画像里有种奇怪的东西吗——可能起初并没有引起你的注意，但突然间就显露给你看了？”

“巴兹尔！”小伙子叫道。他颤抖的双手攥着椅子扶手，双眼大睁，吃惊地瞪着他。

“看来你注意到了。别说话。等你听完我的话再说。道林，从我遇见你的那一刻起，你的人格魅力就对我产生了异乎寻常的影响。我受你支配了——灵魂、头脑、力量……看不见的理想像美梦一样常在我们艺术家的记忆中萦绕不去，而你在我眼里已成为这理想可见的化身，我崇拜你。你与谁说话，我就忌妒谁。我想占有你的全部。只有和你在一起，我才感到快乐。你不在我身边时，你依然出现在我的艺术里……当然，此事我从未对你说过只言片语。这是不可能的。你不会理解，连我自己都难以理解。我只知道自己曾真的面对完美，世界因此在我眼里变得奇妙——也许太过奇妙了，因为这种疯狂的崇拜里，有失去你的危险，这与继续崇拜一样危险……周复一周，我越来越沉迷于你。随后出现了新的进展。我把你画成身穿精美盔甲的帕里斯[1]，和披着猎人斗篷、手持锃亮的标枪的阿多尼斯；你头戴沉甸甸的

1. 帕里斯：希腊神话中的特洛伊王子。

莲花冠，坐在哈德良皇帝的船头，凝视着尼罗河绿色的浊浪；你俯视着希腊森林里的一汪平静的湖水，在静寂的银镜中看到了自己惊艳的容颜。它们都是艺术，艺术当如此——无意识，理想化，遥不可及。有一天，我有时想那是命中注定的一天，我决定替你画一幅了不起的画像，与你一模一样，不穿古代的服装，穿你的时代的你的衣服，我说不清楚是因为手法上现实主义，还是因为毫无掩饰地直接呈现在我面前的你纯粹的人格魅力，但我知道的是，当我作画时，我的每一笔、每一层颜色似乎都透露出我的秘密。我越来越担心别人会知道我偶像崇拜。道林，我觉得我流露太多，在画像里注入了太多自我。于是，我下定决心，绝不允许展出这幅画。你那时有点生气，你并不明白所有这些对我意味着什么。我曾和哈利说过此事，他嘲笑我，但我并不在意。等画像完成时，我独坐在画像前，感到自己是对的……但几天后，画像离开了我的画室，而我一摆脱它在这儿对我产生的无法忍受的魅力，就觉得自己似乎一直很傻，除了你极漂亮以及我可以画出这种漂亮之外，竟还会臆想自己从中看到了什么别的东西。甚至现在，我禁不住觉得，人在创作中感受到的激情会在他的作品中真实体现的想法是错误的。艺术总是比我们想象的更抽象。形状和颜色仅仅意味着形状和颜色——如此而已。我常常觉得，艺术对艺术家的掩饰比对他们的揭露更彻底。因此，当我得到来自巴黎的邀请以后，我就决定把你的画像作为展览的主打作品。我从未想到你会拒绝。我现在明白了，你是对的。画像不能展出。道林，你千万别为我告诉你的事生气。就像我有一次对哈利说的，你生来就是让人崇拜的。”

道林·格雷长长地吸了一口气。他的脸颊开始有了血色，双唇绽开微笑。危险已经过去，他暂时安全了。然而，他对这位刚刚向自己做出一番奇怪告白的画家产生了无限的同情，同时在想自己会不会被一位朋友的人格如此左右。亨利勋爵非常危险，这恰是他的魅力。但也不过如此。他太聪明，太玩世，所以并不真的讨人喜欢。会有人让他产生如此奇怪的偶像崇拜吗？这是生活为他准备好的一件事吗？

“我觉得非常奇怪，道林，”霍华德说，“你竟在画像中看出了这一点。你真看出来了吗？”

“我看到了某些东西，”他回答，“让我觉得非常奇异的东西。”

“好吧，现在你不介意我看看画了吧？”

道林摇摇头，“你别再提这个要求了，巴兹尔。我不可能让你站在画像前的。”

“自然，将来某一天你总会同意的？”

“永远不会。”

“好吧，或许你是对的。那么再见了，道林。在我的一生中，对我的艺术真正产生影响的只有你一个人。我所做之事，凡是好的，皆归因于你。啊！你不知道，我刚才和你说这一切费了多大心力。”

“亲爱的巴兹尔，”道林说，“你和我说什么啦？你不过是说你觉得自己太崇拜我了。这甚至都算不上恭维。”

“我本来就不是要恭维。这是一次告白。现在我告白过了，某种东西似乎就离我而去了。或许人永远不该把自己的崇拜说出来。”

“你的告白非常令人失望。”

“为什么，你期望听到什么呢，道林？你在画里没看出别的什么吧？没别的东西可看了吧？”

“没有，没别的东西了。为什么这样问？但是你一定不要再谈什么崇拜了。那很蠢。你我是朋友，巴兹尔，我们一定要永远如此。”

“你有哈利了。”画家伤感地说。

“噢，哈利！”道林喊道，迸发出一阵笑声，“哈利白天净说不可信之事，晚上净干不可能之事。我想过的就是这种生活。但我仍然觉得，如果我遇到了麻烦，我不会去找哈利。我宁愿找你，巴兹尔。”

“你还会再做我的模特吗？”

“不可能！”

“你若拒绝，就会毁掉我作为艺术家的生命，道林。没人能碰到两个理想的人，碰上一个的也不多。”

“我不能向你解释，巴兹尔。但我一定不会再做你的模特了。画像里有种要命的东西，它有自己的生命。我会来和你一起喝茶，那也会很愉快。”

“恐怕是你觉得愉快吧，”画家懊丧地咕哝着，“好了，再见吧。你不让我再看一看这幅画，我感到遗憾。但也没办法。我非常理解你对画像的感受。”

他一离开房间，道林·格雷就暗暗微笑了。可怜的巴兹尔！真正的原因他怎么可能知道！多么奇怪啊，他不但没有被迫向朋友透露自己的秘密，反而几乎是无意间套取了朋友的秘密。朋友那奇怪的坦白对他来说是多么大的冲击啊！画家荒谬的阵发性的妒忌，他那狂热的虔诚、夸张的赞语、奇怪的沉默——现在他全明白了，他感到难过。他似乎觉得，他们之间充溢着如此强烈的浪漫色彩的友情中，存在着某种悲剧性的东西。

他叹了口气，按下了铃。必须不惜一切代价把画像藏起来，他绝不能再冒被人发现的危险了。自己真是疯啦，竟会允许把画像放在一个任何朋友都可以进来的房间里，哪怕只放一小时。

第十章

仆人进来时，道林目不转睛地看着他，不知道他是否想过偷窥屏风后面。仆人面无表情，等着他的指令。道林点上一支烟，走到镜子前，往里瞥了一眼。他清清楚楚看到了镜子中维克多的脸，这张脸就像一张奴性的温驯面具，没什么可怕的。但他想最好还是小心点。

他慢吞吞地让仆人通知管家说他要见她，然后再去趟画框店，叫店里马上打发两个人来。他觉得仆人离开房间时眼睛似乎朝屏风的方向瞟了一下。还是说那只是他的幻觉?

过了一会儿，利芙太太急匆匆地赶来了书房，她穿着黑色丝质衣服，起皱的双手上戴着老式的针织连指手套。道林向她要小书房的钥匙。

“老书房吗，道林先生？”她大声问，“哎呀，里面可全是灰尘。你进去前我得安排收拾一下。现在你不宜入内，先生。真的。”

“不需要收拾，利芙。我只要钥匙。”

“好吧，先生。如果你进去，蜘蛛网会沾满你全身的。哎呀，几乎快五年都没打开过老书房的门了——自老爵爷去世就没打开过。”

听她提到外祖父，他皱了皱眉。外祖父给他留下了令他憎恶的回忆。“那没关系，”他答道，“我只不过想去看看这个地方。给我钥匙。”

“钥匙在这儿，先生。”老妇人说，她双手抖动着，不太确信似的把钥匙圈查看了一遍，“这是钥匙，我马上把它从钥匙圈上解下来。但你不会想要住在那儿吧，先生？你在这里还舒服吧？”

“不，不，”他急躁地喊道，“谢谢，利芙。这就可以了。”

她还不走，又待了一会儿，絮絮叨叨说了一些家务琐事。他叹了口气，告诉她，她觉得怎么整理就怎么整理好了。她这才笑眯眯地离开了房间。

门一关上，道林就把钥匙放进口袋，他环视了一下房间，目光落在一大块绣满金线的紫色缎面床罩上，这件美妙的十七世纪晚期威尼斯工艺品，是外祖父在博洛尼亚附近的一座修道院里找到的。对，它可以用来罩住那可怕的东西。也许，它本就常被用来做死者的柩衣。现在要用它来遮盖自身的腐烂，这比尸体的腐烂还可怕——它会孕育恐怖，永远不会灭亡。他的罪孽，有如蛆咬噬着尸体，腐蚀着画布上的画像。它会毁坏画像的美，吞噬它的优雅。它会玷污它，让它蒙羞。但画像仍会存活下去。永远活着。

他打了个寒噤，有那么一刻，他直懊悔没把自己要藏起画像的真实原因告诉巴兹尔。巴兹尔会帮助他抵制亨利勋爵的影响，还有源自他自身性情的更有害的影响。巴兹尔对他怀有的爱——因为那是真正的爱，所以没有一丝不高尚，且是智慧的。那种爱，不是纯粹的对肉体美的倾慕——源于感官，也会随感官的倦怠而消失。这是米开朗基罗所熟知的那种爱，是蒙田、温克尔曼[1]和莎士比亚所代表的那种爱。

1. 温克尔曼（Johann Joachim Winckelmann，1717—1768）：德国考古学家与艺术学家，其艺术评价成为美学的基础。

是呀，巴兹尔本可拯救他，但现在已经太迟了。过去总可以抹去，以悔恨、否认或遗忘，但未来是无法避免的。他内心有激情总要找到可怕的出口，有梦想总会把罪恶的影子变成现实。

他掀起盖在长沙发上的那块大紫金色织物，拿着它走到屏风后面。画像的脸比以前更丑恶了吗？他似乎没觉得有什么变化，但他对画像的厌恶加剧了。金发、蓝眼、玫瑰红的嘴唇——都还在那儿，唯一改变的是表情，残酷得让人害怕。与他从画像中看出的谴责或非难相比，巴兹尔因为西比尔·文恩对他的责备是多么轻啊！——轻得不值一提！他自己的灵魂从画布上逼视着他，召唤他接受审判。一阵痛苦袭来，他把艳丽的柩衣抛到了画像上。就在这时，敲门声响了。他走出去，仆人走进门来。

“他们到了，先生。”

他感到自己必须马上把这个仆人打发掉，一定不能让他知道画像会搬到哪里。他有点狡猾，还有一双深不可测、背信弃义的眼睛。道林在写字台旁坐下，匆匆给亨利勋爵写了一个便条，请他送些读物来，并提醒他当晚八点一刻见面。

“等到答复再回来，”他说着，把条子交给仆人，“把人带进来吧。”

两三分钟过后，敲门声又响起。南奥德利街知名的画框师哈伯德先生亲自来了，还带了一个看起来有点粗犷的年轻助理。哈伯德先生面色红润，个子不高，长着一脸红色络腮胡子。他对艺术的热爱，因为打交道的艺术家大多穷困潦倒，而大打折扣。一般情况下，他绝不离店，坐等顾客上门。但他总是偏爱道林，破例亲自上门。道林身上有种人见人爱的东西，甚至看看他都是一种享受。

“我能为您做些什么，格雷先生？”他搓着长满斑的肥手说，“能亲自到您府上效劳实属有幸。我刚得到一个漂亮的画框，先生。是大减价时淘到的。古佛罗伦萨风格，我想是从丰塞尔修道院弄来的，特别适合宗教题材的画，格雷先生。”

“抱歉，你亲自过来，给你添麻烦了，哈伯德先生。我改日一定造访，看看你所说的画框——虽然我现在不太关注宗教艺术——不过今天我只想请你们帮我把一幅画搬上顶楼。画相当重，所以我想请你借我两个人帮忙。”

“没任何问题，格雷先生，我很高兴能为你尽微薄之力。是哪件艺术品，先生？”

“这件，”道林说着，把屏风移开，“你们能不能连布和其他东西一起原封不动地搬？我不希望把画搬上楼时把它划破了。”

“轻而易举，先生，”这位温和的画框师说着，在助手的帮助下，开始把画从挂着的长铜链条上往下取，“现在，我们把它搬到哪儿去，格雷先生？”

“我给你们带路，哈伯德先生，劳烦跟我走就行。要不，你们最好还是走前面吧。我想放到顶楼就好了。我们走前面的楼梯吧，那儿宽一些。”

道林过去为他们扶住打开的门。他们穿过走廊，开始上楼。画框材质精良，弄得画非常笨重。尽管哈伯德先生秉承他地道商人的精神，不愿看到一位绅士搭手帮忙，一再婉拒，但只要能搭上手，道林仍扶上一把。

“东西挺沉的，先生。”搬到顶楼平台时，这位小个子男人喘着粗气说。他擦了擦汗津津的发亮的额头。

“恐怕相当重了。”道林低声说着，打开了房间的门锁，这个房间将隐藏他生活的怪异的秘密，不让他人窥见他的灵魂。

他已经四年多没进这个地方了——实际上，他第一次来这里还是孩提时代，他把它当游戏室，后来年龄稍大，他又将它用作小书房，后来就再也没进来过。这是一个房型匀称的大房间，是最后一位克尔索勋爵为他的小外孙专门建造的，但由于道林与母亲长得出奇的相似，或者别的什么原因，克尔索一直不喜欢这个小外孙，并希望他离自己远一点。在道林看来，房间似乎没怎么变过。那口意大利大箱子还在原地，镶板上精美的图案还在，但金色的装饰线条已经黯淡无光，他小时候常躲在里面。椴木书架上摆满了折了角的课本。书架后面的墙上仍挂着那块破旧的佛兰德壁毯，国王和王后还在上面的花园里下着棋，不过颜色都淡了。一群驯鹰人骑马从他们身边经过，他们戴长手套的手腕上有长着羽冠的鸟。这一切他记得多么清楚啊！他环顾四周，自己孤独童年的每一个瞬间都回来了。他回想起了纯洁无瑕的童年生活，而隐藏这幅致命画像的，竟是这里。他似乎感到可怕。在那些逝去的过往的日子里，他哪里会想到自己将要面对的一切！

但在这幢房子里，论保险，哪里也比不上这儿，可以躲开窥探的眼睛。钥匙在他手里，别人都进不来。在紫色的柩衣下面，画像的脸可能会变得凶残、麻木、肮脏，但这有什么关系？没人能看到。他自己也不会看。他为何要去关注自己灵魂的可怕的腐败呢？青春永驻——那就够了。而且，他的本性就一定不会变好吗？没有理由认为自己的未来一定充满耻辱。他的生活中可能会遇上某种爱情，使他变得纯洁，使他远离那些似乎已经在他的精神和肉体里躁动的罪孽——那些奇怪的、没有被画出来的罪孽，它们的神秘赋予其妙不可言的魅力。也许有一天，画像残酷的表情会从那敏感的红唇边褪去，那时，他就可以向世界展示巴兹尔·霍华德的杰作了。

不，不可能了。一小时又一小时，一周又一周，画布上的人像正在变老。它或许可以逃脱可怕的罪孽，却逃脱不了可怕的衰老。脸颊会凹陷、松弛，黄色的鱼尾纹会爬上逐渐暗淡的双眼，让眼睛显得更可怖。头发会失去亮泽，嘴巴会张开或下垂，像所有老年人的嘴一样，显得愚蠢又恶心。布满皱纹的头颈、冰凉的青筋暴起的双手、佝偻的身子……就像他童年记忆中一直对自己很严厉的外祖父那样。画像必须要藏起来，别无选择。

“请把它搬进来，哈伯德先生。”他疲惫地说着，转过身来，“抱歉，让你等那么久。我在想别的事。”

“休息总是令人高兴，格雷先生。”画框匠回答，他还在大喘着气，“把它放哪儿呢，先生？”

“哦，哪儿都行。这儿吧，这儿合适。我不想把它挂起来，就斜靠在墙上吧。谢谢。”

“可以看看这件艺术品吗，先生？”

道林大吃一惊。“你不会感兴趣的，哈伯德先生。”道林眼睛盯着那个人说。他感到自己随时准备扑向他，将他打翻在地，若他胆敢掀开这藏着他生活秘密的华丽盖布。“现在我不想再麻烦你了。非常感谢你大驾光临。”

“不客气，不客气，格雷先生。随时准备为你效劳，先生。”哈伯德踏着沉重的步子下楼了，助手紧随其后，又回头瞥了道林一眼，粗陋的脸上，现出一种羞涩、惊奇的表情。他还从来没见过长得这么好看的人。

脚步声渐行渐远，道林锁上门，把钥匙放进了口袋。他觉得现在安全了，谁也不会再看到那可怕的东西了。除了他自己，没有人能再看见他的耻辱。

他回到书房，发现五点刚过，茶已经送上来了。在一张镶满珠母贝的黑色香木小桌上，放着一张亨利勋爵写的便条，旁边是一本用黄纸装订的书，封面有点破旧，边角都脏了。这小桌是道林监护人的妻子莱德利太太送给他的礼物，这位漂亮的太太是个生病专业户，去年跑去开罗过冬了。茶盘上放着一份当天的《圣詹姆斯报》第三版。显然，维克多已经回来了。他不知道维克多是否在门厅遇到了要离开的那些人，并且刺探他们做了些什么。维克多一定注意到画不见了——他在摆茶具时无疑发现了。屏风没放回原处，墙上可以看到空当。或许某天夜里，他会发觉维克多潜到楼上，想要强行进屋。家里有个间谍真是可怕。他曾听说，有些富人一生都遭仆人敲诈，仅仅因为仆人偷看到了一封信，偷听到了一次谈话，捡起了一张带地址的卡片，或者在枕头下发现了一朵枯萎的花或一条皱巴巴的蕾丝。

他叹了一口气，自斟一杯茶，打开亨利勋爵的便条。上面只说他让人送过来晚报和一本他可能会感兴趣的书，八点一刻他会在俱乐部。他又懒洋洋地翻开《圣詹姆斯报》，粗粗浏览了一遍。第五版一个红铅笔做的记号引起了他的注意。那段报道是：

女演员验尸调查结束

今晨，地区验尸官丹比先生于霍克斯顿路贝尔旅馆，对新近就职于霍尔本皇家剧院的年轻女演员西比尔·文恩的尸体，进行了验尸调查。验尸结论为意外死亡。死者母亲在提供证词和法医比勒尔做验尸报告时，情绪非常激动，人们深表同情。

他皱起眉头，把报纸撕成了两半，穿过房间扔了。这一切是多么丑恶！而这丑恶又让一切显得令人可怕的真实！亨利勋爵让人送来验尸报告，他有点生气。他还用红铅笔做了记号，真蠢。维克多可能已经看过了，他的英文水平读懂这段话绰绰有余。

或许他读过了，并且已经开始疑心。但那又有什么关系？道林·格雷与西比尔之死有什么关系？没有什么可怕的，又不是道林·格雷杀了她。

他的目光落在了亨利勋爵送来的黄皮书上，不知道这是一本什么书。他走到那张珍珠色的八角小茶几旁，他总觉得这张茶几有点像某种奇怪的埃及蜜蜂用银子搭出来的。他拿起书，躺在扶手椅上，翻看起来。没过几分钟他就被吸引住了，这是他所读过的最奇怪的书。他仿佛看到世上的罪恶披着精美的外衣，伴着轻柔的笛声，从他面前演着哑剧依次走过。他过去只是朦朦胧胧想到的东西，突然在他面前变得真切无比。他过去从来没有想过的，也逐一在他面前显露出来。

这是一部没有情节，只有一个主人公的小说，实际上是对一个巴黎青年进行的心理研究。这个年轻人想用一生，在十九世纪，实现属于过去每个世纪，却独不属于他自己时代的一切激情和思想方式，事实上，他想集一切能体现世界精神的情感于一身。他喜欢那种纯粹的做作的克己精神，它们被人们愚蠢地称为美德；喜欢那种天性的反叛，它们仍被聪明人称为罪恶。全书写作风格奇异，如镶嵌宝石般生动与晦涩兼具，行文中充斥着隐语、古语、术语及精心的注释，这恰是法国象征主义流派中最优秀的艺术家作品的典型特征。书中的比喻如同兰花一样，形状奇怪，颜色微妙。作者用神秘的哲学语言描绘感官生活，让人有时几乎弄不明白自己读的到底是某个中世纪圣人的精神极乐，还是一个现代罪人的病态坦白。这书犹如一株毒草，书页间似有浓郁的香味，搅得人头昏脑胀。道林一章一章地往下看，句子抑扬顿挫如微妙单调的音乐，因为包含了复杂的叠句和重复的乐章，在他的脑海中激起一种幻想，如同得了梦幻症，即使夕阳西下，夜幕降临，他也竟毫不自觉。

天空没有一丝云彩，一颗孤星穿透青铜绿的苍穹，照进书房的窗。他借着这微光读着，直到看不清了才停下。仆人提醒了好几次时候不早，他这才站起来，走进隔壁房间，把书放在佛罗伦萨风格的床头柜上，开始更衣赴晚餐。

他赶到俱乐部时几乎已经九点了，亨利勋爵独自坐在休息室里，看起来很不耐烦。

“真抱歉，哈利，”他大声说，“但事实上这全是你的错。你送来的那本书让我着迷，我都把时间忘了。”

“是呀，我想你会喜欢的。”这位晚宴的主人说着，站了起来。

“我没说喜欢这本书，哈利，我是说它把我迷住了。两者大不一样。”

“哦，你发现了？”亨利勋爵低语。两人说着，一起走进了餐厅。

第十一章

多年后，道林·格雷一直无法摆脱这本书的影响。或者更确切地说，他从未想要摆脱这种影响。他想办法从巴黎弄到了不下九册此书大廾本的初版，并分别用不同颜色装帧，来适应他不同的情绪，和他时不时几近失控的变幻莫测的天性。书的主人公是一个奇妙的巴黎青年，浪漫和科学的气质神奇地在他身上混合，在道林看来，几乎是自己未来的写照。实际上，他似乎觉得整本书写尽了他的生活故事，包括他还未经历的一切。

有一点，他比小说中这位美妙的主人公要幸运。他从不知道，实际上，也没有任何理由知道那种感觉——莫名其妙地怕照镜子、光滑的金属表面、平静的水面……而那个巴黎青年如此年轻就已经承受了。显然是因为一个曾经非常美丽的人突然间香消玉殒。小说用或许有点夸张的、悲剧的笔调描摹了一个人的悲伤和绝望，因为他最珍视的，他人和世界都拥有的，他却失去了。道林常常带着一种残忍的快乐阅读小说的后半部分，而几乎每次欢乐和享受，都包含这种残忍。

道林身上那奇妙无比的美，让巴兹尔·霍华德和其他人如此迷恋的美，似乎从未消逝。即使那些听过他最恶劣的行径的人——有关其生活方式的各种奇怪的谣言已悄悄传遍伦敦，并成为俱乐部内的谈资——一旦见到他本人，都不再相信那些风言风语了。他始终保持着一种出淤泥而不染的神态。他一走进房间，谈吐粗俗的人就会立刻闭嘴，他的一脸纯洁总让他们无地自容，他的出现让他们似乎回忆起了自己已被玷污的天真。他们感到奇怪，他这样迷人，这样优雅，是如何免受这个既丑恶又纵情声色时代的污染的。

他常常会消失一段时间，去某个神秘的地方，时间长得超出人们的预期，于是会在他的朋友圈，或自以为是他朋友的人中间，引发奇怪的猜测。他回到家，总是先悄悄溜到楼上那间锁着的房间，用现在从不离身的钥匙打开门，手拿镜子，站在巴兹尔·霍华德为他画的像前，一会儿看看画布上丑恶的正在衰老的脸，一会儿看看锃亮的镜子里对着自己笑的漂亮年轻的面容。如此鲜明的对比常常增加他的快感。他越来越迷恋自己的美，对自己灵魂的堕落也越发感兴趣。有时，他会带着一种畸形而可怕的愉悦，一丝不苟地，观察那丑陋的线条刻上皱纹遍布的前额，抑或悄悄地蜷缩在丰厚的双唇中。有时，他会纳闷，罪恶的标记和衰老的迹象，哪一个更可怕。他会把自己白皙的双手放在画像粗糙浮肿的手边，嘲笑那变形的躯体和衰退的四肢。

其实在晚上，有那么一些时候，他毫无困意地躺在弥漫着幽香的卧房，或当他乔装化名，出没在码头附近名声败坏的小旅馆里，在那些污秽不堪的房间里夜不能眠时，他常常会习惯性地想起自己造成的灵魂的毁灭，并生出一种强烈的惋惜之情，因为这都纯然出于自己的自私。但这样的时候很少。曾经，他和亨利勋爵一起坐在他们共同朋友的花园里，勋爵第一次在他内心激起的对生活的好奇心，现在似乎与日俱增，令他满意。他对生活了解得越多，就越想了解。他像饿疯了的人，喂得越多，就越饿。

但他并不是毫无顾忌，至少在处理与上流社会的关系时不是。在冬天每个月的那么一两次，或在社交季节的每个星期三晚上，他会向世界敞开自己漂亮的住宅，邀请当时最有名的音乐家，用奇妙的艺术陶醉宾客。这些小型的宴请，总是在亨利勋爵的帮助下才得以妥善安排。对宾客的悉心挑选，座位的得体安排，餐桌装饰的高雅品位，异国鲜花、绣饰桌布、金银古盘的微妙而协调的摆放……都让道林的宴请声名大噪。实际上，有很多人，尤其是小年轻们，都在道林身上看到了，或以为自己看到了他们在伊顿公学或牛津大学上学时所梦想的一切，看到了真正的学者的教养与上流人士的一切优雅、名望和完美举止的结合。在他们看来，道林似乎属于但丁所描绘的那种“以崇拜美来使自己完美”的人[1]，与戈蒂耶一样，“现实世界为他存在”。

当然，对道林来说，生活是第一位的，也是最伟大的艺术，所有其他艺术都只是为它所做的准备。时尚范儿，让真正奇妙的东西一时风靡；公子哥派头，以独有的方式试图突出美的绝对现代性，自然，这两者他都爱。他的衣服样式，以及时不时钟情的独特风格，对梅菲尔舞厅的时髦年轻人和蓓尔美尔街上的俱乐部里的人们，都有巨大影响。他们模仿他的一举一动，甚至他偶尔展露出的优雅魅力，他们也一心要学，即使对他来说只是半开玩笑的纨绔习气。

虽然他随时准备接受这一成年就会得到的地位，而且实际上，一想到自己对当下的伦敦而言，可能就如同《萨蒂利孔》的作者对于尼

1. “以崇拜美来使自己完美”出自英国作家沃尔特·彼得（Walter Peter，1839—1894）的小说《享乐主义者马利乌斯》，而不是但丁。

禄皇帝统治时期的古罗马一样[1]，他就有一丝妙不可言的愉快，但是，在内心最深处，他不只渴望做“美的鉴赏权威”，教大家珠宝搭配、领带系法和手杖姿势。他想要描画出一种新的生活方式，有理性的生活哲学和分明的生活理念，在感官的升华中达到最高境界。

崇拜感官享受常常遭人诟病，而且很有道理的样子。人天生害怕比自身强大的激情和感觉，他们意识到自己与低级生物有同样的欲望和感受。但道林·格雷觉得，感官真正的本质从未被人理解，它们之所以一直保持在原始和兽性的状态，纯粹是因为世人在用禁欲迫其屈服，或以痛苦予以扼杀，而不是尽力让它变成新精神的要素——对美有更精细的本能感受，才是这新精神的根本。当道林回顾整个人类发展史，一种怅然若失的感觉萦绕不去。人们竟舍弃了那么多！出于如此微不足道的目的！疯狂任性的拒绝，各式各样的自我折磨和自我否定，始于恐惧，却终于堕落，比人们因为无知而竭力摆脱的想象中的堕落还要可怕的堕落。大自然运用绝妙的讽刺手段，逐出修道士，使他以沙漠中的野兽为食；赐予隐居者，让他以荒野中的野兽为伴。

是的，正如亨利勋爵所预言的，一种要重新创造生活的享乐主义即将出现，要把生活从严酷而不合时宜的清教徒主义中解救出来，它已在我们这个时代奇怪地复活了。当然，这种新享乐主义是服务于理智的，不接受任何形式的，以牺牲情感体验为代价的理论或体系。事实上，它的目的就是体验本身，而非体验的结果，不管这种结果是苦是甜。禁欲主义使感觉丧失，庸俗的纵情挥霍使感觉迟钝，这与新享

1.《萨蒂利孔》（《爱情神话》）的作者盖厄斯·佩特罗尼乌斯·阿尔比特（Gaius Petronius Arbiter，27—66）是罗马帝国朝臣，也是抒情诗人与小说家，被认为是当时宫廷美的鉴赏权威。

乐主义无关。它要教会人珍视生活的一个个瞬间，而生活本身就如同一个瞬间。

几乎没有人在天亮前还未醒来，这一夜或许无梦，让人几乎倾心于死亡；或许充斥着恐惧和怪异的欢乐，那时，闪过我们脑际的幻象比现实更可怕，还有怪诞的蕴藏了鲜活生命力的本能。它们赋予哥特艺术持久的生命力，让人觉得这种艺术是受困于幻想症的艺术家创造的。白皙的手指慢慢地伸进窗帘，似乎在颤抖。奇形怪状的黑影默默钻进房间的角落，蜷缩在那儿。窗外，有鸟儿在树叶间的跃动声和人们赶去工作的声音。山风呜咽叹息着，盘旋在寂静的房子周围，似乎担心惊醒沉睡者，却又必须把睡神从紫色的山洞中唤醒。层层叠叠昏暗的薄纱揭开了，万物渐渐恢复了形状和颜色，我们看着黎明以它古老的方式重塑世界。暗淡的镜子又开始它映射事物的一天，数支熄灭的细蜡烛依旧立在原地，旁边摆着一本裁了一半的书、在舞会上戴的用金属丝扎着的花儿，或者一封不敢读或读了太多遍的信。在我们看来，似乎什么都没变。熟识的现实生活从虚幻的夜影里回来了，我们不得不从原来中断的地方重新开始生活，一种可怕的感觉悄然袭来，我们必须在一成不变、让人厌倦的陈规里葆有继续的力量。我们或许会狂热地渴望，早晨一睁开眼睛就看到一个在黑夜中已为我们量身重建的新世界：万物都有了新的形状和颜色，新的秘密，沧海桑田。在新世界，过去无足挂齿，即使有立足之地，也无论如何不会再意识到责任或悔恨。愉悦的回忆里带着辛酸，享乐里也有痛苦。

在道林·格雷看来，创造这样的世界才是他生活的真正目标，或者至少是真正目标之一。他在寻找一种新颖而快乐的感觉，想拥有怪异的气质，那是浪漫的要素之一。为此，他常常采用那种他知道与自己天性格格不入的思维方式，任凭自己沉溺在感官微妙的影响中，然后，他宛如看到了它们的色彩，满足了自己智力上的好奇心，便又以奇怪的冷漠，将它们弃之不顾。这种冷漠与真正的性格热情并不矛盾，而且据某些现代心理学家说，这常常是其前提条件之一。

关于道林，一度有谣言说他要加入罗马天主教派。当然，天主教的仪式确实一直强烈地吸引着他。天主教每天的献祭比古时候的献祭都要可怕得多，那对感官事实的极力抵制，组成元素原始的单纯，竭力象征人类悲剧的永恒悲哀……都搅动着他。他喜欢跪在冰冷的大理石上，看着身穿硬朗的绣花长袍的牧师，慢慢地用白皙的手移开圣盘的罩布；或者举起装有白色圣饼（人们愿意相信那是真正的“天使面包”），嵌着珠宝的、灯笼状的圣体盒；或者穿着“耶稣受难”时的衣服，把圣饼掰开，放进圣餐杯，捶胸以示悔罪。神情庄重的孩子们，穿着镶有花边的红衣服，把冒着烟的香炉抛到空中，像镀金的一朵朵大花。这一切让他产生一种难以言说的迷恋。当他走出教堂，他总要惊奇地看一眼黑色的告解室，渴望自己坐在其中一个人的暗影里，倾听男男女女隔着破旧的栅栏低声诉说着自己生活中的真实。

但有些错误他绝不会犯：比如正式接受某一信条或体系，那会阻碍智力发展；或者误把只适合留宿一晚，或者在无星无月之夜逗留几个小时的小客栈，当成住所。神秘主义具有一种化常见为新奇的神奇力量，似乎总伴着微妙的反律法主义，这曾打动过他一段时间；而在另一个时期，他又倾向于德国达尔文主义运动的唯物主义学说，将人的思想和激情追溯到大脑中某个珍珠状的细胞，或体内某根白色的神经，对此他感到一种奇特的乐此不疲。他为一种观点感到高兴：精神绝对取决于某些生理条件——无论病态还是健康，正常还是残缺。然而，正像之前所说的，与生活本身相比，他似乎觉得没有什么理论是举足轻重的。他强烈地意识到，所有理性思考，一旦脱离了行动和实验，是多么贫瘠。他知道，感觉跟灵魂一样，都有精神上的奥秘还有待揭开。

于是，他开始研究起香水和制香秘诀了——蒸馏气味浓重的香油，燃烧东方来的难闻的树脂。他看到感官与情绪是一一对应的，于是决心要发现两者之间真正的关系，他想弄清楚，是什么让乳香陡增人的神秘，龙涎香激起人的情欲，又是什么让紫罗兰唤起对过去浪漫的回忆，麝香扰乱头脑，黄兰玷污想象。他常常想阐释真正的香水心理学，大致描述出物质的效果：气味香甜的根、满载花粉的香花、香膏、黑色的香树、让人恶心的甘松香、使人发疯的枳椇，还有据说能驱除心灵忧郁的芦荟。

有段时间，他又完全沉迷于音乐。他常常举办奇怪的音乐会，在一间饰有很多格子的长方形屋子里。那天花板朱红色和金黄色交错，墙壁则漆成了橄榄绿。疯狂的吉卜赛人拉着小齐特琴，把狂野的音乐撕成碎片；严肃的、戴着黄头巾的突尼斯人，拉着巨大的鲁特琴上紧绷的弦，旁边是咧嘴笑的黑人单调地击打着铜鼓；还有裹着头巾、身材瘦小的印度人，蹲在红垫子上，吹着长长的芦笛或铜管，在迷惑，或假装迷惑大眼镜蛇和可怕的角蝰蛇，让它们起舞。当舒伯特的优雅、肖邦美丽的忧伤、贝多芬强大的和声都让他的双耳无动于衷，这些原始音乐刺耳的停顿和尖锐的不和谐，却时不时触动着他。他搜集世界各地所能找到的最古怪的乐器，有来自一个已消亡的民族的陵墓，也有来自仅存的几个与西方文明尚有关联的野蛮部落，他喜欢抚弄它们，听听声音。他拥有了黑河流域印第安人的神秘的“朱鲁帕里斯”，这种乐器不允许妇女看，年轻男人要等到受斋戒或鞭笞时才能一睹真容；他还拥有能发出鸟儿尖叫声的秘鲁泥罐，阿方索·德·奥瓦里[1]在智利听过的人骨笛子，在秘鲁库斯科附近发现的碧色浑厚的水苍玉，可以奏出独一无二的甜美曲调。还有彩绘葫芦，里面装满了卵石，摇起来咔啦作响；墨西哥人的“克拉林”长号，演奏者不是往里吹气，而是朝外吸气才能奏响；亚马孙部落刺耳的“特尔”，吹奏者是整天坐在大树上的哨兵，据说三里格（现在的九英里）外都能听见；“双音木头鼓”，这种乐器有两个振动的木簧片，演奏时用木棒敲击，木棒上得涂取自植物的乳白色汁液的黏胶；阿兹特克人的“幽托”铃，像葡萄一样连成一串；用巨蟒皮作面的圆筒形大鼓，贝纳尔·迪亚兹和科尔特斯[2]一起侵入墨西哥神庙时曾见过，迪亚兹曾在书中生动地描绘过那悲凉的鼓声。这些乐器奇妙的特色让他着迷，他一想到艺术也像大自然一样，有自己的怪物，外形凶残、声音可怕，他就感到一丝奇异的愉悦。然而，过了一段时间，他就厌倦了这些乐器，于是宁愿回到歌剧院，独自一人，或和亨利勋爵一起坐在包厢里，如痴如醉地听《唐豪瑟》[3]，在那部伟大艺术作品的序曲里，看到自己灵魂悲剧的上演。

另一段时间，他开始研究珠宝。他像法国海军上将安·德·茹瓦约斯那样，身穿缀着五百六十颗珍珠的衣服，出现在化装舞会上。这种癖好他迷恋了好多年，实际上可以说他从未厌倦过。他常会花一整天翻来覆去地摆弄那些盒子里的各种石头，如灯一照就会变红的橄榄

1. 阿方索·德·奥瓦里：实为阿隆索·德·奥瓦里（Alonso de Ovalle，1603—1651），智利历史学家、牧师。

2. 二人皆为西班牙殖民者，前者参与了后者发起的墨西哥殖民战争。

3.《唐豪瑟》：德国作曲家瓦格纳创作的一部歌剧，讲述中世纪德国游吟 诗人唐豪瑟，受到美艳的爱神维纳斯的诱惑，纵情声色不能自拔。后来他厌倦了这种生活，祈求赎罪的故事。

色金绿宝石、带有银线的波光玉、淡黄绿色的橄榄石、玫瑰粉与酒黄色相间的黄玉、火红色的闪耀着四角星的红宝石、火焰红的肉桂石、橙色和紫色相间的尖晶石、宝石红与宝石蓝交替的紫水晶等等。道林喜欢猫眼石的金红色、月长石的珠白色和乳蛋白石的揉碎般的彩虹色。他从阿姆斯特丹买入了三枚色彩丰富的特大号绿宝石，并拥有一颗令所有鉴赏家都垂涎不已的古董级绿松石。

他还发现了一些有关宝石的美妙传奇。阿方索的《教士规》[1]中提到，有条巨蛇的眼睛是纯正的风信子石；在有关亚历山大——古希腊厄马提亚的征服者——的浪漫传说中，据说在约旦峡谷发现了一种“背上长着纯正的绿宝石圈”的蛇；菲洛斯特拉托斯则告诉我们，龙的脑袋里有宝石，“只要出示金色的字母和大红袍”，怪兽便会中了魔法似的睡去，即可将它杀死；根据伟大的炼金术家皮埃尔·德·卜尼法斯的说法，钻石可使人隐身，印度玛瑙可使人善辩，红玉髓可消气，红锆石可催眠，紫晶可解酒，石榴石可驱魔，天牛石可使月光失色，透石膏会随月亮的盈亏而增减光亮，翡翠宝石能识别窃贼，唯有幼子之血可致其失灵；莱昂纳德斯·卡美卢斯曾见过一块从一只刚被杀死的蟾蜍脑中取出的白石，具有某种抗毒功效；在阿拉伯鹿的心脏中发现的牛黄石则是瘟疫的克星；按照德谟克里特斯的说法，阿拉伯鸟巢中有一种银色石头，戴上它就可免除一切火灾。

在加冕典礼上，锡兰国王会手捧一颗大红宝石骑马穿过城市。“牧师约翰”大殿的宫门“用玛瑙做成，镶嵌着整只角蝰蛇的角，

1. 彼得·阿方索（Peter Alphonso）：犹太裔西班牙作家、天文学家、辩论家和医生。《教士规》是写于十二世纪初的一部寓言故事集。

携毒者因此无法入内”。山墙上放着“两只金苹果，苹果里有两块红玉”，白天金子闪光，夜晚红玉发亮；洛奇的怪谈传奇《一颗珍珠在美洲》中提到，在女王的寝宫，可以看到“世界上所有贞洁女子的银雕塑像，正对着橄榄石、红玉、蓝宝石和绿宝石做的漂亮镜子顾影自怜”；马可·波罗曾见到日本人把玫瑰色的珍珠放进死者嘴里；有人潜水采得一颗珍珠，敬献给波斯萨珊王朝俾路斯王，一个海怪因迷恋这颗珍珠而杀死采珠人，悲悼了七个月，后来匈奴人把俾路斯王诱入陷阱，国王扔掉了珍珠——拜占庭历史学家普罗柯比如是说——尽管阿纳斯塔修斯一世为之悬赏五百磅黄金，但之后再也没有找到这颗珍珠；马拉巴尔王曾给某个威尼斯人看过一串共有三百零四颗珍珠的念珠，每颗珍珠代表一个他所崇拜的神。

据布朗托姆所说，当亚历山大六世之子，瓦伦蒂诺公爵谒见法王路易十二时，他的坐骑挂满金叶，帽子上镶着两排光焰闪烁的红宝石；英王查理的坐骑马镫上有四百二十一颗钻石；理查二世的一件外套缀满巴拉斯红宝石，价值三万马克；霍尔这样描写过亨利八世，说他在前去伦敦塔加冕的路上，穿着一件“凸金线上衣，胸甲上饰满钻石和宝石，颈项围着大块巴拉斯红宝石”；詹姆斯一世的宠臣们都佩戴着金丝线细织的绿宝石耳环；爱德华二世曾赐予皮尔斯·戈维斯顿一副镶着红锆石的红金甲胄，一副嵌着绿松石的金玫瑰颈肩，以及一顶缀满珍珠的头盔；亨利二世的手套长及肘部，上面缀满珠宝，他还有一只猎鹰手套，上面嵌着十二颗红玉石和五十二颗大珍珠；“大胆的查理”——勃艮第家族的最后一位公爵，他的公爵帽上悬挂着梨形珍珠，饰有蓝宝石。

生活曾是多么精致啊！生活中的排场和装饰曾是多么华丽啊！哪

怕只是在书上读读已逝者的奢华，都令人觉得美妙异常。

后来，他的注意力又转向了刺绣和在北欧寒冷的屋子里当作壁画的挂毯。他一投入研究这个主题——他总有一种异乎寻常的能力，无论做什么事，一旦开始，都能一下子沉迷其中——就想到时间给美丽奇妙之物带来的摧残，忍不住感到悲哀。而他，至少已经躲过了这种命运。一个夏天，又一个夏天，黄色的长寿花开了又谢，如此往复。可怕的夜晚里，仍不断发生着那些可耻的事情，但道林安然不变。严冬无法伤害他的容貌，玷污他的花样年华。物质世界却是多么不同啊！它们都到哪里去了呢？那件绘有诸神与巨人之战的紫色大袍子，是棕皮肤的姑娘们为取悦雅典娜做的，它到哪里去了呢？尼禄皇帝曾用一张紫色巨帆盖于罗马斗兽场上空，上面画着星空下阿波罗驾着白马金缰双轮战车，它又在哪里呢？他渴望见到那些为太阳神祭司织的奇特餐巾，上面绣着盛宴所有的一切珍馐佳肴；还有希尔佩里克王的灵柩上饰有三百只金蜜蜂的尸衣；激怒了蓬托斯主教的那些奇妙的袍子，上面画着“狮、豹、熊、狗、森林、岩石、猎人——实际上，画家所能复制的大自然中的一切”；查理一世穿过的一件外套，袖子上绣着一首歌词，第一句是“夫人，我欣喜万分”，配乐用金线绣成，音符在当时是方的，每个音符以四颗珍珠组成；道林读到过在兰斯王宫为勃艮第的琼王后准备的卧房，里面饰有“一千三百二十一只刺绣鹦鹉，身上都绘有国王的徽章，以及五百六十一只蝴蝶，蝴蝶的翅膀上都相似地绘有皇后的徽章，全部用金线绣成”；为法国王后凯萨琳·德·梅第奇特制的灵床上，铺着黑色的天鹅绒毯上绣满了新月和太阳，灵床的帐幔是锦缎料子，饰有叶圈和花冠，金银衬底，边沿垂下珍珠流苏，灵床放在挂着一排排王后的纹章的房间里，纹章用碎黑丝绒绣在银线底布上拼成；路易十四的寝宫里有一根十五英尺高的金饰女像柱；波兰国王索别斯基的御床，是用土耳其士麦那的金色锦缎铺就，上面饰有绿松石镶嵌成的《古兰经》经文，床柱镀银，雕刻精美，嵌满了彩釉和宝石圆饰，这张床是从维也纳城前的土耳其营地里得来的，当时穆罕默德的军旗曾立在它颤动的镀金床罩之下。

就这样，整整一年，道林试图收集最精美的纺织和刺绣品，其中有精致的印度德里的平纹细布，巧妙地缝有金线织成的掌状叶和闪光的甲虫翅膀；孟加拉国达卡的薄纱，因透明而在东方被称为“织云”、“流水”和“夜露”；爪哇绘着古怪图案的花布；中国精细的黄色帏幔；用茶色缎子或淡蓝丝绸装帧的书，绘有百合花图样、鸟和人像；匈牙利绣的方网眼花边的面纱；西西里的锦缎和西班牙硬丝绒；乔治王朝时期缀满金币的纺织品；日本绣着绿金线和艳羽鸟的帛纱。

道林对教会的祭衣也情有独钟，实际上，他对宗教仪式相关的一切都很感兴趣。在他府邸的西走廊，有一排长雪松木柜子，里面是他收藏的许多罕见而漂亮的，“基督的新娘[1]”的服饰真品。她们不得不穿紫色的和亚麻的衣服，再戴好珠宝，这样才能掩盖那为自作自受的苦难和痛苦所伤的，苍白消瘦的身躯。道林有一件华丽的长袍，用深红丝绸和金线锦缎做成，重复排列着六瓣花中镶嵌着金石榴的图案，上边两侧是小珍珠组成的凤梨图案。祭衣的饰带分成一格格，分别描绘了圣母玛利亚生活中的不同场景，圣母加冕图则用彩色丝线绣在兜帽上。这是十五世纪意大利出品的。他还另有一件绿丝绒法袍，上面绣满了一簇簇心形的装饰叶，伸出长茎白花，细节用银线和彩晶

1. 基督的新娘：指修女。

勾勒出来。祭衣的襻扣用金线挑高纹饰了六翼天使的头像。饰带用红金丝线织成菱形图案，点缀着包括圣塞巴斯蒂安在内的众多圣人和殉道者的圆形头像。道林还有一些十字褡[1]，有琥珀色真丝的，蓝丝绸与金色织锦相间的，黄丝锦缎和金色布料交替的，无不绘有《耶稣受难图》，另绣有狮子、孔雀和其他徽记；还有用白色缎子和粉色丝锦缎相间的祭衣，上面有郁金香、海豚和百合花图样；还有暗红色丝绒和蓝色亚麻布做的祭坛帷帘；还有许多圣体布、圣餐杯罩和圣像手帕。那些使用这些东西的神秘仪式中，总有什么能激发他的想象。

这些宝贝，还有他在自己可爱的住所里收藏的一切，对道林而言，其实都是他借以忘却一切的工具，能让他暂时逃脱那些有时近乎难以承受的恐惧。在那个他度过了那么多童年时光，那个大门紧锁的孤寂的房间里，他亲手把那可怕的画像挂在了墙上。紫金色的柩衣做帷幕盖在画像上，下面是它不断变化的脸，向他展示自己生活中真正的堕落。有时，他会一连数周都不去那儿，忘掉可恶的画，回归轻盈的心，和奇妙的快乐，满载激情地沉浸于这单纯的存在。随后，在某一夜，他会突然悄悄离开住所，到蓝门场附近那些可怕的地方去，连待数日，直到被赶走。一回到家，他就会坐到画像前，厌恶它，也厌恶自己，但更多时候，为自己的利己主义感到自豪，其实那多半出于对罪恶的迷恋。带着一种隐秘的快乐，他嘲笑着画布上那个不得不为他受过的诡异影子。

数年后，他由于无法忍受长久离开英国，于是离开了在法国特鲁维尔与亨利勋爵合住的别墅，还有在阿尔及利亚阿尔及尔有围墙的小

1. 十字褡：牧师主持圣餐、弥撒时穿的无袖长袍。

白房子，他们不止一次在那里共度冬季。他不愿与画像分开，因为它已成为他生命的一部分。而虽然他已叫人装了复杂的门闩，但仍担心有人会乘自己不在破门而入。

他非常清楚，别人从画像里看不出任何东西。的确，尽管画像的脸邪恶丑陋，但与他本人仍然明显相像；但他们从中又能看出什么呢？若有谁由此奚落他，他定会嗤之以鼻。画不是他画的，无论画像看起来多么卑鄙可耻，与他又有什么关系？即使他告诉他们真相，他们会信吗？

但他还是怕。有时，当他在诺丁汉郡的豪宅里招待与自己地位相当的时髦年轻人——他主要的玩伴，当他以荒唐不羁的奢靡和豪华的生活方式惊艳于郡里，他会突然抛下自己的客人，急匆匆赶回伦敦，只是为了确认门没被人动过，画像仍在原地。要是画像被人偷走了怎么办？一想到这，他便吓得浑身发冷。到时候全世界都会知道他的秘密。或许现在，他们已经在怀疑了。

因为虽然很多人迷恋他，但也有不少人不信任他。在伦敦西区的一个俱乐部，他差点惨遭反对不得入会，虽然以他的出身和社会地位，完全有资格成为会员。据说还有一次，一位朋友带他走进丘吉尔俱乐部的吸烟室时，伯威克公爵和另一个绅士公然起身走了出去。他过二十五岁之后，各种奇怪的流言四处传开。据谣传，有人看见他在白教堂区偏远地方的一个下流贼窝里和外国水手斗殴，与窃贼和造假币的人厮混，对他们的交易心知肚明。他异乎寻常的消失让他声名狼藉，当他在社交界重新现身，常常有人会在角落里窃窃私语，讥笑着从他身旁走过，或用冰冷的刨根问底的目光看着他，似乎决心要挖出他的秘密。

对这样公然的冒犯，他当然不以为意，何况在大多数人看来，他坦率文雅的举止，迷人的孩子气的微笑，似乎永驻的青春的无穷魅力……这些本身足以回应各种四处流传的“诽谤”——他们这么称呼那些流言。但显而易见的是，与他关系最密切的人，有些过了一段时间似乎也开始躲着他。而有人看到，那些曾狂热爱慕他，因为他敢于面对一切社会责难，公然反对社会习俗的女人，一见道林·格雷走进房间，便因羞愧或恐惧而花容失色。

然而，在许多人眼里，这些叽叽咕咕的流言蜚语只会增加他奇怪而危险的魅力。他的巨额财富是他能安然若素的重要原因。社会——至少文明社会——从不会轻易相信任何对有钱又有魅力的人的诋毁。这个社会本能地认为：举止比道德更重要，而且在他们看来，至高无上的名誉还不如雇一个好厨师有价值。毕竟，若有人以粗劣的饭菜或低劣的酒招待你，即使有人告诉你此人的私生活无可指摘，你也不会觉得是多大的安慰。就像亨利勋爵有次谈到这个话题时所说的，再高尚的品德都无法弥补一道半冷的主菜。有很多话可以支撑他的这个观点。因为上流社会的准则与艺术的准则是一致的，也应该一致。对上流社会而言，形式极其重要——要有仪式的庄严和不真实，再把爱情剧中的虚假与讨人喜爱的风趣和漂亮结合起来。虚假真的这么可怕吗？我不觉得。它只是我们丰富自己个性的一种方法而已。

至少，道林就是这么想的。他过去曾惊异于那种肤浅的心理学，即认为人的自我是简单、永久、可靠、本质单一的。对他来说，人是一种具有多重生活、多层感觉、多种形式的复杂生物，人的精神秉承了思想和激情的奇怪遗产，人的肉体沾染上了祖先的可怕疾病。他喜欢漫步走在自己乡间别墅荒凉冰冷的画廊，看着不同人的画像，自己的血管里也流着这些人的血。这是菲利普·赫伯特的像，弗兰西斯·奥斯本在《忆伊丽莎白女王与詹姆斯国王执政期》中，把他描绘成一个“因漂亮的容貌得到宫廷宠幸，而美貌并不长久”的人。他有时过的就是年轻时候的赫伯特的生活吧？某种奇怪的毒菌是不是从一个躯体潜入另一个躯体，最后进了他的身体？是不是因为他模糊地意识到了这即将毁掉的优雅，才让他那么突然，甚至可以说几乎无缘无故地，在巴兹尔·霍华德的画室里像个疯狂的祈祷者，许了个让生活天翻地覆的愿望？这是安东尼·谢拉德的像，他穿着金线刺绣的红背甲，缀有珠宝的外套，皱领和袖口都镶有金边，脚边摞着银黑色的盔甲。他留下来了什么呢？那不勒斯的乔安娜王后的情人把罪孽和羞耻遗传给他了吗？他的所作所为是死去的人不敢实现的梦想吗？在这块褪了色的画布上，伊丽莎白·德弗卢夫人微笑着，她头披薄纱巾，身穿珍珠色三角胸衣，配粉红色镂空袖。她右手拿着一朵花，左手握着一个红白玫瑰图案的珐琅颈圈。身旁的桌子上有一把曼陀铃和一只苹果。她玲珑的尖头鞋上，缀着大朵绿色的玫瑰花饰。道林知道她的故事，还有她情人们的奇闻趣事。他身上有她的某种性情吗？那双圆圆的眸子耷拉着眼皮，似乎在好奇地看着他。这位乔治·威洛比又如何呢？他头发搽着粉，脸上贴着奇怪的假痣。他看起来多么坏！面孔黢黑阴沉，性感的嘴唇流露出傲睨一切的扭曲表情。精制的花边褶袖盖住了那双戴满了戒指的瘦黄的手。他曾是十八世纪的一个纨绔子弟，年轻时曾是弗拉尔斯勋爵的朋友。那边的贝肯汉姆勋爵二世又是一个什么样的人呢？他是摄政王乔治四世最荒唐岁月时的同伴，还见证了他与菲茨赫伯特夫人的秘密婚姻。他曾多么潇洒风流，傲然一世！那一头栗色鬈发，那一副目空一切的姿态！他又传下来了什么样的激情？世人都视之为声名狼藉之徒。他带头在摄政王的卡尔顿府纵情狂欢。他胸前的嘉德勋章熠熠闪光。他的画像旁挂着他妻子的画像，是一个身穿黑衣，面孔白、嘴唇薄的女人。她的血也在道林身上涌动。这一切是多么不可思议！道林的母亲像上，脸蛋酷似汉密尔顿夫人，湿漉漉的双唇上沾着酒滴——道林知道自己从她身上继承了什么——美，和追求他人之美的激情。她穿着宽松的酒神女祭司的衣服，朝他大笑着。她的头发上有藤叶，紫红色的酒从她端着的杯子中溅了出来。脸上的肉粉色已经褪去，但美丽的眼睛仍深邃明亮。无论他走到哪儿，那双眼睛似乎都望着他。

人既有文学上的祖先，也有血缘上的祖先，可能很多人在类别和性情方面与文学上的祖先更接近，也更能明显地意识到。有时，道林似乎觉得，整个人类历史都只不过是自己生活的记录，不是他的实际生活，而是他想象中创造的生活，在他的脑海和激情里。道林觉得仿佛认识那些奇怪而可怕的历史人物，他们在世界舞台上登场，又离开，把罪孽变得如此神奇，把邪恶变得如此微妙。他仿佛觉得，他们的生活通过某种神秘的方式，变成了他的生活。

在那本对道林影响巨大的美妙小说里，主角也有这样奇怪的幻想。第七章，他讲述自己如何像提庇留[1]那样，戴着桂冠以免雷击，坐在卡普里岛的一处花园里，读着埃里方提斯写的荒淫之书，一群侏儒和孔雀就在他身边趾高气扬地走来走去，吹笛子的人嘲笑着香炉工；像卡里古拉那样，在马厩里与绿衣骑师狂饮作乐，在象牙做的马槽里与头饰宝石的马儿共进晚餐；像多米提安那样，漫步在两旁满是

1. 提庇留，与下文所提到的卡里古拉、多米提安、尼禄·恺撒、埃拉伽巴路斯都是古罗马皇帝。

大理石镜的走廊，以憔悴的双眼寻觅着能结果他性命的匕首的映像，他患了可怕的厌世症，那种生活应有尽有的人才会得的厌世症；像尼禄·恺撒那样，透过一块剔透的绿宝石，欣赏竞技场内的血腥杀戮，随后坐上珍珠和紫布装饰的轿子，由钉着银掌的驴子拉着，穿过石榴大街去往金宫，一路上都能听见人们在高喊着自己的名字；像埃拉伽巴路斯那样，将自己的脸涂成彩色，和女人一起摇着纺车，把月亮神从迦太基帝国请来，为她与太阳神举行神秘的婚礼。

道林一遍遍读这奇妙的一章，和紧挨着的两章，这两章如同某些珍奇的壁毯或精巧的珐琅，勾画出那些被罪恶、鲜血和厌倦逼成魔鬼和疯子的，美丽却可怕的人物形象：米兰的菲利普公爵，他杀死妻子，在她唇上涂上红色的毒药，为了让她的情人在啜饮爱人之唇时中毒而亡；威尼斯人皮埃特罗·巴尔博，也就是保罗二世，为了虚荣想要得到“福尔摩苏斯”教皇的封号，不惜犯下可怕的罪行换来价值二十万弗罗林的教皇三重冠；吉安·马利亚·维斯康提曾派猎狗追咬活人，他后来被谋杀，一个爱过他的妓女在他尸体上撒满玫瑰；恺撒·博尔吉亚骑着白马，披风上沾着佩洛托·卡德隆的血，与他同行的是杀害同胞的罪犯；佛罗伦萨年轻的红衣主教，西斯科特四世的儿子，也是他的宠臣，他的美貌只有其放荡能与之媲美，他在红白丝绸帐篷中接待阿拉贡的利奥诺拉，周围人扮作仙女和半人马，还有一个身上涂金的男童，充作盖尼米得或许拉斯[1]，在宴会上当招待；埃泽林，他的忧郁只有在见到死亡的景象时才能得到治愈，他嗜血，犹如人们嗜爱红酒，他人称“恶魔之子”，与父亲赌博时为了获得灵魂，

1. 均是希腊神话中的美男子。

不惜掷骰子时作弊；詹巴迪斯塔·希波出于嘲讽，自称“教皇因诺森特[1]”，为了救他，一位犹太医生在他毫无生气的血管里注入了三个青年的血；西吉斯蒙多·马拉泰斯塔，伊索塔的情人，里米尼的王，被视为上帝和人类之敌，雕像在罗马被焚烧，他用餐巾勒死了波利西娜，把毒酒盛在绿宝石的杯里，害死了吉内弗拉·德·埃斯特，为纪念一段苟且之情，建异教教堂给基督信徒朝拜；查理六世，疯狂爱慕嫂嫂，以至于麻风病人都提醒他已神志失常，当大脑陷入病态反常，只有画有爱情、死亡和疯子的撒拉逊纸牌才能安抚他；格里芬内托·巴廖尼杀死了阿斯托雷和他的新娘，西蒙纳多和他的侍从，他穿镶边皮甲，头戴宝石帽，留莨苕般的鬈发，容貌俊美异常，甚至当他躺在佩鲁贾的黄色广场上奄奄一息时，那些恨过他的人们也不禁流泪，诅咒过他的阿塔兰忒也为他祈福。

他们身上都有一种可怕的魅惑。道林在夜里看见他们，在白天想象他们。文艺复兴时代的人熟知各种奇怪的下毒手段——头盔、点燃的火把、刺绣手套、宝石扇子、镀金香丸和琥珀手链。道林·格雷却被一本书下了毒。有些时候，他只把罪恶当作实现审美观的一种方式而已。

1. 因诺森特：即 Innocent，意为天真的、无辜的。

他回到家，总是先悄悄溜到楼上那间锁着的房间。

（他）身穿缀着五百六十颗珍珠的衣服，

出现在化装舞会上。

第十二章

十一月九日，三十八岁生日前夜。道林后来常常想起这个日子。

那天晚上十一点左右，他在亨利勋爵家吃过晚饭，正往家走。夜里天冷雾厚，他把自己裹在厚厚的皮大衣里。在格罗夫纳广场和南奥德利街的拐角处，大雾中从他身旁快步走过一个人，他灰色的阿尔斯特大衣领立着，手里提着包。道林·格雷认出了他，是巴兹尔·霍华德。一阵莫名的恐惧袭遍全身，连他自己都说不清是怎么回事。他假装没认出他来，朝家的方向快步走去。

但霍华德已经看到他了。道林听见他先在人行道上停了一下，开始追他。不一会儿，他的手抓住了道林的胳膊。

“道林！我真是运气太好了！我从九点就一直在你的书房里等你。最后我可怜你那个筋疲力尽的仆人，告诉他我走了，他好去睡觉。我要乘午夜的火车去巴黎了，在行前特别想见你一面。你刚才走过的时候，我想那就是你，是你的皮大衣让我认出你来了，但我不是太确定呢。难道你没认出我来？”

“在这样的大雾天吗，亲爱的巴兹尔？啊，我甚至连格罗夫纳广场都没认出来。我想我家就在这附近什么地方，但没一点把握。很遗憾你要走了，我都好久没见你了，但我想你很快会回来吧？”

“不，我准备出国半年。我计划在巴黎弄间画室，闭门创作，直到完成我目前构思的一幅大作。不过，我不想谈自己的事儿。到你家门口了，让我进去坐一会儿如何，我有话想对你说。”

“荣幸之至。不过那样的话你不会误了火车吗？”道林·格雷无精打采地一边说着，一边走上台阶，拿出钥匙开了大门。

霍华德借着浓雾里奋力冲出的一丝灯光，看了看表。“还有大把时间呢，”他回答，“火车十二点一刻才开，现在才十一点。其实刚才遇到你时，我正要去俱乐部找你。你看，我不会因为行李误了时辰，重行李都已经托运走了。要随身带的都在这个包里，二十分钟就能轻松赶到维多利亚火车站。”

道林看着他，笑了：“时髦的画家原来是这样旅行的！一个格莱斯顿式手提包，一件阿尔斯特大衣！进来吧，不然雾气就进屋了。注意别谈什么严肃的事。现如今已经没什么严肃的事了，也不应该有。”

霍华德摇摇头，进了屋，跟着道林来到书房。一个敞口的大壁炉里，柴火烧得正旺。灯亮着，一张镶嵌工艺的小木桌上，放着一个打开的荷兰银制酒箱、几瓶苏打水和几只雕花玻璃酒杯。

“你看，你的仆人让我有宾至如归之感，道林。他给我一切我需要的，包括你最好的金嘴烟。他真是好客，与你之前那位法国仆人比，我更喜欢他。对了，那个法国人怎么样啦？”

道林耸了耸肩。“我想他娶了莱德利夫人的女仆，还让她在巴黎做了英国女裁缝，站稳了脚跟。听说那边最近很流行英式服装。法国人好像挺傻，不是吗？但是——你知道吗——他不算是一个差劲的仆人。我从未喜欢过他，但也没什么可抱怨的。人常常会想象一些荒唐的事。他对我堪称忠心耿耿，离开我时似乎很难过。再来一杯白兰地苏打水吗？或一杯起泡白葡萄酒？我只喝这个。隔壁房间肯定还有一些。”

“谢谢，我不喝了。”画家说着，脱下帽子和外套，扔到放在角落的手提包上，“好了，亲爱的老兄，我要跟你谈点严肃的事。别那样皱眉头，你让我难以开口了。”

“谈什么呀？”道林任性地喊起来，一下坐进沙发里，“希望不是关于我。今晚我烦透自己了，真想变成另外一个人。”

“就是关于你，”霍华德的语气深沉严肃，“我必须说出来。只占用你半小时。”道林叹了口气，点上烟。“半小时！”他咕哝了一声。

“这不算很长时间吧，道林，我要说的完全是为了你好。我想你应该知道，伦敦正流传着关于你的最可怕的谣言，所以我认为该和你谈谈。”

“对此我什么都不想知道。我喜欢别人的丑闻，但对自己的丑闻一点不感兴趣。这些丑闻没有新意，毫无魅力。”

“你一定感兴趣，道林。每一位绅士都对自己名誉的好坏感兴趣。你不想让别人把你说成卑劣堕落的恶人吧。当然，你有地位、财富，诸如此类，但地位和财富并非一切。先说啊，我根本不信这些谣传。至少，我见到你就没法相信了。罪恶这种东西是写在脸上的，掩盖不住。人们有时会谈起隐秘的罪恶，其实根本没这种东西。如果一个卑鄙小人犯了罪，罪行就会显现在他嘴唇的线条上、眼睑的下垂上，甚至手的形状上。有人——我就不提他的名字了，虽然你认识他——去年来找我给他画像。以前我从未见过他，当时也没听人说起过他的事，虽然自那以后听说了不少。他愿意出大价钱，但我拒绝了。他手指的形状不知为何让我讨厌。我现在才知道，当时我对他的猜想都是对的。他的生活很可怕。但是，你，道林，你的面容纯洁、明朗、天真，你的青春无忧无虑、奇妙无比——我没法相信关于你的谣言。但我很少见到你，你现在也不再到我的画室来了，当时我们不再见面后，我就听到了人们在风传的那些可怕的事，我不知道该说什么好。道林，为什么像伯威克公爵这样的人，看到你一进门就离开俱乐部？为什么伦敦那么多绅士从来不上你家，也不邀请你去他们那里？你曾是斯特夫利爵士的朋友，上周我吃饭时碰到他。谈话间偶然说起你，说你把袖珍画像借给达德利美术馆做展览。斯特夫利撇着嘴说，也许你很有艺术品位，但你这样的人，内心纯洁的姑娘都不应当和你交往，贞洁的女人都不该与你同处一室。我提醒他说，我是你的朋友，并问他所言何意。他告诉我了，他当着所有人的面说了。太可怕了！为什么你与年轻人做朋友会对他们那么致命呢？有一个在皇家卫队服役的可怜男孩子自杀了，而你是他的知己；还有亨利·阿什顿爵士，他声名狼藉地离开了英国，而你曾与他形影不离；阿德里安·辛格尔顿那可怕的结局又是怎么回事？肯特勋爵的独生子和他的职业生涯又是怎么回事？昨天我在圣詹姆斯大街遇到了肯特，他似乎被耻辱和悲伤打败了。年轻的珀斯公爵又是怎么回事？他现在过着什么样的生活？还有哪一个绅士愿意同他扯上关系？”

“好啦，巴兹尔。你根本不知道你在说什么。”道林·格雷咬着嘴唇，声音里透着无限轻蔑，“你问我为什么我一进门伯威克公爵就离开，那是因为我对他的生活了如指掌，而不是因为他知道我任何事儿。他的血管里流着那样的血，他的历史怎会清白？你问我亨利·阿什顿和年轻人珀斯的事儿，难道是我教前者作恶，教后者放荡的吗？如果肯特的傻儿子从大街上随便找了个老婆，那又与我何干？如果阿德里安·辛格尔顿在账单上冒签朋友的名字，难道要我为他作保？我知道在英国人们是怎样谈论他人的。中产阶级在粗俗的饭局上肆意发表着自己的道德偏见，对那些过得比他们好的人的所谓‘奢靡’生活窃窃私语，只为想尽办法假装自己也属于上流社会，与他们所诋毁的人关系密切。在这个国家，只要有名望，有头脑，就足以让每一个普通人都对你说长道短了。而这些道貌岸然的人自己又过着怎样的生活呢？老兄，你忘了，我们就生活在伪君子的故乡。”

“道林，”霍华德喊道，“问题不在这里。我知道英国很糟，英国社会简直荒谬。所以我更希望你为人端正，但你并没有做到。我们有权利根据一个人对他朋友的影响来做出判断。你的朋友们似乎对名誉、道德和纯洁都很麻木，你给他们注入了疯狂享乐的思想。他们已陷入泥潭，是你引他们到这步田地的。是的，就是你引导他们的，亏你还能笑得出，就像你现在这种笑一样。后面还有更差劲的。我知道你与哈利是密友。就算因为这个原因好了，如果没有其他理由，你也不应该让他姐姐成为谈资。”

“当心点，巴兹尔，你说过分了。”

“我必须得说，而你必须得听。听着，你初遇格温德伦夫人时，她没有任何丑闻缠身。现在呢？伦敦有哪一位体面女人还愿在公园里和她同坐一辆马车？为什么连她的孩子都不被允许与她共同生活了？还有其他传言——曾有人看见你天蒙蒙亮时从那些污秽的住处里溜出来，又乔装偷偷钻进伦敦最肮脏的场所。这些是真的吗？有可能是真的吗？我第一次听到这些传言时，哈哈大笑。我现在又听到，却不寒而栗。你在乡下别墅过的生活怎么说？道林，你不知道人家怎么说你。我不会对你说我不想说教。我记得哈利曾说，每个临时把自己变成业余牧师的人，说话一开始都是这句，紧接着就食言了。我确实要对你说教，我要你过一种受世人尊敬的生活。我要你名声清白，历史良好。我要你摆脱那些可怕的朋友。别那样耸肩，别无动于衷了。你很有影响力，让你自己成为好的影响，而不是坏的。他们说你与谁关系亲密，谁就会被你带坏，还说只要你走进一个地方，就足以把某种耻辱带到那里。我不知道这是不是真的。我怎么会知道呢？但别人就是这么说你的。我所听到的事，似乎都毋庸置疑。格洛斯特勋爵是我在牛津大学时最好的朋友，他给我看了一封信，是他妻子在法国芒通的别墅里孤独死去前写给他的。这是我所读过的最可怕的忏悔，里面有你的名字。我告诉他这是无稽之谈——我说我对你完全了解，你不可能干出这种事。但我了解你吗？我想知道我真的了解你吗？在我回答这个问题之前，我得先看一看你的灵魂。"

"看我的灵魂！"道林·格雷低语着，大吃一惊地从沙发上跳起来，吓得脸色发白。

"是的。"霍华德严肃地回答，声音里透着深深的悲伤，"看看你的灵魂。但只有上帝才能做到。"

少年的嘴里爆发出一阵嘲讽的苦笑。"你自己看吧，就在今晚！"道林喊着，从桌上抓过一盏灯，"来吧，这可出自你自己的手笔。你为何不看看？如果你想的话，你可以把看到的一切都公之于世。没人会相信你。要是他们真信了，他们会因此更喜欢我。我比你更了解这个时代，虽然你唠唠叨叨，乏味透顶。来吧，我告诉你。你谈论堕落，已经说得够多了，现在你就直面它吧。"

他说的每一个字都透出一种疯了似的傲慢，他孩子气地粗鲁地在地板上踏着步。一想到要和另一个人分享自己的秘密，想到这个人画出了代表自己一切耻辱之源的画像，也因此一生都要担负对所作所为的可怕记忆，他感到一种可怖的快乐。

“是的，”他说着走近霍华德，直勾勾地盯着他严厉的双眼，“我要给你看我的灵魂，你将看到你以为只有上帝才能看到的东西。”

霍华德吃了一惊，后退一步。“这是对上帝的亵渎，道林！”他喊道，“你不要这样说话了。这些话很可怕，没有任何意义。”

“你这样想吗？”道林又大笑起来。

“事实如此。至于我今晚对你说的话，那都是为你好。你知道我一向是你忠实的朋友。”

“别碰我，把你要说的话说完吧。”

画家的脸上闪过一阵痛苦的抽搐。他停了一会儿，一阵强烈的同情袭上心头。归根结底，他有什么权利探究道林·格雷的生活？哪怕他只干了谣传之事的十分之一，他自己该多么痛苦！他直起身，走到壁炉边，站在那儿，看着燃烧的木柴霜般的灰烬和闪动的火心。

“我等着，巴兹尔。”年轻人明确说道，语气生硬。

霍华德转过身。“我要说的就是，”他叫道，“别人对你的那些可怕的指控，你必须给我一个答案。如果你告诉我，这些指责都是彻头彻尾的子虚乌有，我相信你。否认吧，道林，否认吧！难道你没有看出我在经受怎样的折磨？天哪！别告诉我你是恶人，你堕落了，你不知羞耻。”

道林·格雷笑了笑，嘴角露出一丝轻蔑。“上楼吧，巴兹尔，”他平静地说，“我每天都写生活日记，这部日记从未离开过写作的房间。跟我来，我给你看日记。”

“我会跟你去，道林，如果你希望如此。我知道我已经误了火车。不过没关系，我可以明天走。但今晚你别想让我读什么东西。我所要的，只是你简单回答我的问题。”

“到楼上再回答你。在这儿不行。你不需要读多久的。”

第十三章

道林走出房间，上了楼，巴兹尔·霍华德紧随其后。他们步子很轻，人们夜里走路时都不知不觉会这样。灯光在墙面和台阶上投下奇形怪状的影子，风越来越大，几扇窗户被吹得吱呀作响。

到了顶层平台，道林把灯放在地板上，取出钥匙，插入锁里转动。“你一定要知道吗，巴兹尔？”他低声问。

“是的。”

“我很乐意。”他笑着回答，随后有点严厉地说，“你是这世上唯一有资格了解我全部的人。你与我生活的关系，比你想的要密切。”他拿起灯，开门，走进房间。一股冷气扑来，暗橘色的灯光忽地一闪。他打了个寒战。“关上门。”他悄声说，把灯放在了桌上。

霍华德困惑地打量了一下四周，房间看上去似乎已多年没人住。一块褪色的佛兰德壁毯，一幅用帘子遮着的画，一口旧式意大利箱子和一个几乎空着的书架——似乎就是这个房间里的一切，还有一把椅子和一张桌子。道林·格雷点上壁炉架上的半支蜡烛，霍华德发现到处都覆了一层灰，地毯千疮百孔。壁板后面，一只老鼠惊慌而逃。屋里到处弥漫着一股潮湿的霉味。

“那么，你认为只有上帝才能看到灵魂了，巴兹尔？把这块帘子拉开，你就会看到我的灵魂。”

道林的声音冷酷无比。“你疯啦，道林，要么就是在演戏。”霍华德皱着眉低声说。

“你不拉？那我自己动手了。”年轻人说着，一把将帘子从杆子上扯下，甩到地上。

画家嘴里发出了一声惊叫。在昏暗的灯光下，他看到了画布上一张可怕的脸正朝他狞笑。画像的表情里有种东西让他心里充满恶心和憎恶。天啊！他看的正是道林·格雷自己的脸！画透出的恐怖，不管那是什么，还未完全破坏他奇妙的美。他的头发虽然变得稀疏，却仍泛着金色的光泽，性感的嘴唇仍有一丝红润，呆滞的双眼依然留有一点可爱的蓝色，精致的鼻孔和柔软的脖颈还未完全失去高贵的曲线。不错，这正是道林自己。但这是谁画的呢？他似乎认出了自己的画法，画框也是自己设计的。但这个想法很荒唐，让他害怕。他攥紧燃着的蜡烛，凑近画像。左下角有他的签名，是用鲜艳的朱红色细长字母签的。

这是拙劣的仿作，卑鄙无耻的嘲讽。他从未画过这样的画。但它仍是自己的作品，他认识它。他感到血仿佛一下子从炽热的火焰凝结成冰。他自己的画！这是怎么回事？为什么画变了？他像病人似的回头看了看道林·格雷。霍华德的嘴角抽搐着，口干舌燥，说不出话来。他用手摸了摸额头，上面都是湿冷的黏糊糊的汗。

年轻人斜倚在壁炉架上，看着霍华德，脸上一副奇怪的表情，像在全神贯注地观看一位伟大艺术家的表演，没有真实的哀伤，也没有真心的欢乐，只是一个旁观者的情绪，眼睛里似乎还闪过一丝胜利的得意。他从外套上拿下一朵花，闻着，或假装闻着。

“这是什么意思？”霍华德终于叫出声，声音连他自己听起来都觉得尖利怪异。

“多年前，我还是个孩子时，”道林·格雷说着，捻碎了手里的花，“你遇到了我，恭维我，教我自负于自己的美貌。某一天，你把我介绍给了你的一个朋友，他向我解释了青春的奇妙，而你为我画了一幅画，向我揭示这种青春的奇妙。那是一个疯狂的时刻，至今我都不知道我算不算后悔，我许了一个愿，或许你也可称之为祈祷……”

“我记得！啊，我记得太清楚了！不，那种事不可能。是这个房间潮湿，是霉菌侵蚀了画。是我用的颜料里有某种可恶的矿物质毒素。我告诉你，那种事是不可能的。”

“唉，什么不可能？”年轻人轻声说着，走到窗前，额头抵在了冰冷的雾蒙蒙的玻璃上。

“你告诉过我，说你已经把画毁了。”

“我说错了，是它毁了我。”

“我不信这幅画出自我手。”

“难道你从中看不到你的理想吗？”道林酸溜溜地说。

“我的理想，你叫它我的理想……”

“你曾这么说。”

“画里没什么不好的东西，没有什么羞于见人的东西。对我来说，你就是我终生难再遇到的理想。但这是一张好色之徒的脸。”

“这是我的灵魂之脸。”

“上帝呀！我一向崇拜的是什么东西啊！它有一双魔鬼之眼。”

“我们每个人身上都既有天堂又有地狱，巴兹尔。”道林叫着，绝望地做了一个夸张的手势。

霍华德又转过身盯着画像看。“上帝啊！如果这是真的，”他喊起来，“如果你的生活是这样的，啊，那你一定比那些指责你的人想的还要坏！”他又举起蜡烛，凑近画布，仔细审视起来。画像的表面似乎丝毫无损，还是他刚完成时的老样子。显然，画像表现出的邪恶和可怖源自内部。通过某种奇异的内在生命活动的加剧，罪恶的病菌正慢慢侵蚀画像。尸体在潮冷的坟墓里腐烂都没这可怕。

霍华德的手抖起来，蜡烛从烛台脱落，掉到了地板上，仍在“劈啪劈啪”地燃烧。他一脚将火踩灭，随后一屁股坐进桌旁那把快散架的椅子上，把脸埋在手里。

“天啊，道林，这是怎样的教训啊！多么可怕的教训！”道林一言不发，但霍华德能听到年轻人在窗前哭泣。“祈祷，道林，祈祷吧，”他喃喃地说，“我们小时候大人教我们说的是什么样的？‘勿把我们引向诱惑。饶恕我们的罪孽。洗刷我们的罪恶。’让我们一起说吧。你骄傲的祈祷已经应验。你悔恨的祈祷也会得到回应的。我过去太崇拜你，我因此受到了惩罚。你过去也太崇拜自己了，我们两人都受到了惩罚。”

道林·格雷慢慢转过身来，泪眼迷蒙地望着霍华德。“太晚了，巴兹尔。”他吞吞吐吐地说。

“永远都不晚，道林。我们跪下吧，看我们是否还能记得起祈祷词。不是有这样一句诗吗，‘虽然你的罪恶鲜红，但我将把它变成雪白’？”

“现在这些话对我已没任何意义了。”

“嘘！别那么说。你这一生已经犯下够多罪恶。天哪！难道你没看到那被诅咒的东西在斜睨着我们吗？”

道林·格雷瞥了一眼画像，内心突然升起一股难以控制的对霍华德的仇恨，画布上的形象仿佛一直在提醒他这种恨，那狞笑着的唇在他耳边窃窃私语。一股困兽般的疯狂情绪涌来，他恨桌旁坐着的那个人，超出这一生曾憎恨过的一切。他疯了似的环视四周。正对着他的一只彩绘箱子上，有东西闪着光。他的目光落到了上面。他知道那是什么，是刀，几天前他拿上来割绳子，忘了带走的。他慢慢地朝刀子移动，经过霍华德……一到他身后，道林就抓起刀，转过身。霍华德在椅子上动了动，似乎想要站起来。道林直冲向他，一刀插进了他耳后的大动脉，再把头按到桌上，一刀又一刀地捅。

一声窒息般的呻吟传来，鲜血堵塞了霍华德的喉咙，发出恐怖的声响。他的手向上张开，胳膊抽搐着伸了三次，在空中古怪地挥动着僵硬的手指。道林又刺了两刀，霍华德已不再动弹了。有什么东西开始滴到地板上。道林等了一会儿，手还按着霍华德的头颅，接着把刀子扔在桌上，侧耳倾听。

什么也没听到，除了血滴滴答答落在破旧地毯上的声音。他打开门，走到楼梯的平台上。整座房子静极了，周围一个人也没有。他在栏杆上倚了一小会儿，俯身窥视楼下黑洞洞的暗井。接着他取出钥匙，回到房间，像以前那样把自己锁在了里面。

那个东西还坐在椅子上，头垂着，身子前伸，背蜷曲着。他伏在桌上，长手臂形态怪异。要不是死者颈部锯齿状的红色裂口和桌上那滩慢慢延开的凝结的黑色血迹，还以为这人只是睡着了。

这一切干得多么利落！他感到异常冷静，走到落地窗前，打开并来到外面的阳台上。风已经吹散浓雾，天空像一条巨型的孔雀尾巴，点点繁星密布苍穹，如同金色的眼睛。他朝下俯瞰，一个警察在例行巡逻，手中的灯射出长长的光束，照在寂静的房门上。街角闪出了一个红点，一辆马车潜行而过，又消失了。一个女人正沿着栏杆踉跄地蠕动，身上的披肩一颤一颤。她时不时停下来，盯着身后。突然，她沙哑地唱起歌来。警察走过去，对她说了些什么。她大笑起来，跌跌撞撞地走开了。一阵凛冽的寒风横扫广场，汽灯被吹得闪烁不定，火光变蓝，光秃秃的树上黑铁一样的枝丫来回晃着。道林打了个寒战，返回房间，合上窗。

他穿过房间到了门口，转动钥匙开门，甚至不看一眼那个被杀死的人。他觉得整件事的关键就是不要意识到目前的状况。那位朋友，是他画出了一切痛苦之源的致命画像，已经毙命。这就够了。

接着，他记起了那盏灯。这是一盏造型奇特的灯，出自摩尔人的手艺，暗银上镶着锃亮的钢制阿拉伯花饰，嵌有粗糙的绿松石。也许他的仆人会发现这盏灯不见了，然后前来询问。他犹豫了一下，转身从桌上拿起灯。他禁不住又看了看那死去的东西，一动不动。那双又长又白的手臂看起来多么吓人！简直就像一尊恐怖的蜡像。

锁上门后，他悄无声息地溜下楼。木板“嘎吱嘎吱”响个不停，似乎在痛苦地喊叫。他有几次停下来，等着什么。是的，一切都很安静，只有他自己的脚步声。

一到书房，他就看到了角落里的手提包和大衣，得找个什么地方把这些东西藏起来。他打开护墙板里的一个密柜，这个柜子被他用来存放各种奇怪的伪装工具，他把手提包和大衣放了进去，以后烧掉它们会很方便。随后他取出表，此时是一点四十分。

他坐下来，开始思考。在英国，每年——几乎每月——都有人因为干了他干的事而被绞死。空气中弥漫着一股疯狂的谋杀气息。某颗红色的星与地球离得太近了……然而，有什么不利于他的证据呢？巴兹尔·霍华德十一点就离开了房子，没人看见他又来过。他的大多数仆人都住在皇家塞尔比庄园，贴身仆人已经入睡……巴黎！对，巴兹尔已经到巴黎去了，乘午夜的火车去的，就像他原先计划的那样。因为他性情尤其内敛，所以若有人会起疑心，也要到几个月以后了。几个月呢！在那之前，所有证据早就能毁掉了。

他突然有了一个主意。于是穿上皮大衣，戴上帽子，走到门厅。他在那里停住了，听着外面人行道上，一个警察沉重而缓慢的脚步声，看到窗户上一闪而过的牛眼般提灯的光亮。他屏住呼吸，等待着。

过了一会儿，他拉开门闩溜了出去，再反身轻轻把门关上，接着他开始按门铃。过了大约五分钟，他的贴身仆人出现在了门口，衣服还没穿好，一副睡眼惺忪的样子。

“对不起，不得不叫醒你，弗兰西斯。”他说着，跨进门去，“我忘了带前门的钥匙了。几点啦？”

“两点十分，先生。”仆人看了看钟，眨巴着眼睛说。

“两点十分啦？真是太晚了！明天九点你必须叫醒我，我有事。”

“好的，先生。”

“今晚有客人来过吗？”

“霍华德先生来过，先生。他在这儿待到了十一点，才离开去赶火车。”

“哦！我很遗憾没见到他。他有没有留下什么口信？”

“没有，先生。他只说如果在俱乐部找不到你，就从巴黎给你写信。”

“那好的，弗兰西斯。别忘了明天九点叫我。”

“好的，先生。”

仆人趿拉着拖鞋，摇摇晃晃地沿着过道走开了。

道林·格雷把帽子和外套扔在桌子上，进了书房。整整一刻钟，他在房间里踱来踱去，双唇紧咬，思考着什么。然后，他从其中一个书架上取下《蓝皮书》，翻了起来。“艾伦·坎贝尔，梅菲尔区赫特福德街152号”，对，这就是他要找的人。

他朝下俯瞰。

第十四章

第二天早晨九点，仆人用托盘端着一杯巧克力走进来，然后拉起了百叶窗。道林睡得很安静，身体向右侧着，脸枕在一只手上，他看起来就像一个玩耍或读书累了的孩子。

仆人碰了道林的肩头两下，他这才醒过来。他睁开眼，嘴角浮起一丝笑容，好似还沉湎在刚做过的美梦之中。不过，他根本没做什么梦，没有什么快乐或痛苦的幻象来扰乱他的安眠之夜。年轻人微笑并不需要理由，这也是青春最主要的魅力之一。

他转过身，伏在自己的胳膊上，小口喝着巧克力。十一月柔和的阳光淌进屋子。天空晴朗，空气里弥漫着一种暖融融的气息，好似五月的早晨。

慢慢地，昨晚发生的事踏着血迹斑斑的步子悄悄潜入他的大脑，重现在眼前，清晰得可怕。他回忆起了昨晚所经受的一切，不禁皱了皱眉，他内心又泛起了当初杀掉坐在椅子上的霍华德时所产生的那奇怪的憎恶感。他的情绪冷静下来。那个死人还静静地坐在那儿，此刻也在阳光下了。这多么可怕啊！这种令人厌恶的事应该发生在黑夜，而不是白天。

他觉得如果自己凝神细想所发生的那一切，他会生病，或者发疯。有些罪恶的魅力不在于实施犯罪本身，更在于事后的回忆；有些奇怪的胜利，满足的是自尊，而不是感情，它能增强智力的愉悦感，而且比它们曾经带给，或能够带给感官的任何快感都更大。但昨晚的事不属于这些，得把它逐出脑际，用鸦片麻醉，再把它掐死，以免作茧自缚。

钟响了，九点半。他用手扶了扶额头，匆匆起身穿衣。他今天比平时穿得更讲究，还特意选了领带和别针，戒指更换了不止一次。吃早饭他也花了不少时间，尝了各色菜品，还与男仆谈了谈想给塞尔比庄园的仆人做些新制服的事。浏览一遍信件，其中一封信，他看了微微笑，另有三封信让他厌烦。有一封他看了几遍之后脸上露出一丝不耐烦，就把信撕了。“女人的记忆真是可怕的东西！”亨利勋爵也这么说过。

喝完一杯清咖，他用餐巾慢慢地抹了抹嘴，示意仆人候着。他走到桌边坐下，写了两封信。一封放进口袋，另一封交给了仆人。

“送到赫特福德街152号，弗兰西斯。如果坎贝尔先生出城了，那就弄清他在什么地址。”

仆人一离开，他就一个人点上一支烟，在一张纸上画了起来。先是几朵花和一些建筑，然后画人像。猛地，他发觉自己画的每一张脸都与巴兹尔·霍华德酷似。他皱起眉，起身走到书架旁，随意抽出一本书。他决定不到万不得已绝不再想过往之事。

他四肢舒展地在沙发上躺下，看了看这本书的扉页。这是戈蒂耶的《珐琅与雕玉》，是夏庞蒂埃的日本纸版本，配以雅克玛的蚀刻版画，黄绿色的皮革装帧，缀有镀金格子和石榴图案。这本书是阿德里安·辛格尔顿送给他的。他一页一页地翻着，有首诗关于拉塞内尔[1]的

1. 拉塞内尔：法国臭名昭著的杀人犯，后被处以绞刑。

手。那双冰冷泛黄的手“残留着罪恶的痕迹”，长满红色的细毛，有“农牧神的手指”。他看了一眼自己白皙尖细的手指，不禁轻轻地哆嗦了下。他接着往下翻，看到了写威尼斯的几节可爱的诗：

白里透红的胴体灿然一现，
酥胸水滴，犹如珍珠，
亚得里亚海里的维纳斯，
伴着五彩的乐声，浮出水面。

碧波翻腾，掀起苍穹，
如圆硕的乳房高耸，
和着节奏完美的乐章，
叹出爱的气息。

一叶轻舟泊岸，
缆绳吻上栓柱。
在玫瑰色的门前，
我踏上大理石阶。

多么精妙的诗！阅读时仿佛置身于银首帘垂的黑色小船，漂在这座粉红的珍珠般城市的绿色河道上。道林觉得，这一行行诗句如同破浪驶向利多岛的船后泛起的青蓝色直线。诗中闪烁的色彩让他想起那些彩色脖颈的鸟儿，它们常常盘旋在蜂房般的钟楼周围，或是姿态优雅地在沾满灰尘的昏暗拱门下踱步。他半闭着双眼，靠在沙发上，一遍又一遍地吟着：

在玫瑰色的门前，
我踏上大理石阶。

整个威尼斯都在这两句诗里。他想起在那儿度过的一个秋天，还上演了一段疯狂而快乐、做了不少傻事的奇妙爱情。浪漫之事处处皆有。但威尼斯，就像牛津一样，会为浪漫之事留下背景，而对真正的浪漫而言，背景就是一切，或者说几乎是一切。巴兹尔和他曾在那里共度过一段时光，巴兹尔还迷上了丁托列托[1]。可怜的巴兹尔！死得太惨了！

他叹了口气，又拿起书，竭力要忘掉刚才想的事儿。他读到在士麦那，燕子们在小咖啡馆飞进飞出，朝圣者坐在那儿数琥珀念珠，裹着头巾的商人抽着饰有流苏的长烟杆，严肃地交谈着；他读到立于协和广场的方尖碑，在这个孤独的没有阳光的流放之地，它淌下花岗石的眼泪，渴盼回到荷花遍布的炎热的尼罗河，那里有狮身人面像，有玫瑰红色的朱鹭和长着金爪的白秃鹫，还有小绿玉眼的鳄鱼在冒着蒸汽的绿色烂泥潭中爬行。他陷入了沉思，戈蒂耶的诗句从留有吻痕的大理石里听到了音乐，把奇异雕像比作女低音，这“迷人的怪物”现卧于卢浮宫的斑岩厅。但不一会儿，书从他手中掉下，他紧张起来，一阵强烈的恐惧袭遍全身。要是艾伦·坎贝尔已经离开英国怎么办？

1. 丁托列托（Tintoretto，1518—1594）：意大利文艺复兴晚期，威尼斯画派 杰出画家。

等他回来可能需要好几天。或许他会拒绝过来。那时他该怎么做？每一刻都生死攸关。

五年前，他们曾是密友——实际上几乎形影不离。后来，这种亲密戛然而止。现在他们在社交场合碰到，只有道林·格雷对他笑，艾伦·坎贝尔从不回笑。

艾伦·坎贝尔个极其聪明的年轻人，虽然他不大会欣赏视觉艺术，对诗歌仅有的那一点点美感也完全是从道林·格雷那儿学来的。他主要的精力都放在了科学上。在剑桥大学时，他大部分时间都待在实验室里，并在“自然科学荣誉学位考试”中名列前茅。实际上，他至今仍致力于化学研究，还有一间自己的实验室。他常常一整天都把自己关在里面，惹得母亲很生气，因为她隐约觉得化学家只是个开药方的，而她一心要让他去竞选议员。然而，他音乐上也很有造诣，小提琴和钢琴的演奏比大多数业余爱好者都要专业。事实上，最初正是音乐把他们拉到一起的——音乐，以及道林·格雷那难以名状的吸引力。道林看似可以随时施展这种魅力，但其实他通常并不是有意的。他们是在伯克希尔夫人家里认识的，鲁宾斯坦当晚在那里演出。自那以后，人们总能在歌剧院，或者任何有上好音乐演出的地方，看到他们。他们的亲密关系持续了十八个月。坎贝尔通常不来皇家塞尔比庄园就来格罗夫纳广场这里。对他而言，就像许多其他人一样，道林·格雷是生活中一切奇妙和迷人的典型。没人知道两人之间是否发生过争吵。但人们突然议论说，他们见面时几乎不说话了，而且似乎不管什么聚会，只要道林·格雷在场，坎贝尔就都早走。坎贝尔也变了——有时忧郁得奇怪，似乎不再爱听音乐，也不再演奏了，他托辞说一心研究科学，没多余时间练琴。当然这也是事实。他对生物的兴趣似乎日益浓厚，有一两次，他的名字还出现在了与某些奇怪实验相关的科学评论里。

这就是道林·格雷一直在等的人。他一刻不停地看钟，时间一分一秒地过去，他越来越烦躁不安。终于他站了起来，开始在房间里走来走去，看起来像一只漂亮的笼中物。他不声不响地大步走着，手出奇地凉。

这样的悬而未决让他无法忍受。时间之脚似乎灌满了铅，还在缓慢爬行，而他已被一阵阵狂风刮到了黑色断崖的参差边缘。他知道那里有什么在等着自己，实际上，他已经看到了，而且吓得浑身哆嗦。他用湿漉漉的手揉着灼热的眼睑，似乎想要夺去大脑的视力，把眼珠赶回眼眶。丝毫没用。大脑能自给自足，而恐惧把想象弄得荒诞不经，像一只被痛苦蹂躏的扭曲的活物，在舞台上戴着活动面具咧嘴笑着，如同一只丑陋的木偶在扭动。然后，时间突然停止了。是的，那个眼瞎的呼吸缓慢的东西不再爬行。时间一死，各种可怖的想法就灵敏地跑到他面前，从自己的坟墓里拖出令人惊骇的未来给他看。道林盯着它看，吓得呆若木鸡。

终于，门开了，仆人走进来。道林呆滞无神的目光转向他。

“坎贝尔先生到了，先生。”那人说。

他干涩的唇间发出一丝释然的叹息，脸上又有了生气。

“请他马上进来，弗兰西斯。”他感觉自己又活过来了，怯懦的情绪烟消云散。

仆人欠身退下。不一会儿，艾伦·坎贝尔走进来，神情严厉，漆黑的头发和眉毛让他本无血色的脸庞显得更加苍白。

“艾伦！你真好。谢谢你来。”

“我原本再也不想来你家了，格雷。但你说事关生死。”他的语气生硬冰冷，慢吞吞的，很谨慎。他望向道林的眼神带着一种蔑视，坚定地探究着什么。他双手一直插在羔羊皮大衣的口袋里，仿佛没有注意到道林欢迎的手势。

“是的，事关生死，艾伦，而且不止一人。坐吧。”

坎贝尔在桌旁的椅子上坐下，道林坐在了他对面。两人的目光相遇，道林的眼神里有无限的怜悯，他知道自己要做的事极为可怕。

片刻紧张的沉寂过后，道林倾身向前，开始轻声说话，一边注视着说出的每一个字在他请来的这个人脸上产生的效果。“艾伦，在这幢房子的顶楼，有一间锁着的房间，除了我没人能进去。一个死人正坐在那里面的一张桌子旁，他已经死了十个小时了。别激动，别那样看着我。这人是谁，为什么死了，怎样死的，都与你无关。你要做的是……”

“住嘴，格雷。我不想再知道更多。你告诉我的是真是假与我无关。我根本不想搅进你的生活。把你那些可怕的秘密留给你自己吧，我丝毫不感兴趣。”

“艾伦，你一定得感兴趣。这个秘密你必须得感兴趣。我感到非常抱歉，艾伦，但我也没办法，只有你能救我。我是被迫把你卷进来的，我别无选择。艾伦，你是科学家。你懂化学那一类东西，还做过实验。你要做的，只是把楼上那东西毁掉——毁干净，不留丝毫痕迹。没人看见过这个人进这房子。事实上，他此刻应该在巴黎。数月之内，没人会想起他。等有人想起他时，这里必定没有他的丝毫痕迹了。你，艾伦，必须把他，还有一切属于他的东西，变成灰，我能撒向空中的灰。”

“你疯了，道林。”

“啊！我就等着你叫我道林呢。”

“我告诉你，你疯了——疯到竟幻想我会动手指头帮你，疯到对着我这样疯狂地坦白。这事与我无关，不管这是什么事。你是不是以为，我会为了你拿自己的名誉冒险？你做的恶事与我何干？”

“他是自杀，艾伦。”

“很好。不过是谁逼他自杀的？是你吧，我想。”

“你仍然拒绝帮我做这件事吗？”

“当然拒绝。我绝不会卷进来。我才不在乎你会蒙受什么样的耻辱，你活该。我要是看到你受辱，当众受辱，都不会觉得难过。世界上那么多人，你居然胆敢把我搅进这种可怕的事中！我本来还以为你对他人的性格比较了解呢。你的朋友亨利·沃顿勋爵不管教了你什么，但就没教你如何了解别人的心理。没有什么能让我动一根手指头帮你。你找错人了，去找你的朋友们吧，别来找我。”

“艾伦，那是谋杀。我杀了他，你不知道他让我受了多少折磨。不管我现在过的是一种什么样的生活，他都是始作俑者，他破坏了我的生活，比可怜的哈利起的作用还大。他不是故意的，但结果并无不同。”

“谋杀！天哪！道林，你已经走到这一步了吗？我不会去告发你，这不关我的事，而若我不掺和此事，你就肯定会被逮捕。法网恢恢，疏而不漏。没有人犯罪不留下破绽。而我不会与这件事扯上半点关系。”

“你必须与此事扯上关系。等等，你等等。听我说，只要听就可以了，艾伦。我请求你的，就是一项科学实验。你去过医院和停尸房，你在那里所做的可怖之事，对你没有造成影响。如果是在某个可怕的解剖室，或者散发着恶臭的实验室，你看到这个男人躺在铅灰色的台子上，台子两边是让血流出的红色凹槽，你就只会把他看成一个理想的实验对象。你会面不改色。你不会相信自己在做什么坏事，恰恰相反，你可能会觉得自己在做一件造福人类的事情，在为世界增添知识，或满足智力上的好奇心，诸如此类。我想让你干的，只不过是你以前常做的事。实际上，毁掉一具尸体一定不比你常做的那种事可怕吧。而且，你要记住，那是唯一不利于我的罪证。如果被发现了，我就完了。而除非你帮我忙，否则一定会被发现的。”

“我不想帮你，你忘了这个念头吧。很简单，我对整件事都没兴趣。这事与我无关。”

“艾伦，算我求你了。想想我的处境吧。在你来之前，我几乎吓晕过去了。某一天你自己也会了解恐惧的滋味的。不，别那样想了。纯粹从科学的角度看这件事吧。你平时从不询问用来做实验的尸体来自何处，现在也不要问。我已经告诉你过多了，但我求你把这件事做了。我们曾是朋友啊，艾伦。”

“不要提那段时间，道林，那段时光已经死了。”

“有时死了的会阴魂不散，楼上那个人就不愿离去。他还低着头，伸着手，坐在桌旁。艾伦！艾伦！如果你不帮我，我就毁了。啊，他们会绞死我的。艾伦！难道你不明白吗？他们会为此绞死我的。”

“这场闹剧再拖下去没好处，我绝不会插手此事，你求我做这事真是疯了。”

“你拒绝？”

“是的。”

“我求你了，艾伦。”

“求也没用。”

道林·格雷的眼眸里又露出之前那怜悯的神情。接着他伸手拿了一张纸，在上面写了些什么。他读了两遍，小心折好，把字条从桌子上推过去。做完这些，他起身走到窗前。

坎贝尔吃惊地看了看他，随后拿起字条打开。他的脸色顿时变得煞白，颓然倒在了椅子上。一股巨大的恶心升起，他只觉得心脏仿佛在一片空洞中狂跳，濒临衰竭。

两三分钟可怕的沉默后，道林转过身，走到艾伦身后站住，手搭在他肩上。

“我很抱歉，艾伦。”他低声说，“但你让我别无选择。我已写好一封信，就在这儿。你看看信封上的地址。如果你不帮我，我必须，也一定会把信寄出去。你知道会有什么后果。不过你会帮我的，你不可能拒绝了。我本想放过你的，公平地讲，你得承认这一点。你对我态度严苛，说话难听，没有礼貌。没有人，至少没有活人敢这样对我。这些我都忍了。现在轮到我提条件了。”

坎贝尔双手抱头，浑身一阵哆嗦。

“是，现在轮到我提条件了，艾伦，你知道是什么条件。事情很简单，来吧，别把自己弄得像要发狂似的，这件事必须得做。直面它，把它做了。”

坎贝尔的唇间发出一阵呻吟，他全身战栗。壁炉架上的时钟滴答，仿佛每一声都把时间分割成一个个痛苦的原子，每一个都可怕得难以承受。他觉得仿佛有一只铁圈套在了自己额头上，正慢慢箍紧，似乎道林要挟他的耻辱已经降临。他肩上的那只手重得像是铅做的，让人无法承受，似乎要压垮他了。

“来吧，艾伦，得决断了。”

“我不能干。”他机械地说着，好像语言能改变什么一样。

“你必须得干，你别无选择，别拖了。”

他犹豫了一会儿：“楼上房间里有火吗？”

“嗯，有一只石棉灯芯的煤气灯。”

“我得回家里的实验室，拿些东西。”

“不，艾伦，你不可以离开这座房子。你把需要的东西写在纸上，我的仆人会叫车去拿过来。”

坎贝尔潦草地写了几行字，用吸墨纸弄干墨渍，在信封上写上助手的姓名和地址。道林拿起字条，仔细读了，然后按铃，把字条交给了贴身仆人，嘱他尽快拿了东西回来。

大厅的门“砰”地关上，坎贝尔紧张地跳了起来。他起身走到壁炉前，像得了疟疾似的发抖。大约二十分钟过去了，两人谁都没开口。一只苍蝇在屋里闹哄哄地嗡嗡飞着。时钟滴答滴答地响着，像锤子在敲打着什么。

时钟敲响一点时，坎贝尔转过身来看着道林·格雷，道林双眼饱含泪水，那悲伤的、清纯文雅的脸庞里似乎有什么激怒了坎贝尔。“你真无耻，无耻极了！”他咕哝着。

“嘘，艾伦，你救了我的命。”道林说。

“你的命？天哪！这是一条什么样的生命啊？你从堕落滑向更深的堕落，现在堕落到犯罪。我在做我将做之事时——你逼我的——我想的可不是救你的命。”

“啊，艾伦，”道林叹了一口气，低声说，“我希望你对我的怜悯之情，有我对你的千分之一。”他转过身去说。他站在那里，望着外面的花园。坎贝尔一言不发。

大约过了十分钟，敲门声响起，仆人进来了，提着一只大红木箱子，里面装着化学药品、一长卷钢铂丝和两个形状奇特的钳子。

“东西都放在这儿吗，先生？”他问坎贝尔。

“是的，”道林说，“弗兰西斯，恐怕还有个差事。那个在里士满的给塞尔比庄园供应兰花的人叫什么名字？”

“叫哈登，先生。”

“对，哈登。你立刻去里士满，亲自见哈登，告诉他这次送来的兰花，数量比我预订的多加一倍。尽量少送白兰花。实际上，一朵白兰花也不要。真是个好天气，弗兰西斯，里士满又是个美丽的地方——否则我不会麻烦你的。”

“不麻烦的，先生。我要什么时候赶回来？”

道林看了看坎贝尔。“你的实验需要多长时间，艾伦？”他的声音平静而冷淡。房间里有位第三者在场，这似乎让他勇气大增。

坎贝尔皱起眉，咬了咬嘴唇。“五个小时左右。”他答道。

“那只要七点半回来就可以了，弗兰西斯。或者就留在那儿吧，把一套我外出要穿的衣服拿出来就行。晚上你随意吧。今晚我不在家吃饭，不需要你在了。”

“谢谢先生。”那人说完，离开了房间。

“好了，艾伦，这事一刻也不能耽搁。箱子真重！我来给你提，你拿别的东西。”他语速很快，口气不容置疑。坎贝尔感到他支配着自己。两人一起走出房间。

他们走上顶楼平台，道林拿出钥匙，转动门锁。接着他停住了，眼里流露出一丝不安。他打了个寒战。“我觉得我不能进去，艾伦。”他低声说。

“随便，我也不需要你。”坎贝尔冷冷地说。

道林刚把门打开一半，就看见画像上的脸正在阳光下斜睨着自己。画像前的地板上还躺着扯下的帘子。他想起来了，就在前一天晚上，他有生以来第一次忘了把致命的画遮起来。正要冲上去盖上，他却打了个寒战，退了回来。

画像的一只手上，那黏湿亮晃的恶心的红色露滴是什么东西？画布像渗出了血，多么可怕！他甚至觉得比那个趴在桌子上的一动不动的东西还要可怕。奇怪的影子投在血迹斑斑的地毯上，他知道那东西没动过，仍在原处，和他离开时一样。

他长长地吐出了一口气，把门又推开一些。然后眯着眼睛，侧着头，快步走进房间，决心不看一眼那死人。接着他弯下腰，捡起紫金色的帘子，扔过去盖住了画像。

他不动了。他害怕回头，于是目不转睛地盯着面前复杂的图案。他听见坎贝尔把笨重的箱子、铁钳和用来做这可怕工作的其他东西带进了房间。他开始想，艾伦·坎贝尔和巴兹尔·霍华德之前是否遇见过，如果见过，是怎么想对方的。

“你可以走了。”身后传来一个严厉的声音。

他急忙转身走出去，发现那死人已被推到椅子上，而坎贝尔正盯着那张黄得发亮的脸。下楼的时候，他听见了钥匙转动的声音。

坎贝尔再回到书房时，已是七点过很久了。他脸色苍白，但异常冷静。“你要我做的事我做完了，”他轻声说，“再见吧。我们以后再也不要见面了。”

“你救了我，让我免受灭顶之灾，艾伦。我不会忘记的。”道林淡淡地说。

坎贝尔一离开，他就上了楼。房间里弥漫着一股可怕的硝酸味，坐在桌旁的东西已消失不见。

第十五章

晚上八点半，道林·格雷衣着考究，纽扣孔里插着一大串帕尔马紫罗兰，跟随躬着身子的仆人，走进了纳伯勒夫人的客厅。他感到难以抑制的兴奋，前额的神经发狂似的跳动着。但当他俯身亲吻女主人的手时，与以往一样举止从容优雅。也许人在演戏时才最自如。当然，那晚见过道林·格雷的人，没有人会相信他刚刚经历了一场悲剧，其可怕程度丝毫不亚于我们时代的任何悲剧。那纤细的玉指，绝不可能抓起刀犯罪；那微笑的双唇，绝不会亵渎上帝诸神。他自己都禁不住惊讶于这淡定的举止。对这种双面人生，他有那么一会儿真切地感到了无限的愉快。

这是纳伯勒夫人匆忙召集的一次小聚会。纳伯勒夫人是个聪明人，身上遗留着亨利勋爵所说的那种显著的丑陋。她已然证明自己是我们无聊的大使的贤妻，她把丈夫得体地安葬在她亲自设计的大理石陵墓里，把女儿们一个接一个地嫁给了有钱的老头。现阶段，她对法国的小说、烹饪还有法式智慧——如果她能真懂的话——乐此不疲。

道林是她特别喜爱的人之一。她总是对道林说，她真高兴自己年轻时候没遇到他。“我知道，亲爱的，那样的话我会疯狂地爱上你。”她常常这么说，“为了你，我会把帽子扔向风车[1]。那时你不在我考虑范围之内，真是幸运之至。但实际上，我们的帽子不够好看，而风车们又一心忙于招风，结果我甚至没和任何人调过情。不过那都是纳伯勒的错，他眼睛高度近视，玩弄一个什么都看不见的丈夫，没一点乐趣。”

这晚的客人都相当沉闷。事实上，她用一把简陋的扇子挡着脸向道林解释道，她一个已经嫁出去的女儿突然上门来与她同住，更糟糕的是，还带上丈夫一起。“我觉得她太不体谅人了，亲爱的，”她耳语道，“当然，每年夏天我从德国洪堡回来，都会住在他们那儿，但我这样的老太婆，有时候要呼吸些新鲜空气嘛。而且，我让他们清醒一点了。你不知道他们在那儿过的什么日子，那是不折不扣的乡下生活啊。他们起床早，因为要干的活儿太多；上床也早，因为没有什么事要考虑。自伊丽莎白女王时代以来，邻里之间没有任何谣言丑闻，所以他们吃完晚饭就睡了。你可不要坐在他俩旁边。你就该坐我边上，哄我开心。”

道林轻声优雅地恭维了她一下，环视客厅——是的，这的确是个无聊的聚会。其中有两位他从没见过，其他客人包括欧内斯特·哈罗登，一个人到中年的平庸之辈，这种人在伦敦的俱乐部里随处可见，他们没有敌人，但朋友也根本不喜欢他们；鲁克斯顿夫人，一个过度装扮的四十七岁的女人，长着鹰钩鼻子，总想让自己的名声受损，但她实在是太普通了，以至于没人会相信关于她的任何不利言词，这令她

1. 把帽子扔向风车：指举止鲁莽，不拘泥于传统。原指《堂·吉诃德》中堂·吉诃德大战风车的故事。

非常失望；埃尔琳太太，一个野心勃勃的无名小卒，长着一头威尼斯人的红发，说话大舌头，非常好笑；爱丽丝·查普曼夫人，女主人的女儿，穿衣过时、沉闷乏味，长着那种见过一次就再也想不起来的典型英国脸；爱丽丝的丈夫，一副红脸膛上有灰白的络腮胡子，与他那个阶级的很多人一样，都以为无节制的享乐可以弥补自己思想的空洞。

道林正后悔来了这儿，却听到纳伯勒夫人说了句："亨利·沃顿真差劲，这么晚还没来！我今天早上想碰碰运气，派人去请他，他信誓旦旦，说不让我失望的。"她看了一眼摆在罩着紫红色丝绒的壁炉台上那曲线华丽的镀金大台钟，喊道。

听到哈利要来，道林感到些许安慰。这时门开了，亨利慢吞吞的音乐般的嗓音，让毫无诚意的道歉平添几分魅力，道林不再感到无聊了。

但他晚餐什么都吃不下。一道道菜上来，他尝都未尝就让端走了。纳伯勒夫人不停地责怪他，说他这是"对可怜的阿道夫的羞辱，他专门为你设计的菜单"。亨利勋爵不时从桌子对面看他一眼，对他一言不发、魂不守舍的样子感到困惑。管家不时给道林的酒杯斟满香槟，他喝得很急，似乎越来越渴。

"道林，"上肉冻这道菜时，亨利勋爵终于开口了，"你今晚怎么啦？心不在焉的样子。"

"我想他是爱上谁了，"纳伯勒夫人喊道，"他害怕告诉我，怕我嫉妒。他做得对，我肯定会嫉妒。"

"亲爱的纳伯勒夫人，"道林微笑着低语，"我已经整整一周没恋爱了——事实上，自从费罗尔夫人离开伦敦后就没有了。"

"你们男人怎么会爱上那种女人！"这老女人惊叫起来，"我真是搞不懂。"

"只是因为她记得你小姑娘时候的模样，纳伯勒夫人，"亨利勋爵说，"她连接了我们和你的短连衣裙。"

"她根本不记得我的短连衣裙，亨利勋爵。但我对她三十年前在维也纳的样子记忆犹新，她那时穿得多么暴露。"

"她现在仍穿得很暴露，"亨利勋爵说着，用长手指取了一粒橄榄，"她穿着非常漂亮的礼服时，看起来像蹩脚法国小说的豪华精装版。她真是个奇妙的女人，处处是惊喜。她对家庭亲情可看重了。第三任丈夫去世时，她悲伤得头发都变黄了。"

"你怎么能这样讲，哈利！"道林叫起来。

"这是最浪漫的解释，"女主人大笑起来，"那她的第三任丈夫，亨利勋爵！你的意思不会是说，费罗尔是第四任吧？"

"当然，纳伯勒夫人。"

"我一点不信。"

"好吧，问问格雷先生。他是费罗尔夫人最亲密的朋友之一。"

"真是这样吗，格雷先生？"

"她是那么对我说的，纳伯勒夫人。"道林说，"我问她，她是不是像法国王后玛格丽特·德·纳瓦那样，给丈夫们的心都涂上防腐剂，然后挂在裤腰带上。她说，她可没这么做，因为他们根本没人有心。"

"四个丈夫！要我说，这真是太多情了。"

"是太大胆了，我对她说。"道林说。

"噢！她胆子够大，什么都敢干，亲爱的。费罗尔是什么样的？我不认识他。"

"漂亮女人的丈夫都是罪犯阶层的一员。"亨利勋爵呷了一口酒说。

纳伯勒夫人用扇子敲了下他。“亨利勋爵，全世界都说你坏透了，我一点也不感到奇怪。”

“这是哪个世界的人说的？”亨利勋爵扬了扬眉毛，“只能是来世的人。我与现在这个世界相处得可融洽了。”

“我认识的人都说你很坏。”老夫人摇摇头，叫道。

亨利勋爵一下严肃起来。“那太可怕了，”他过了一会儿终于说，“现如今人们到处在背后说人坏话，但那些话却都是真的，完完全全是真的。”

“他是不是无药可救了？”道林在椅子上往前倾了倾身子说。

“希望如此。”女主人笑着说，“但真的，如果你们那么可笑地崇拜费罗尔夫人，我倒该再结一次婚，赶赶时髦。”

“你不会再婚的，纳伯勒夫人，”亨利勋爵插话说，“你太幸福了。女人再婚，是因为厌恶前夫；男人再婚，是因为爱慕前妻。女人是碰运气；男人是拿运气冒险。”

“纳伯勒并不完美。”老夫人喊道。

“如果他完美无缺，你就不会爱他了，亲爱的夫人。”亨利勋爵反驳说，“男人不坏，女人不爱。如果我们缺点够多，她们就会原谅一切，甚至包括我们的聪明才智。我说完这番话，你恐怕以后就再也不会请我吃饭了，纳伯勒夫人，但这千真万确。”

“的确如此，亨利勋爵。如果我们女人不是因为你们的缺点才爱你们，你们男人会到什么地步啊？你们没一个人会结婚，你们会变成一群不幸的光棍。但即使那样，也不会让你们有多大改变。如今，已婚男人都过着光棍般的日子，而光棍却过得像已婚男人。”

“这就是世纪末。”亨利勋爵低声说。

“是世界末日。”女主人回应。

“我倒希望是世界末日，”道林叹了一口气说，“生活太让人失望了。”

“啊，亲爱的，”纳伯勒夫人一边喊着，一边戴上手套，“别告诉我你已耗尽了生活。当一个男人说这话时，就说明生活已让他筋疲力尽了。亨利勋爵太坏了，我有时也希望能像他那样。但你生来就是个好人—— 你看起来那么善良。我一定给你找个好太太。亨利勋爵，难道你不觉得格雷先生该结婚了吗？”

“我一直告诉他要结婚，纳伯勒夫人。”亨利勋爵欠了欠身子说。

“那么，我们得为他找个般配的。我今晚就仔细翻一翻《德布雷特贵族名录》，把所有够格的年轻姑娘列个单子。”

“写上她们的年龄吗，纳伯勒夫人？”道林问。

“当然，把年龄都列上，稍微编辑一下。但凡事都不可匆忙。我要把这桩婚姻做成《早报》上说的‘门当户对’，我想让你们双方都幸福。”

“人们总谈什么幸福婚姻，真是胡说八道！”亨利勋爵叫道，“男人和任何女人在一起都能幸福，只要他不爱上她。”

“啊！你真是愤世嫉俗！”老夫人喊道，她把椅子朝后推了推，向鲁克斯顿夫人点了点头，又对亨利勋爵说，“你过阵子一定得再来和我一起吃饭。你真是帖有效的补药，比安德鲁爵士为我开的药方好多了。不过你得告诉我你想见什么人，我想办一个愉快的聚会。”

“我喜欢有未来的男人和有过去的女人，”他回答，“否则，你说，会不会弄成一个‘衬裙派对[1]’了？”

---

1. 衬裙派对：指都是女人的派对。

“恐怕会这样。”她大笑着说，起身离席，“请千万包涵，亲爱的鲁克斯顿夫人，”她补充道，“我没看到你还在抽烟。”

“没关系，纳伯勒夫人。是我抽太多了，以后我得控制一下。”

“别这样，鲁克斯顿夫人，”亨利勋爵说，“节制是灾难性的，足量就像便餐那样糟糕，过度才是一席盛宴佳肴。”

鲁克斯顿夫人好奇地看了他一眼。“你哪天下午一定要来给我解释一下，亨利勋爵，这理论听起来十分迷人。”她咕哝着，趾高气扬地走出了房间。

“好了，你们小心，别老在那儿谈什么政治和丑闻了。”纳伯勒夫人在门边喊道，“如果你们还这样，我们在楼上肯定要吵起来了。”

男人们笑起来。查普曼先生神情严肃地站起来，从餐桌的下首来到上座。道林·格雷也换了位子，坐到了亨利勋爵身旁。查普曼先生开始大声谈论起下议院的情况，大肆嘲笑政敌。教条主义——一个让英国人充满恐惧的词——在他一阵阵大笑的间隙反复出现。他用押头韵的前缀美化修饰他的演讲。他在思想的巅峰升起米字旗，把这个民族传承下来的愚蠢——他热情地称之为“英国人的常识”——视为这个社会的保障。

亨利勋爵的嘴角露出一丝笑容，他转过身，看着道林。

“你好点了吗，老兄？”他问，“你吃饭时似乎很不舒服。”

“我很好，哈利，我只是累了。”

“昨晚你真迷人，小公爵夫人对你很是痴迷，她告诉我会去拜访塞尔比庄园。”

“她说二十日来。”

“蒙默斯也会去吗？”

“哦，是的，哈利。”

“他让我烦透了，公爵夫人几乎也一样讨厌他。她非常聪明，对一个女人来说太过聪明了。她没有那种捉摸不透的柔弱美。金像之所以珍贵，全凭有一双泥足。她的脚很美，但却不是泥巴做的，可能是白瓷做的吧，它们经过淬炼，凡火不能毁掉的，都变硬了。她已历经沧桑。”

“她结婚多久了？”道林问。

“她告诉我有一万年了。根据贵族名录，我想是十年。与蒙默斯共度十年，一定像过了万年，简直虚掷光阴。聚会还有谁会来？”

“哦，威洛比夫妇、拉格比爵士和夫人、我们的女主人和杰弗里·克劳斯顿，就是平时那些人。我还请了格罗特里安爵士。”

“我喜欢他，”亨利勋爵说，“很多人不喜欢他，但我觉得他很有魅力。他偶尔过度打扮，但他一直过度有教养，两者相抵了。他属于很时髦的那类人。”

“我不知道他能不能来，哈利。他可能得与他父亲同去蒙特卡洛。”

“啊！人有亲戚朋友真是麻烦！想办法让他来吧。对了，道林，昨晚你溜得也太早了。你十一点前就离开了，后来你干什么去了？你直接回家了？”

道林飞快地瞥了他一眼，皱起眉头。“没有，哈利，”他最后说，“我快三点才到家。”

“去俱乐部了？”

“是的，”他回答，又咬了咬嘴唇，“不，我不是那个意思。我没去俱乐部。我随便逛了逛。我不记得了……你真是爱打听，哈利！你老想知道别人做了什么。而我总想忘记自己做了什么。如果你想知道准确的时间，我是两点半进家的。我忘了带前门钥匙，不得不让仆人开门。如果你需要什么确切证据，你可以去问他。”

亨利勋爵耸了耸肩：“亲爱的老兄，谁在乎这些啊！我们去楼上的客厅吧。不要雪利酒了，谢谢查普曼先生。你遇到什么事了，道林，告诉我，今晚你魂不守舍。”

“别管我，哈利。我烦躁不安，脾气很差。我明天或者后天来看你吧。帮我找个借口应付纳伯勒夫人吧，我不上楼了。我要回家，必须回。”

“没问题，道林，我敢说明天的下午茶就能见到你。公爵夫人也会来的。”

“我尽量，哈利。”他说着离开了房间。他驱车回家时意识到，他本以为已遏制的恐惧又回来了。亨利勋爵随便一问，他就惊慌失措。他想保持镇定，看来危险的东西必须毁掉。他蹙起眉，哪怕只是想到要碰那些东西，他都感到厌恶。

但这事不得不干。他清楚这一点。他锁好书房的门，打开密柜，里面塞着巴兹尔·霍华德的大衣和手提包。壁炉的火在熊熊燃烧，他往里加了根柴火。衣服和皮革烧焦的气味非常刺鼻。他花了四十五分钟才把所有东西全部烧尽。最后他感到头晕想吐，于是在一个带孔铜火盆里放一块阿尔及利亚香片，再用麝香味的凉醋洗了双手和前额。

突然，他心里一阵惊悸，双眼发亮，紧张不安地咬着下唇。两扇窗户间放着一个佛罗伦萨风格的乌木柜子，镶嵌有象牙和蓝色天青石。他注视着柜子，它既吸引他又让他害怕，里面装着他既渴望而又厌恶的东西。他的呼吸加速，一种疯狂的渴望袭来。他点了一支烟，又扔了。他垂下眼睑，流苏似的长睫毛几乎碰到脸颊。他仍盯着柜子。最终他从一直躺着的沙发上起身，走过去打开柜子，按下一个隐蔽的弹簧。一个三角形抽屉慢慢退出。他的手指本能地向前，伸进去，逼近什么东西。这是一只黑漆金粉的中国小盒，做工精致，边框呈波浪形，丝带上挂着一些水晶球和金线辫流苏。他打开盒子，里面是绿色的膏体，有如蜡般的光泽和浓烈持久的奇香。

他犹豫了一会儿，脸上浮现出古怪呆板的笑容，身子忍不住哆嗦起来，虽然房间非常热。他站起来看了眼钟，十一点四十分。他把盒子放回去，关上柜门，走进卧室。

当午夜的钟声在昏暗的夜空中敲响，道林·格雷穿着便衣，脖子上裹了条围巾，悄悄溜出家门。他在邦德街看到一辆好马车。他招停下车，低声告诉车夫地址。

车夫摇了摇头。“太远了。”他咕哝着。

“这里是一金币，”道林说，“如果你速度快，再加一金币。”

“好的，先生，”车夫回答，“保证一小时内把你送到。”车夫把钱收好后，立即掉转马头，向着河的方向，疾驰而去。

第十六章

天空淅淅沥沥地飘起冷雨，雾气中，模糊的路灯越发惨白。酒馆正打烊，有三三两两的暗影聚在门外。一些酒吧里传出可怕的笑声，还有一些则充斥着酒鬼们的争吵和尖叫声。

道林·格雷靠在马车座位上，用帽子压着前额，呆呆地望着这个城市里龌龊的丑行。他时不时地自言自语亨利勋爵初次见面时说的话，“靠感官拯救灵魂，靠灵魂拯救感官”。是的，这就是秘诀。他常用此法，现在又要用了。在鸦片窝点，可以买到遗忘；在恐怖之巢，可以用新罪孽的疯狂来毁掉旧罪孽的记忆。

月亮像一颗黄色的骷髅，低低地悬在空中。不时地，一大块形状奇怪的云，伸出长长的手臂，藏起月亮。汽灯变少了，街道越发狭窄幽暗。车夫还迷了一次路，不得不往回跑了半英里。马身上冒着热气，泥泞的路上溅起泥浆。车窗蒙上一层法兰绒般的灰色雾气。

“靠感官拯救灵魂，靠灵魂拯救感官！”这句话一直在耳畔响起！他的灵魂一定已病入膏肓，感官真的能拯救它吗？无辜的血已经流了，用什么来补偿？啊！根本没有补偿。但虽然宽恕已不可能，忘却仍是可能的，所以他决心忘却，把过去踏在脚下，像对付咬人的角蝰蛇般把它踩烂。真是的，巴兹尔有什么权利同他那样说话？谁让他像法官一样评判他人？他说的话那么可怕、那么恐怖，让人难以忍受。

马车缓慢地往前走着，越走越慢，他似乎觉得一步比一步慢。他推开车窗，叫车夫快些。对鸦片的极度渴望啃噬着他，喉咙火烧火燎，纤细的双手扭结在一起。他疯了似的用手杖敲打马匹。车夫大笑，用鞭子抽了起来。他回报以笑声，但车夫却没声音了。

路似乎没有尽头，街道就像一只张开的蜘蛛编织的黑网。这种单调让他难以忍受，雾更浓了，他开始感到害怕。

随后他们经过了一个孤零零的制砖场，雾淡了一些。他看见奇怪的瓶状砖窑在朝外喷橘黄色的扇状火焰。马车从一条狗身边驶过，狗吠了起来。远处的黑暗中，一只漫步的海鸥发出刺耳的叫声。马在车辙里绊了一下，转到路边，快跑起来。

一会儿，他们离开了泥路，在凹凸不平的路上颠簸。路边的房子里，大多窗户都黑漆漆的，一些亮着灯的百叶窗上勾勒出奇形怪状的影子。道林好奇地看着，它们就像巨型提线木偶般动来动去，如活物般打着手势。他厌恶它们，心里闷着一股无明火。车子拐弯了，一个女人从打开的门边朝他们喊着什么，还有两个男人追着马车跑了大约一百码。车夫用马鞭抽打了他们。

据说激情能让思考陷入循环。的确如此，道林·格雷正紧咬着双唇，心里令人厌恶地反复咀嚼那句关于灵魂和感官的微妙句子，直到他感到这句话能充分表达自己的情绪。可以说，他用理智为情绪正名了。当然，就算没这句话正名，情绪也仍会左右他的脾气。道林的每一个大脑细胞里都潜伏着同一个想法。强烈的求生欲望——人类一切欲望中最可怕的一个，让他每一根颤抖的神经纤维都敏锐起来。他曾一度厌恶丑陋，因为丑陋让事物显得真实，而现在恰恰因为这个原因，他觉得丑陋可爱。丑陋是唯一的真实。粗鲁的争吵、可恶的贼窝、乱糟糟的生活中粗野的暴力、窃贼和流浪汉的肮脏……这些给人留下强烈真实的印象，比一切艺术的优雅表象和音乐的梦幻影子，生动得多。他需要这些，用来忘却一切。三天以后，他就自由了。

突然，车夫一个急刹车，停在了一条黑咕隆咚的巷子尽头。一片低矮的房顶和参差的烟囱后面，数根黑色船桅赫然耸立，周围的团团白雾如同船帆，幽灵般地挂在帆桁上。

“在这附近吧，先生，是不是？”车夫透过车窗，用沙哑的声音问。

道林吃了一惊，往四周看了看。“就这儿吧。”他说着，匆忙跳下车，按约定额外给了车钱，然后快步朝码头的方向走去。一艘大商船尾部有灯火在闪烁，光影在水洼里摇曳成碎片。一艘待航的汽船里在烧着煤，冒出红色火光。泥泞的人行道看起来像块湿漉漉的防水布。

他匆匆朝左边走去，不时回头看有没有人跟着。大约七八分钟后，他来到了一间夹在两处废弃工厂间的破败小屋前。顶层有扇窗户亮着灯。他停下来，用特殊的方式敲了敲门。

过了一会儿，他听见门廊里有人走来，从钩子上解下门链。门无声地开了，他没说一个字，走了进去。开门的人身材矮胖，模样奇怪，他过去时，那人往后一退，隐没在了阴影之中。门厅尽头挂着一块破旧的绿帘子，道林从街上带进来的风把它吹得摇来晃去。他撩起门帘，走进一个低矮的狭长房间，这里以前似乎是个三流舞厅。四周的墙上挂着亮晃晃的汽灯，嗞嗞作响，映照在正对着的沾满苍蝇屎的镜子里，显得暗淡变形。后面是沾满油腻的螺纹铁盘，灯光在上面抖动着。地板上，到处都是被踩进泥里的赭色木屑，脚印周围沾着深色酒渍。几个马来人正蹲在一个小炭炉旁玩着骨牌，说话时露出白牙齿。角落里，有个水手把头埋在臂弯里，趴在桌上。占去房间整整一边的，是一个画得俗不可耐的酒吧，旁边站着两个形容憔悴的女人。她们正在嘲笑一个老头，他正一脸厌恶地搓着外衣袖子。“他以为红蚂蚁爬身上了呢。”道林从旁边走过时，听到一个女人大笑着说。老人惊恐地看着她，呜咽起来。

房间尽头有一座三级小楼梯，通向一间阴森的内室。道林急冲冲地跨上摇摇晃晃的阶梯，一阵浓浓的鸦片味扑面而来。他深深地吸了口气，鼻孔兴奋地直抽。进去时，一个长着一头光滑黄发的年轻人正倾身就着灯点上细长的烟杆，他抬头看了看道林，迟疑地冲他点了点头。

“你在这儿，阿德里安？”道林低声说。

“我还能上哪儿？”他懒洋洋地回答，“现在，那群家伙没一个理我了。”

“我以为你离开英国了。”

“达林顿袖手旁观，最终是我兄弟付的账单。乔治也不和我说话了……无所谓，”他叹了一口气，补充道，“人只要有这东西，就不需要朋友。我以前的朋友是太多了。”

道林皱了皱眉，环顾四周，破烂的床垫上躺着各种奇怪姿势的人。七扭八拐的四肢、大张的嘴、呆滞无神的眼睛，这些都吸引着他。他明白他们是在何种奇怪的天堂里受苦，又是何种阴暗的地狱教给了他们新型欢乐的秘密。他们的情况比他好。他被囚禁在思想之中，记忆就像一场可怕的疾病，正吞噬着他的灵魂。他仿佛不时地能看到巴兹尔·霍华德的眼睛在注视着他，他觉得自己不能待在这儿。阿德里安·辛格尔顿的在场让他不安。他想在一个没人知道他是谁的地方，他要逃离自我。

“我还是到别的地方去。”他顿了一下说。

“码头？”

“是。”

“那只疯猫肯定在那里。他们现在不让她在这儿了。”

道林耸了耸肩：“我对会爱上别人的女人已经厌倦，会恨的女人才更有趣。那边，这东西也更好。”

“差不多吧。”

“我更喜欢这东西。来吧，喝点什么。我得喝点什么。”

“我什么都不想喝。”年轻人咕哝着。

“没关系。”

阿德里安·辛格尔顿疲惫地站起身，随着道林来到酒吧。一个混血儿裹着破烂的头巾，穿着脏兮兮的宽大衣，把一瓶白兰地和两只酒杯推到他们面前，满脸谄笑地向他们打了个招呼。女人们悄悄贴上来，开始搭讪。道林转过身，背对着她们，与阿德里安·辛格尔顿小声说话。

一个女人脸上挤出别扭的笑容，像一把马来弯刀。“我们今晚倍感荣幸。”她讥笑着说。

“看在上帝的分上，不要和我说话。”道林跺着脚喊道，“你要什么？钱吗？拿去。别再来烦我。”

女人无神的双眼刹那间闪过红光，又转瞬即逝，眼神呆滞了。她甩了甩头，贪婪的手指从柜台上拨拉下硬币。她的同伴妒忌地看着她。

“没有用的。”阿德里安·辛格尔顿叹息着说，“我不想回去。有什么意思呢？我在这儿很开心。”

“如果需要什么东西，给我写信，好吗？”道林停了一下说。

“可能吧。”

“那么，晚安。”

“晚安。”年轻人一边回答，一边走上台阶，用手帕擦了擦焦枯的嘴唇。

道林满脸痛苦地朝门口走去。他撩开门帘时，拿钱的女人那抹了口红的唇间，迸出了一阵骇人的笑声。“终于走了，魔鬼的交易！”她打着嗝说，声音嘶哑。

“滚蛋，”他回应道，“不许这么叫我。”

女人打了个响指。“你喜欢人家叫你‘迷人王子’，对不对？”她冲着他的背影大叫。

正说着，那个困倦的水手跳了起来，疯狂地四下张望。过道门关上的声音传来，他冲出去，像要追赶什么人。

外面下着蒙蒙细雨，道林·格雷沿着码头飞快走着。与阿德里安·辛格尔顿的邂逅奇怪地触动了他。他想弄明白，那个年轻生命的堕落，是不是真的像巴兹尔·霍华德恶毒地揭穿的那样，与他有关。他咬着嘴唇，有那么几秒，他的眼神变得有些哀伤。但这究竟与他何干？人生苦短，何必揽他人的过错于自身。每个人都有自己的生活之道，也都会为此付出代价。唯一的遗憾是人不得不因为一次过错不停地付出代价。实际上，是一而再、再而三地偿还。命运与人做交易，从不结清账户。

心理学家告诉我们，有时候，犯罪的欲望，或世人眼中的犯罪的欲望，会强烈支配一个人的天性，以至于身体的每一根纤维和大脑的每一个细胞，都似乎本能地产生了可怕的冲动。在这样的时刻，无论男女都不再有自由意志，他们会自动奔向可怕的结局。他们别无选择，良心已被扼杀，即使还在，也只会让叛逆越发诱人，让反抗更富魅力。所有罪孽，就如同神学家不知疲倦地提醒我们的那样，都属反抗之罪。那高贵的神灵，那罪恶的晨星[1]，也曾作为反抗者，从天堂掉落。

此刻的道林冷酷无情，他沉溺于罪恶，精神已被玷污，灵魂渴望反抗。他匆匆赶路，越走越快。正当他快步拐进一个昏暗的拱门，像往常那样想抄近路去那个声名狼藉的地方，突然，有人从背后抓住了他。还来不及自卫，一只蛮横的手已卡住他的喉咙，把他推到了墙上。

他拼命挣扎，使出全力终于拉开了紧卡在自己喉咙上的手指。刹时，只听“喀嚓”一响，随即他看见一把锃亮的左轮手枪，枪膛闪着光，直指他的脑袋。一个矮胖的黑影站到了面前。

“你想要什么？”他喘着气说。

“闭嘴，”那人说，“再动我就开枪了。”

“你疯了。我哪里得罪你了？”

“你毁了西比尔·文恩，”那人回答，“西比尔·文恩是我姐姐。她是自杀的，我知道。但都是你害的。我发誓要杀了你，要你偿命。我找你好多年了，一直没有线索，你毫无影踪。能描绘出你相貌的两个人都死了。我对你一无所知，除了西比尔过去叫你的那个昵称，而碰巧我今晚听到了。向上帝祈求宽恕吧，你的死期到了。”

道林·格雷几乎吓昏。“我从不认识她，”他磕磕巴巴地说，“我从没听说过她。你疯了。”

“坦白你犯下的罪孽吧。我是詹姆斯·文恩，同样肯定的是，你

---

1. 罪恶的晨星：指撒旦。他曾经是上帝座前的天使，后因反叛上帝，妄想与神同等而堕落为魔鬼。

就要死了。”在这可怕的时刻，道林不知道说什么，也不知道做什么好。“跪下！”那人咆哮，“我给你一分钟时间忏悔——就一分钟。今晚我要乘船去印度，我先杀了你再走。一分钟，就这样。”

道林的双臂耷拉下来，他吓得浑身发软，不知所措。突然，他脑海里闪过一丝疯狂的希望。“住手，”他喊道，“你姐姐死了多久了？快，告诉我！”

“十八年，”那人说，“你问这干什么？这有什么关系？”

“十八年，”道林·格雷大笑起来，声音里透出一丝胜利的喜悦，“十八年！你把我弄到灯光下面，看看我的脸！”

詹姆斯·文恩犹豫了一下，不明白这话是什么意思。他抓起道林·格雷，把他拖出拱门。

风吹得昏暗的灯光摇晃不定，但即使这样，詹姆斯也足以意识到，自己犯了可怕的错误——他要杀的这个人仍葆有少年的似花容颜和青年一尘不染的纯真。他似乎才二十岁刚出头，与多年前阴阳两隔的姐姐相比，即使大一些，也大不了多少。显然，这不是毁掉姐姐生命的人。

他松开手，踉跄地后退了一步。“天哪！天哪！”他喊道，“我差一点把你杀了！”

道林·格雷长长地舒了口气。“你差点犯下重罪，老兄。”他严厉地盯着他说，“这就当是给你的一个警告，不要再想着报复了。”

“宽恕我，先生。”詹姆斯·文恩低声说，“我上当了。我在那个该死的贼窝里偶然听到了一个词，就走上了歧途。”

“你赶紧回家把枪放好，否则你会惹事上身的。”道林说着转过身，沿着大街慢悠悠地走了。

詹姆斯·文恩惊恐地站在人行道上，浑身颤抖。一会儿，一个黑影贴着滴水的墙，缓慢地走到灯光下，悄无声息地贴近他。有只手抓住了胳膊，他吃惊地回过头。这是刚才在酒吧喝酒的女人中的一个。

“你为什么不杀了他？”她嘴里发出嘶嘶的声音，憔悴不堪的脸凑到了他跟前，“你从‘戴利酒吧’冲出来时，我就知道你在跟踪他。你这个傻瓜！你应该杀了他。他很有钱，而且坏透了。”

“他不是我要找的人，”他回答，“我要的不是钱，我要一个人的命。那个人应该快四十岁了，但这个人比孩子没大多少。谢天谢地，我的双手没沾上他的血。”

女人苦笑一声。“比孩子没大多少！”她讥笑着，“天啊，老兄，‘迷人王子’把我弄成了现在这副样子，也快十八年了吧。”

“你撒谎！”詹姆斯·文恩喊道。

她举起手指着上天。“上帝作证，句句是真话。”她叫道。

“上帝作证？”

“如果我说谎，就把我变成哑巴。来这儿的人里，他最坏。他们说他把自己的灵魂卖给了魔鬼，换取漂亮的脸。我第一次见他到现在，已经快十八年了。他就没怎么变过，而我变了很多。”她眼睛令人作呕地乜斜着，补充道。

“你敢发誓吗？”

“我发誓，”她扁平的唇里发出沙哑的声音，“但别出卖我，别告诉他是我说的，”她带着哭腔说，“我怕他。给我点住宿钱吧。”

詹姆斯·文恩咒骂了一声，甩下她冲向街角，但道林·格雷早已不见了踪影。他回头一看，那女人也消失了。

道林吃了一惊，往四周看了看。

“我发誓要杀了你，要你偿命。”

第十七章

一星期后，道林·格雷坐在皇家塞尔比庄园的温室里，正与漂亮的蒙默斯公爵夫人聊着天。她面露倦色的六十岁丈夫也是道林的客人。这是下午茶时间，桌上的蕾丝罩大灯散发出柔和的灯光，照亮了精致的瓷器和铸银的茶具。公爵夫人正在上茶，她白皙的双手优雅地把杯子移来移去。道林在她耳边低语了些什么，她丰满的红唇微笑了。亨利勋爵斜躺在覆有丝绸的柳条椅上，看着他们。纳伯勒夫人坐在一张桃色长沙发上，假装在听公爵讲自己如何又收藏了一只巴西甲虫标本。三个年轻人穿着考究的吸烟装，把茶点递给女人们。这次的小型过夜派对一共来了十二人，第二天估计还会有更多人来。

“你们俩在谈什么呢？”亨利勋爵说着，走到茶桌旁，放下杯子，“我希望道林已经把我要重新命名一切的计划告诉你了，格拉迪丝。这个想法很有趣吧？”

“但我不想改名，哈利。”公爵夫人回答，她抬起头，一双魅惑的眼睛望着亨利勋爵，“我对自己的名字很满意，而且我可以肯定，格雷先生也很满意自己的名字。”

“亲爱的格拉迪丝，你们俩的名字完美无瑕，我绝不会改。我主要想改的是花名。昨天我剪了一朵兰花，插在纽扣孔里。美妙的花朵上缀有斑点，和七宗罪一样令人印象深刻。我不假思索，问园丁这花叫什么名字。他告诉我，这是‘鲁宾逊尼亚娜’的优良品种，或诸如此类的可怕名儿。我们已经失去了给东西起个可爱名字的能力了，这真是个悲伤的事实。名字就是一切。我从不在行动上与人起冲突，我只跟言语过不去。这就是为什么我讨厌文学中庸俗的现实主义的原因。对一个称铲子为铲子[1]的人，应当迫使他去用铲子。他只适合干这个。”

“那么，我们该叫你什么呢，哈利？”她问。

“他的名字是‘矛盾王子’。”道林说。

“我一听这名字就知道是他。”公爵夫人喊起来。

“我可不要，”亨利勋爵大笑着说，陷进椅子里，“贴上标签，就无处可逃了！我拒绝这个名号。”

“王子之位不能弃。”那漂亮的唇间飘出一句告诫。

“那么，你希望我捍卫我的王位？”

“对。”

“我颁布的是明天的真理。”

“我更偏爱今天的错误。”她回答。

“你解除了我的武装，格拉迪丝。”他喊起来，算是领教了她的任性。

“我缴了你的盾，哈利，而不是你的矛。”

“我从不进攻美人。”他挥了挥手说。

“那是你的错，哈利，相信我。你把美看得太重了。”

“你怎么能那样说呢？我承认，我认为善不如美。但另一方面，

1. 称铲子为铲子：俗语，意为直言不讳。

我比谁都更愿意承认善比丑好。”

“那么，丑是七宗罪之一了？”公爵夫人叫道，“你刚用兰花作喻又如何解释？”

“丑是七宗美德之一，格拉迪丝。你，作为一个优秀的托利党人，一定不能低估它们。啤酒、《圣经》和七宗美才造就了现在的英国。”

“那么，你不爱自己的国家？”她问。

“我生活在这个国家。”

“更便于你指责它。”

“你要我承认欧洲人对英国的评价吗？”他询问。

“他们是怎么说我们的？”

“他们说，答尔丢夫[1]移民到了英国，然后开了一家店。”

“答尔丢夫是你的名号吗，哈利？”

“给你吧。”

“我没法用，它太过真实。”

“你不必害怕。我们的同胞从来都不识真假。”

“他们是务实。”

“与其说他们务实，不如说是狡诈。他们算总账时，都是用财富抵去愚蠢，用伪善抵去罪恶。”

“但我们仍做过伟大之事。”

“是‘伟大之事’被推到了我们面前，格拉迪丝。”

“我们担起了重负。”

“只不过像股票交易那么重。”

1. 答尔丢夫：莫里哀名著《伪君子》的主人公。

她摇了摇头。“我相信民族。”她叫道。

“它表明进取才能生存。”

“它在发展。”

“腐朽更吸引我。”

“艺术呢？”她问。

“是一种疾病。”

“爱呢？”

“是一种幻想。”

“宗教呢？”

“是时下流行的信仰替代品。”

“你是一个怀疑论者。”

“绝对不是！怀疑是信仰的起点。”

“你是什么呢？”

“下定义就局限了。”

“给点线索。”

“线索断了，你会迷失在迷宫里。”

“你让我迷惑不解，我们还是谈谈别人吧。”

“我们的男主人就是一个有趣的话题。数年前，他就被雅称为‘迷人王子’。”

“啊！别再提那事了。”道林·格雷喊道。

“我们的男主人今晚很可怕，”公爵夫人红着脸说，“我相信，他认为蒙默斯觉得我是现代蝴蝶中能找到的最佳标本，他纯粹是基于科学原理同我结婚的。”

“好吧，我希望他别把针钉在你身上，公爵夫人。”道林笑着说。

“哦！我的女仆已经那么做了，格雷先生，在她生我气的时候。”

“是什么事让她生你的气呢，公爵夫人？”

“都是鸡毛蒜皮的小事，格雷先生，我敢向你保证。常常是因为我八点五十分到，却告诉她八点半必须帮我穿戴好。”

“她太不讲理了！你应该警告她。”

“我不敢，格雷先生。哎，她为我设计了很多帽子。你记得在希尔斯通夫人的游园会上我戴的那一顶吗？你不记得了，但你假装还记得，你真好心。是啊，她简直空手做好帽。一切好帽子都是用不了什么材料的。”

“就像一切好名声，格拉迪丝，”亨利勋爵打断她说，“每次一个人对他人产生影响，就会招来一个敌人。平庸之辈才广受欢迎。”

“女人不是这样的，”公爵夫人摇摇头说，“女人统治世界。我跟你说，我们无法忍受平庸。就像有人说的，我们女人是用耳朵去爱的，就像你们男人是用眼睛去爱一样，如果你们懂得如何爱的话。”

“我好像觉得我们从没干过别的。”道林低声说。

“啊！那就说明你从未真正爱过，格雷先生。”公爵夫人假装伤心地回答。

“亲爱的格拉迪丝啊！”亨利勋爵喊道，“你怎么能这样说？浪漫靠重复而生，重复把情欲转化成艺术。而且，每一次爱都如同初恋。对象的不同不会改变情欲的始终如一，而只会强化它。我们一生最多只能有一次伟大的经历，生活的秘诀就在于尽可能多地重现这次伟大的经历。”

“哪怕被这种经历伤害过，哈利？”公爵夫人过了一会儿说。

“尤其是被这种经历伤害过的时候。”亨利勋爵回答。

公爵夫人回头看了看道林·格雷，脸上流露出好奇的表情。“你对此有何高见，格雷先生？”她问。

道林犹豫了一下，仰头大笑起来，“我总是与哈利意见一致，公爵夫人。”

“即使他错了？”

“哈利从不会错，公爵夫人。”

“他的哲学让你幸福吗？”

“我从不追求幸福。谁要幸福啊？我寻找的是享乐。”

“你找到了吗，格雷先生？”

“常常找到，太寻常了。”

公爵夫人叹了口气。“我在寻求安心，”她说，“如果我再不去穿戴打扮，我今晚就不会安心。”

“我去给你拿些兰花吧，公爵夫人。”道林大声说着，站起来朝温室走去。

“你和他调情啊，有点不像话。”亨利勋爵对自己的表妹说，“小心为妙，他很有魅力。”

“如果他没有吸引力，就不会有好戏了。”

“那么是希腊人遇上希腊人[1]了？”

“我站在特洛伊人一边，他们曾为一个女人而战。”

“他们被打败了。”

“还有比做俘虏更糟糕的事呢。”她回答。

“你现在像脱缰之马。”

1. 希腊人遇上希腊人：俗语，意为势均力敌。

“速度造就生命。”她机敏地反驳。

“我要在今晚的日记里写一句话。”

“什么？”

“一个被烧伤的孩子爱上了火。”

“我一点没受伤，翅膀完好无损。”

“你把翅膀用在任何地方，就是不用来飞。”

“男人已经把勇气传给女人了。这对我们来说是新体验。”

“你有一个竞争对手啊。”

“谁？”

他笑了。“纳伯勒夫人，”他低声说，“她非常崇拜他。”

“你让我充满忧虑，老古董的魅力对我们浪漫主义者来说是致命的。”

“浪漫主义者！你明明拥有一切科学方法。”

“是男人教会了我们科学。”

“但也没能解释清楚你们女人。”

“把女人作为一个性别描述一下。”她发出挑战。

“没有秘密的斯芬克斯[1]。”

公爵夫人看着他，笑了。“格雷先生怎么去了那么久啊！”她说，“我们去帮帮他吧。我还没告诉他我等下衣服的颜色呢。”

“啊！你得拿衣服配他的花，格拉迪丝。”

“那也投降得太早了。”

---

1. 斯芬克斯：希腊神话中，长着狮子躯干、女人头面的有翼怪物。它会坐在忒拜城附近的悬崖上，拦住过往的路人，问他们谜语，猜不中的会被它吃掉。

“浪漫艺术一开始就是高潮。”

“我得给自己留条退路。”

“像帕提亚人那样撤退？”[1]

“帕提亚人可以在沙漠中找到安身之地，可我不能。”

“女人并不总是可以自由选择的。”他回答。话音未落，温室尽头就传来一声窒息般的呻吟，紧接着是重重倒地的一声闷响。众人惊跳起来。公爵夫人呆站着，吓得一动不动。亨利勋爵双眼忧虑，冲过摇晃的棕榈叶，发现道林·格雷脸朝下，昏死在了瓷砖地板上。

大家立刻把道林抬到蓝色客厅里，放在一张沙发上。过了一小会儿，他醒了，茫然四顾，一脸困惑。

“出什么事了？”他问，“哦！我想起来了。我在这儿安全吗，哈利？”他开始发抖。

“亲爱的道林，”亨利勋爵回答，“你只是晕倒了，没别的事儿。你一定是劳累过度。最好别下来吃饭了，我替你待客。”

“不，我要下来。”他说着，挣扎着要站起来，“我宁可下来。我不能一个人单独待着。”

他走进自己的房间，换了衣服。当他坐在餐桌边时，他看似满不在乎、心情愉悦。但时不时地，他会吓得浑身发抖，因为他想起来，在暖房的玻璃窗上，他看到一块白手帕一样的东西在盯着他：那是詹姆斯·文恩的脸。

1. 帕提亚帝国的轻骑兵经常佯装撤退，再突然杀回马枪，从战场上消失前万箭齐发。

第十八章

第二天，他足不出户，实际上，他多半时间都待在自己房间里极度恐慌，害怕自己快要死了，但又对生命本身漠然置之。他开始强烈地意识到自己正在被猎杀、诱捕和跟踪。这种感觉支配了他。哪怕只是壁毯在风中抖动一下，他也会发抖。枯叶被吹到铅框玻璃上，在他看来就像自己徒劳的决心和狂躁的悔恨。每当闭上双眼，他就又看到了那张水手的脸，透过雾蒙蒙的窗玻璃窥视着他，恐惧似乎又抓住了他的心。

但或许，这只是他的幻觉在黑夜中唤醒了复仇之神，在他面前演示着惩罚的可怕景象。实际生活混乱无序，但想象却有严密的逻辑。正是想象使悔恨紧跟罪恶的脚步，也正是想象，促使每一种罪恶都衍生出稀奇古怪的余孽。在平凡的现实世界，恶无恶报，善无善报。强者获赐成功，弱者只剩失败，如此而已。除此之外，如果有陌生人在房子周围窥探，他一定会被仆人或看守看到；如果花圃里发现有脚印，园丁一定会来报告。是的，那只是他的幻觉。西比尔·文恩的弟弟没想要回来杀他。他已经乘船出海，沉没于冬日的某处海底。无论如何，这人已经威胁不到他了。啊，那人不知道他是谁，也不会知道他是谁。青春的面具救了他。

然而，即使那只是幻象，一想到良知竟能唤起如此可怕的幻象，并赋予幻象具体可见的形式，他就觉得恐怖。如果罪恶的阴影从静寂的角落日夜窥视着他，在秘密之地嘲笑他，他出席盛宴时对他耳语，他酣睡时用冰冷的手指把他弄醒，那么他将过一种什么样的日子啊！当这种想法从他脑中闪过，他吓得脸色苍白，似乎连空气都突然变冷了。啊！那是一个怎样疯狂、野蛮的时刻，他竟杀死了自己的朋友！哪怕只是想起那幅场景，他都觉得恐怖！他仿佛又看到了当时的一切，每一个可怕的细节都历历在目，让他倍加恐惧。时间的黑洞里涌现出他罪恶的形象，鲜血淋淋。亨利勋爵在六点进来时，发现他正撕心裂肺地哭着。

直到第三天他才敢出门。冬日明净的清晨里，洋溢着松香气息的空气中，似乎有某种东西让他恢复了欢乐和生活热情。但这种变化并不只是物质环境造成的。他自己的天性在对抗过度的痛苦，因为这种痛苦试图削弱和损伤他完美的冷静。性情细腻敏感的人总是这样。他们强烈的情绪要么四处碰壁，要么低头臣服；要么杀人，要么被杀。浅薄的悲和爱能够长存，伟大的悲和爱则只能毁于自身的丰盈。另外，他说服自己相信，自己只是充满恐惧的想象的牺牲品。当他回顾自己的恐惧时，他略露怜悯，又极端蔑视。

早饭后，他与公爵夫人在花园里散了一小时步，随后驱车穿过公园去狩猎。草地上覆着薄薄的一层盐般的凝霜，天空宛如一只倒扣的蓝色金属杯。平静的湖面四周芦苇丛生，岸边结了一层薄冰。

在松树林的转角处，他看见公爵夫人的弟弟杰弗里·克劳斯顿爵士从枪膛里退出两个空弹壳。他跳下车，打发马夫把马牵回家，自己穿过枯萎的凤尾草和粗糙的灌木丛，朝客人走去。

“收获大吗，杰弗里？”他问。

“一般般，道林，我想大多数鸟都飞到空地上去了。我敢说，午饭后我们换个新地方，可能会好些。”

道林在他身边信步走着。空气中弥漫着的浓烈的香气，树林中闪烁着的红棕色的光，帮忙引诱猎物的人不时爆发出的粗犷喊叫，和随之响起的尖利的枪声，都让他着迷。他的内心充满了一种愉悦的自由感，完全沉浸在了无忧无虑的幸福和满不在乎的快乐之中。

突然，在他们前方大约二十码远的起伏不定的枯草丛中，一只野兔被惊起，它竖着黑梢耳朵，长后腿奋力奔跑，往浓密的桤树丛中窜去。杰弗里爵士把枪架上肩头。奇怪的是，野兔优雅的动作让道林·格雷着了迷，他脱口而出：“别开枪，杰弗里，饶它一命吧。”

“胡说什么，道林！”他的伙伴大笑道。当野兔就要跑进树丛时，他开枪了。两声叫喊传来，兔子可怕的惨叫，和一个人痛苦的叫喊，后者更骇人。

“天哪！我打中了一个帮忙引出猎物的人！”杰弗里爵士喊起来，“竟然跑到我枪口前，怎么会有这么蠢的人！别朝那儿开枪了！”他拼尽全力喊道，“伤到人了。”

猎场看守拿着一根棍子跑了过来。

“在哪儿，先生？他在哪儿？”他叫道。此时，整条狩猎线上的枪声都停止了。

“在这儿。”杰弗里爵士愤怒地回答，一边匆忙朝草丛跑去，“你到底是为什么不让你的人躲到后面去？把我打猎的兴致都破坏了。”

道林看着他们拨开摇摆的柔软枝条，钻进桤树丛中。过了一会儿，他们出来了，把一具尸体拖到了阳光下。他吓得转过身去。他似乎觉得自己到哪儿，厄运就会接踵而至。他听见杰弗里爵士在问这人是否真死了，看守回答说是的。林子里似乎突然多了很多人，脚步杂乱，嗡嗡低语声响成一片。一只铜色胸脯的大野鸡拍打着翅膀越过树枝从人群头顶飞过。

过了一会儿——在那种慌乱的状态下，他像经过了无穷无尽的痛苦时光——有只手放在了他的肩上，他吓了一跳，回头去看。

“道林，”亨利勋爵说，“最好告诉他们今天就别打猎了，再继续下去不体面。”

“我倒愿能永远停止打猎，哈利，”他痛苦地回答，“这件事既讨厌又残酷。那个人……？”

他说不下去了。

“恐怕是的，”亨利勋爵回答，“一枪正打在他胸口，一定是当场毙命的。来吧，我们回家。”

他们并肩朝大路方向走了大约五十码，两人都没开口。随后，道林看了看亨利勋爵，重重地叹了口气说：“这是一个不祥之兆，哈利，非常严重的不祥之兆。”

“什么？”亨利勋爵问，“哦！我猜你说的是这次意外吧。亲爱的老兄，我们束手无策。是那个人自己的错，他为何要跑到枪口前呢？而且，这与我们无关。当然，对杰弗里而言非常尴尬。对那些乱射一气的猎人，这种事没什么。人们以为那一枪是乱打的，但杰弗里没有乱来，他打得很准。不过这事现在说也没用了。”

道林摇了摇头：“这是不祥之兆，哈利。我觉得我们中有人要遭厄运了，也许就是我。”他补充了一句，痛苦地用手遮住双眼。

亨利勋爵大笑起来：“这世上唯一可怕之事就是厌倦，道林。那是无法原谅的一种罪孽。但只要这些人不在餐桌上喋喋不休地谈论这事，我们就不用忍受厌倦。我必须得告诉他们，禁止谈论这个话题。至于兆头，世上根本没有什么兆头之事。命运之神不会给我们派遣使者，因为她太聪明，或者太残酷了，不会这样做。而且你能出什么事呢，道林？你拥有世人想要的一切。谁都愿意与你互换位置。”

“我也愿意与任何人互换位置，哈利。别那样笑，我和你说的都是实话。刚刚死掉的那个可怜的乡下人都比我要好。我不怕死，我怕的是死亡的临近。可怕的死亡之翼似乎就盘桓在我周围沉闷厚重的空气中。天哪！难道你没看到有一个人就躲在那边的树后，在监视我，等着我吗？”

亨利勋爵顺着那戴着手套不停发抖的手指的方向看去。“是，”他笑着说，“园丁在等着你。我想他要问你，今晚的餐桌上要摆什么花。亲爱的老兄，你真是紧张得离谱！待我们回到城里，你得来找我的医生看看。”

道林看见园丁走近，才释然地松了口气。园丁用手碰了碰自己的帽子，迟疑地看了看亨利勋爵，随后拿出一封信交给主人。“尊贵的公爵夫人让我等你回音。”他低声说。

道林把信放入口袋。“告诉公爵夫人，我马上回。”他冷冷地说。园丁转身，疾步朝房子方向走去。

“女人真爱做危险的事啊！”亨利勋爵笑着说，“这是她们最让我敬慕的品性之一。只要有人旁观，女人和谁都可以调情。”

“你真爱说危险的话，哈利！就眼前之事而言，你可说偏了。我非常喜欢公爵夫人，可我并不爱她。”

“但公爵夫人非常爱你，虽然并不那么喜欢你。所以你们俩是绝配。”

“你说的是谣言，哈利，而谣言从没有任何根据。”

“每个谣言的根据，都是一种不道德的确定。”亨利勋爵说着，点了一支烟。

“你为了说出一个警句，可以不惜牺牲任何人，哈利。”

“世人都是自愿牺牲的。”他回答。

“我希望自己能爱，”道林·格雷的声音里透出一丝深沉的悲哀，“但我似乎已失去了激情，忘记了欲望。我太关注自身了，我的人性成了自己的重负。我想躲避，想逃离，想忘却。我居然跑来这里，真是傻透了。我要给哈威拍封电报，叫他备好游艇。人在游艇上才安全。”

“你怎么不安全了，道林？你遇到麻烦了。为何不告诉我是怎么回事呢？你知道我会帮你的。”

“我不能告诉你，哈利，”他伤感地回答，“我想这只是我的一种幻觉。这次不幸的事故弄得我心绪不宁。我有一种可怕的预感，这种事也可能会降临到我头上。”

“真是胡说八道！”

“我希望是胡说八道，但我总忍不住有这种感觉。呵！公爵夫人来了，看起来就像穿着定制长袍的阿尔忒弥斯[1]。你看，公爵夫人，我们回来了。”

“我都听说了，格雷先生。”她说，“可怜的杰弗里苦恼极了，

1. 阿尔忒弥斯：希腊神话中的狩猎女神。

好像你之前还叫他不要朝那兔子开枪。真奇怪！”

“是啊，真是很奇怪。我也不知道自己为何要那样说，突发奇想吧。那只兔子像是世上最可爱的小生灵。但我很遗憾他们把那个人的事告诉你了，这真是个可怕的话题。”

“让人讨厌的话题，”亨利勋爵插嘴说，“没有任何心理学价值。相反，如果杰弗里是故意的，就会更有趣了！我更愿意结识一个真正的谋杀犯。”

“你多可怕啊，哈利！”公爵夫人叫道，“你说对吗，格雷先生？哈利，格雷先生又病了。他要晕倒了。”

道林吃力地站直，笑了笑。“我没事，公爵夫人，”他低声说，“我的神经完全错乱了，没什么。怕是今天早上走得太多。我没听见哈利在说什么，是很坏的事吗？你改天一定得告诉我。我想我得去躺一会儿，你们会原谅我的，对吗？”

他们走到了从温室通向露台的大楼梯前。玻璃门在道林身后关上时，亨利勋爵回过头来，慵懒的双眼看着公爵夫人。“你非常爱他吗？”他问。

她久久没有作答，而是站着看风景。“我希望自己能知道。”她最后说。

他摇了摇头，“知道了就会致命。不确定才迷人。雾里看花花更美。”

“可能会迷路。”

“条条大路通罗马，终点都相同，亲爱的格拉迪丝。”

“终点是什么？”

“幻灭。”

“幻灭是我生活的开始。”

“你的幻灭一开始就戴着公爵爵冠。”

“我已厌倦那冠上的草莓叶。”

“它们正适合你。”

“只在公开场合适合。”

“你会想它们的。”亨利勋爵说。

“我不会舍弃任何一片花瓣。”

“蒙默斯长着耳朵呢。”

“老年人都耳聋。”

“他从来没嫉妒过？”

“我倒希望他会嫉妒。”

亨利勋爵左顾右盼，似乎在找什么东西。“你在找什么？”公爵夫人问。

“你剑尖上的小帽。”他回答，“它掉了。”[1]

她大笑：“我还戴着面罩呢。”

“它使你的双眸更可爱。”亨利勋爵回答。

她又笑起来，牙齿就像红果里的白籽。

楼上，道林·格雷正躺在房间里的一张沙发上，每一根神经都在恐惧地颤动。生活突然变成了他无法承受的可怕重负。那不幸的猎人，就像一头野兽一样被射杀在灌木丛中。他的惨死对道林而言，似乎是自己死亡的预演。亨利勋爵一时兴起无意中所说的玩世不恭的挖苦话，几乎把他吓昏了。

1. 俗语，花剑运动中，剑尖上的小帽起保护作用。比喻争论中没有注意礼貌。

五点时，他打铃叫来仆人，吩咐他收拾好东西，八点半让马车在门口等候，他要乘夜间快车回城。他决定不在皇家塞尔比庄园过夜了，这个地方凶兆连连。死神在光天化日之下游走，树林中的草地上沾满了血迹。

接着，他给亨利勋爵写了个便条，告诉他自己回城找医生看病，请他代为招待宾客。他正要把便条塞进信封，侍仆敲门进来，告诉他猎场看守人求见。他皱了皱眉，咬着嘴唇。“让他进来。”他犹豫了一会儿后说。

看守人一进门，道林就从抽屉里拿出支票簿，在面前摊开。

“我想你是为今早的不幸意外来的吧，桑顿？”他说着，拿起一支笔。

“是的，先生。”看守人回答。

“这个可怜人结婚了吗？有没有人靠他养活？”道林显得有些不耐烦，“如果有，我不希望他们在他去世后生活无以为继，我愿意给他们一笔钱，你认为多少合适，我就给多少。”

“我们都不认识他，先生，所以我不揣冒昧，来打扰你。”

“不认识他？”道林无精打采地说，“什么意思？他不是你的人吗？”

“不是，先生。我以前从来没见过他。他看着像个水手，先生。”

笔从道林手中掉落，仿佛刹那间心脏停止了跳动。“一个水手？”他喊起来，“你说是一个水手？”

“是的，先生。他看起来好像做过水手，两只胳膊上都有纹身之类的东西。”

“在他身上发现什么东西了吗？”道林说着，身子前倾，用受了惊吓的眼神看着来人，“任何能证明他身份的东西？”

“有些钱，先生……不多，以及一支六发式左轮手枪。没有什么名字。看起来像个体面人，先生，就是长相粗了些。我们觉得他是水手。”

道林吃了一惊，跳起来。一丝可怕的希望闪过脑际，他疯狂地抓住它。“尸体在哪儿？”他喊道，“快！我要立刻看一看。”

“在家庭农场的一个空马厩里，先生。村民们都不想在家里放那东西，他们说尸体会带来坏运气。”

“家庭农场！立刻去那儿，在那儿与我碰头。告诉马夫把我的马牵来。不，算了，我自己去牵马，省时间。”

一刻钟不到，道林·格雷已尽全力策马奔跑在长长的林荫道上。树木如同光谱从他身旁刷刷掠过，凌乱的阴影横在他经过的路面上。一次，他的坐骑在一根白色门柱旁突然转弯，几乎将他摔下来。他在马脖子上揍了一鞭，马像箭一样划破暗淡的夜色，蹄子踏得石子飞溅。

终于，他到了家庭农场。有两个人正在院子里走来走去。他从马鞍上跳下，把缰绳扔给其中一个人。马厩在农场的尽头，一盏灯在闪烁，似乎在告诉他尸体就在那儿。他朝门口冲去，伸手就要去拉门闩。

他停了一下，觉得这个发现会把自己推到一个边缘：要么成就自己，要么毁了自己。他推门进去了。

在屋子靠里的角落，堆着一大堆麻袋，上面躺着一具尸体，穿着粗布衬衫和蓝裤子。他脸上盖着一块血迹斑斑的手帕，旁边一只瓶子里插着一根劣质蜡烛，噼啪作响。

道林·格雷哆嗦了一下，他觉得自己不能亲手拿开那块手帕，他叫了一个农场的仆人过来。

“把这从他脸上拿走，我想看看。”他一边说，一边抓住门柱支撑自己。

仆人一拿开手帕，道林就凑到跟前。他嘴里迸出一声喜悦的叫喊。在灌木丛里被打死的那个男人，正是詹姆斯·文恩。

他在尸体旁站了好几分钟，就那样看着尸体。策马回家的途中，他双眼满含泪水。他知道，自己安全了。

第十九章

“你要积德行善，告诉我有何用。”亨利勋爵一边叫着，一边把白皙的手指浸在装满玫瑰露的红铜碗里，“你完美无瑕。求你，别改啦。”

道林·格雷摇摇头：“不，哈利，我此生坏事做得太多了，我以后再也不干坏事了，从昨天开始，我做好事了。”

“你昨天在哪儿？”

“在乡下，哈利，我一个人待在一家小客栈。”

“好孩子，”亨利勋爵笑着说，“在乡下谁都能做好人。那儿没有诱惑，这也是城外人一点不开化的原因。文明绝非易得。人要有文明，只有两种方法：一是受文化熏陶，二是被堕落腐化。乡下人两种机会都没有，因此停滞不前。”

“文化和堕落，”道林回应道，“我都略知一些。二者竟能相提并论，对现在的我而言这似乎很可怕。我有了一个新理想，哈利。我要改正自己，我想我已经在改了。”

“你还没告诉我你做了什么好事呢。哦，你说你做了不止一件好事？”他的同伴一边问，一边往自己盘子里倒了一堆熟透的草莓，堆成一座深红色的小金字塔，他用贝壳状的漏匙，把雪白的糖撒在草莓上。

“我可以告诉你，哈利。除了你，这件事我谁都不能说。我放过了一个人。这听起来很自负，但你明白我的意思。她非常美，与西比尔·文恩如同一人。我想她最初吸引我的，正是这一点。你还记得西比尔，不是吗？似乎过去很久了！是，赫蒂当然不属于我们这个阶层，她只是个乡下姑娘。但我真的爱她，我确信自己爱她。我们一起度过了整个灿烂的五月，其间我每星期都跑去看她两三次。昨天她还和我在一个小果园里见面了。苹果花飘飘洒洒，落在她发梢，她笑个不停。我们原定在今天拂晓私奔的。突然，我决定不带她走了，就让她像我初见她时那样，还是一个花样少女。”

“我想这种新鲜的情感一定让你感受到了一种真正快乐的刺激吧，道林。”亨利勋爵打断他说，“但我可以帮你写完这首田园诗。你对她良言相劝，使她心碎。这就是你弃恶从善的开端。”

“哈利，你真可怕！你一定不能再说这些可怕的话了。赫蒂没心碎。当然，她哭了，如此而已。但她没有蒙羞耻之名。就像珀迪塔[1]那样，她可以生活在开满薄荷和万寿菊的自家田园里。”

“并为负心汉弗洛里扎尔哭泣。”亨利勋爵往椅背上靠了靠，笑着说，“亲爱的道林，你的孩子气最古怪。你以为这位姑娘还会满足于一个与她同阶层的男人吗？我估计，将来某一天，她会嫁给一个粗鲁的车把式，或只会傻笑的农夫。是呀，她认识了你，并爱上你，这件事教她鄙视自己的丈夫，这就足以毁了她。从道德角度看，我也不能说我对你伟大的自我克制多么欣赏。即使只是作为一种开端，也不算好。再说，你怎么知道此时此刻赫蒂没像奥菲利娅那样，漂浮在某一个映

1. 珀迪塔：与下文的弗洛里扎尔为莎士比亚《冬天的故事》中的一对情侣。

着星辉的磨坊水池里，身旁簇拥着可爱的睡莲？”

“我真受不了你这样，哈利。你嘲笑一切，然后暗示最严重的悲剧。我后悔跟你讲这事了。我不在乎你说什么，我知道自己做得对。可怜的赫蒂！今天早上，当我骑马走过农场时，我看见她靠在窗边，脸色苍白，像一束茉莉。我们别再谈这事了，你也别想说服我相信,我这么多年来做的第一件好事，第一次付出的微小的自我牺牲，实际上仍是一桩罪孽。我想变好些，我会变好的。和我谈谈你自己的事吧。城里有什么新鲜事？我已经好几天没去俱乐部了。”

“大家仍在议论可怜的巴兹尔失踪之事。”

“我本以为他们已厌倦此事了。”道林自斟了些酒，微皱着眉头说。

“好孩子，这事他们才谈论了六周，英国大众一般三个月里如果有超过一个话题，他们的神经就紧张得受不了。不过，他们最近很幸运——既可谈我的离婚案，也有艾伦·坎贝尔的自杀可谈。现在，一位艺术家神秘失踪了，又给他们添了谈资。伦敦警察厅仍坚持认为，十一月九日午夜乘火车去巴黎、穿灰外套的那个人就是可怜的巴兹尔，而法国警方宣布，巴兹尔根本就没抵达巴黎。我想大约两周以后，我们就会被告知，有人在旧金山见到了巴兹尔。真是奇怪，一有人失踪，就有人说在旧金山见到这个人了。旧金山一定是个让人乐不思蜀的城市，拥有来世的所有魅力。”

“你觉得巴兹尔会出什么事？”道林问，他逆着灯光举起一杯勃艮第葡萄酒，奇怪自己竟能如此冷静地谈这件事。

“我丝毫不知。如果巴兹尔自己要躲起来，那与我何干；如果他死了，我就不愿再想他了。死亡是我唯一害怕的事，我恨它。”

“为什么？”年轻人无精打采地问。

“因为，”亨利勋爵一边把敞口调料盒的镀金搁架放到鼻孔底下嗅，一边说，“现如今，除了死亡，人可幸免于一切。十九世纪只有两件事人们无法解释清楚：死亡和庸俗。我们去音乐室喝咖啡吧，道林，你一定要给我弹弹肖邦。带我妻子私奔的男人擅长弹肖邦。可怜的维多利亚！我很喜欢她。没有了她，屋子里显得冷冷清清。当然，婚姻生活只是一种习惯，一种坏习惯。但即使失去的是最坏的习惯，也总会让人觉得遗憾。或许最让人感到遗憾的恰是最坏的习惯，因为它们是人性的必要成分。”

道林一言未发，从桌旁起身，走到隔壁房间，在钢琴前坐下，手指掠过象牙做的黑白琴键。咖啡送进来后，他停下了，抬头望着亨利勋爵说：“哈利，你有没有想过巴兹尔是被谋杀的？”

亨利勋爵打了个呵欠：“巴兹尔很有人缘，总是戴着一块到处可见的沃特伯里手表。为什么有人要谋杀他？他还没聪明到能树敌的程度。当然，他有杰出的绘画天才。但一个人可以画得像委拉斯凯兹那样，同时无趣至极。巴兹尔真的很无趣，他只有一次让我产生了兴趣，那还是在很多年前，当他告诉我他狂热地崇拜你，你是他艺术创作的根本动机。”

“我很喜欢巴兹尔，”道林语气里略带伤感地说，“那没人说他是被谋杀的吗？”

“噢，有些报纸是这样说的。但我觉得根本不可能。我知道巴黎有一些很可怕的地方，但巴兹尔这种人不会去那些地方。他没有好奇心，这是他的主要缺点。”

“如果我告诉你，是我杀了巴兹尔，你会怎么说？”年轻人问。

他话一说完，就急切地盯着亨利勋爵。

“我会说，老兄，你扮演的是一个自己不适合的角色。一切犯罪都是庸俗的，恰如一切庸俗都是犯罪。道林，你天生没有犯谋杀罪的品质。如果我这样说伤了你的虚荣心，还请你原谅，但我向你保证，这是事实。犯罪是下等阶级的特权，我没有丝毫谴责他们的意思。我认为，犯罪之于他们，就如艺术之于我们，都只是一种寻求特别的感官刺激的方法。”

“一种寻求特别的感官刺激的方法？那么，你认为，一个人若杀过一次人，他就可能还会再杀人吗？别告诉我真是这样。”

“哦！如果一个人过于频繁地做同一件事，这事就变成了他的乐趣，”亨利勋爵笑着说，“那是生活最重要的秘密之一。但我一向认为，谋杀就是错的，人永远不该做那种无法成为茶余饭后的谈资的事。我们别再谈可怜的巴兹尔了。我宁愿相信他能有你说的那种浪漫的结局，但我不信。我敢说，他是从公共马车上掉进了塞纳河，而售票员掩盖了这一丑闻。是的，我想那应是他的结局。我看见他正躺在那暗绿色的水下，头发上缠满了长长的水草，笨重的驳船在他头顶漂着。你知道，我认为他不可能再画出更多更好的作品了。最近十年来，他的画技下降了很多。”

道林叹息了一声，亨利勋爵穿过房间，开始把玩一只珍奇的爪哇鹦鹉的头。这是一只灰色的大鹦鹉，羽冠和尾巴是粉红色的，正在一根竹竿上摇摇晃晃地找着平衡。亨利勋爵尖细的手指一碰到它，它皱巴巴的白色眼睑皮就盖到了玻璃般的黑眼珠上，身子前后摇摆起来。

“是啊，”他接着说，一边转过身，从口袋里取出手帕，“他的画技真是每况愈下。在我看来，他的画似乎失去了什么——是失去了理想。当你和他不再是好友，他就不再是一个伟大的艺术家了。是什么把你们分开的？我想是他让你厌烦了吧。如果是这样，他绝不会原谅你，让人厌烦之人都有这习惯。对了，他给你画的那张漂亮的画像怎么样了？我记得他画好后我就再也没见过那幅画。哦！我记得好几年前你告诉我说你把画送到塞尔比去了，想不起来放在哪里了，或是半路被偷走了。你再没找回来吗？真可惜啊！这是幅杰作。我当时还想买下来呢。我现在倒真希望已经买下来了。它属于巴兹尔最好时期的作品。自那以后，他的作品就成了拙劣画技和良好立意的古怪结合，凡可称为英国艺术家代表的人，都有这个特点。你登过寻画启事吗？你应该这样做。”

“我忘了，”道林说，“我想登过吧。但我从未真的喜欢过这幅画。我后悔当初做了模特。一想起这事我就感到可恨，你谈起这干吗？这画常让我想起一个剧本里的某些诗行——我想是《哈姆莱特》吧——是怎么写的？

就像悲伤的画像，

有脸，无心。

对，就是这样。”

亨利勋爵笑了：“如果人艺术化地对待生活，他的大脑就是他的心。”他一边回应，一边坐进了扶手椅。

道林·格雷摇摇头，在钢琴上弹出几组柔和的和弦。“就像悲伤的画像，”他重复道，“有脸，无心。”

亨利勋爵往后仰躺着，半睁半闭着眼睛，看着道林。“那么，道林，”他停了停说，“如果一个人得到了全世界，却失去了……那句话怎么讲的，他自己的灵魂？这对他有什么好处？”

琴键奏出刺耳的声音，道林·格雷大吃一惊，盯着自己的朋友，“你为什么问我这个问题，哈利？”

“老兄，”亨利勋爵惊讶地扬起了眉毛说，“我问你，是因为我认为你能给我一个答案，如此而已。上星期天，我经过公园，看到大理石拱门附近站着一小群破衣烂衫的人，正在听某个俗气的街头传道士布道。我从旁边走过时，正好听到那个人对听众喊出那个问题，让我觉得很像演戏。伦敦的这类咄咄怪事数不胜数。一个湿漉漉的星期天，一个穿着雨衣的粗鲁的基督徒，围成一圈的漏水的破伞下病恹恹的苍白面孔们，歇斯底里的尖利的声音里有奇妙的警句掷向空中——就其方式而言，这场景真的很好，是很好的暗示。我原想告诉那位先知，艺术有灵魂，但人却没有。不过，恐怕他理解不了我的意思。”

“别说了，哈利。灵魂是一种可怕的现实。可以买可以卖，可以交换，可以予以毒害，或完善。我们每个人内心都有一颗灵魂。我知道的。”

“你确定，道林？”

“非常确定。”

“呵！那么这一定是一种幻觉。凡是我们绝对确信的东西，都绝不会是真实的。这就是信仰的致命之处，也是浪漫的教训。你多严肃啊！别那么当真。你我与这个时代的迷信有什么关系？没关系，我们已经不再相信灵魂的存在。给我弹点什么吧，弹首小夜曲吧，道林，你可以一边弹一边悄悄告诉我，你是如何保持青春不老的，你一定有什么秘诀。我只比你大十岁，却已满脸皱纹，憔悴不已，人老珠黄了。你真神奇，道林，你从没像今晚这样看起来如此迷人。你让我想起了第一次见到你的那天，那时你还不懂事，很害羞，但绝对超凡脱俗。当然，你已经变了，变的不是外貌。希望你能把秘诀告诉我。只要能恢复青春，我愿意做任何事，除了锻炼、早起和道貌岸然。青春！它无可比拟，说青春无知真是荒谬。我现在只尊重比我年轻得多的人的意见，他们似乎走在了我的前面，生活向他们揭示了自己最新的奇迹。至于比我年纪大的人，我总是反驳他们，我这样做是有原因的。如果你问他们对昨天发生的一件事的看法，他们会庄重地告诉你一八二〇年流行的观点，而在那个时代，人们还穿着长筒袜，相信一切，却又对一切一无所知。你弹的曲子真好听！不知道肖邦是不是在马略卡岛上创作的这首曲子？创作时大海在别墅周围呜咽，咸咸的浪花撞击着窗玻璃。这首极其浪漫。有这样一件不是仿造的艺术留给我们，我们真有福气啊！别停，我今晚只要音乐。我觉得你似乎就是年轻的阿波罗，而我是听你弹奏的玛尔绪阿斯[1]。我有自己的悲哀，道林，甚至连你都不知道的悲哀。老年人的悲剧不在于人老了，而在于还想年轻。我有时惊讶于自己的真诚。啊，道林，你多幸福啊！你一直过着多么精致的生活！你沉醉于啜饮一切，用舌尖抵在上颚碾碎葡萄。一切都向你展现，一切对你来说都只是音乐。时光没有伤到你，你丝毫未变。”

“我和以前不一样了，哈利。”

“不，你一点也没变。我不知道你后半生将会如何。切勿克己，致其腐朽。你现在是完美的典型，不要让自己有缺陷，你没有瑕疵。

1. 玛尔绪阿斯：希腊神话中的人物。善吹笛，曾向阿波罗挑战音乐技艺，失败后被活剥皮。

不要摇头，你知道自己是这样的。另外，道林，别欺骗自己。生活不受制于意志或意愿，生活是神经的问题，是纤维的问题，是慢慢聚积的细胞群，思想隐藏在其中，激情在里面做着自己的梦。你可以认为自己安全，以为自己强大。但是，房间里或清晨空中随意的一抹色彩，你曾喜爱过并给你带来微妙回忆的一款特别的香水，本已遗忘现又重遇的一行诗句，你已不再弹奏的乐曲的一段节奏……我告诉你，道林，我们的生活正基于这些。勃朗宁在那些诗里描绘过它们，我们自己的感官也会想象。曾有过这样一些时刻，一阵白丁香的芳香突然向我袭来，我便不得不忆起一生中最奇特的一个月。我真想与你互换位置，道林。这个世界一直在大声反对我俩，却一直崇拜你。世界会一直崇拜你的。你正是我们这个时代的人正在寻找的典型，而他们找到的，恰是他们害怕的。我很高兴你什么都没做，没雕过像，没画过画，没有生产任何身外之物。生活一直是你的艺术。你已把自己谱成了乐章。你度过的时光就是你的十四行诗。”

道林从钢琴旁起身，用手理了理头发。“是呀，生活一直很美好，”他喃喃地说，“但我不会再过这种生活了，哈利。你一定不要再和我说这些夸张的话了，你不完全了解我。如果你全了解，我想你会弃我而去的。你笑了，别笑。”

“为什么不弹了，道林？回去再为我弹一遍小夜曲吧。看看那轮高悬在黑色夜空的蜂蜜色的硕大月亮。她正等着你去魅惑呢，如果你弹了，她就会离地球更近些。不想弹？那我们去俱乐部吧。真是一个迷人的夜晚，我们一定得以迷人的方式结束这个夜晚。怀特俱乐部有人很想认识你——年轻的普尔勋爵，伯恩茅斯的长子，他已经模仿了你的领带式样，并求我把他介绍给你。他很可人，让我想起你。”

“算了吧。”道林说，双眼流露出一丝悲伤，“我今晚累了，哈利。不去俱乐部了吧。快十一点了，我想早点睡觉。”

“那留下。你从来没像今晚弹得那么好，你的指法自有妙处，弹出了我以前听这首曲子时从未发现的东西。”

“那是因为我要做好人了，”他笑着回答，“我已经改变了一些。”

“对我而言，你不会变，道林，”亨利勋爵说，“我们将永远是朋友。”

“然而你曾用一本书害了我。我不应该原谅这一点的。哈利，你答应我，以后绝不再把那本书借给任何人了。它确实有害。”

“好孩子，你真的开始说教了。你很快就会像一个教徒，或宗教复兴分子，到处跑来跑去，警醒人们反对一切你已经厌倦的罪恶。但你太讨人喜欢了，不适合做这事。此外，这也没什么用。你和我还是原样，将来也只能顺其自然。至于说被一本书毒害了，根本就没这样的事。艺术不会影响行为，它会消除行动的欲望。艺术极其无用。世人所谓的不道德之书，其实展现了世界本身就有的耻辱，如此而已。我们不谈文学了。明天来我这儿吧，我十一点去骑马，我们可以一起去，随后我带你去和布兰克森姆夫人共进午餐。她很迷人，她准备买壁毯，想就这事儿咨询你。记住要来啊。或者我们与小公爵夫人共进午餐？她说她现在都见不到你了。或许你已厌倦了格拉迪丝？我想你会的，她的伶牙俐齿让人紧张。好吧，无论如何，十一点见。”

“我一定得去吗，哈利？”

“当然。公园现在可爱极了。自认识你的那年以来，我还从来没见过这样美的丁香。”

“那好吧。我十一点到。”道林说，“晚安，哈利。”他走到门口，犹豫了一下，欲言又止，接着叹了口气，离开了。

第二十章

这是一个可爱的夜晚，非常暖和。他把外套脱了，搭在臂弯里，脖子上甚至没围丝巾。漫步回家的途中，他抽着烟，两个穿晚礼服的年轻男子从他身边走过。他听到一个对另一个悄声说："那就是道林·格雷。"他记得当被别人指认出来，被人盯着看，或被人谈论时，自己常常感到多么愉快。可现在他已讨厌听到自己的名字。最近频繁往返的那个小村子之所以吸引他，有一半原因是没人知道他是谁。他常对受自己诱惑爱上自己的姑娘说，他很穷，姑娘也信了。有一次他还告诉她自己恶贯满盈，她就笑他，回答说恶贯满盈之徒总是很老很丑。她笑得多开心啊！——就像欢唱的画眉。她穿着棉布衣服，戴着大帽子，看上去那么漂亮！她懵懂无知，却拥有他所失去的一切。

他到家时，发现仆人还没睡，在等他。他让仆人去睡觉，自己在书房的沙发上躺下，开始思考亨利勋爵对他说的一些话。

人真的永远不可能改变吗？他感到自己极度渴望年少时那种一尘不染的纯洁——亨利勋爵曾称之为白玫瑰般洁白的少年岁月。他知道他玷污了自己，他让思想腐朽，让幻想恐怖；他对别人施予坏的影响，并因此而感到一种可怕的欢乐。与他交往的人，原本最正直、最有前程，而他却只给他们带去耻辱。但这一切都无法挽回吗？他无药可救了吗？

啊！那是在一个多么自负而激动的可怕时刻，他祈祷画像代他承担岁月的重负，让自己永葆青春纯洁无瑕的荣光！他的所有失败归咎于此刻。不如让每一次罪恶都带来即时而必然的惩罚，惩罚可让人净化，人向最公正的上帝祈祷时，应该说“惩罚我们的罪孽”，而不是“宽恕我们的罪恶”。

亨利勋爵几年前送他的那面雕刻古怪的镜子，还在桌上，镜框上四肢白皙的丘比特依旧笑着。就像在那恐怖的夜晚，他第一次注意到那宿命的画像的变化那样，他拿起镜子，狂躁地朝光洁的镜面望去，泪眼蒙眬。有一次，一个深爱着他的人给他写了一封癫狂的信，信末是那些崇拜至极的话：“世界因为你而改变了，你是象牙和金子做的。你双唇的曲线改写了历史。”他想起了这些话，一遍又一遍地重复着。他厌恶起自己的美貌来，他把镜子摔到地板上，用鞋后跟踩成一片片碎银。毁掉他的，正是美貌，正是他所祈求的美貌和青春。若没有这两种东西，他的生命可能始终洁白无瑕。对他来说，他的美貌只是一副面具，他的青春只是一种嘲讽。青春是什么？至多只是一段青葱、幼稚的时光，充满了浅陋的情绪和病态的思绪。为什么他要做青春的奴仆？青春已经把他毁了。

最好不要再想过去了，过去已无法改变。他必得想想自己，自己的将来。詹姆斯·文恩已被埋在塞尔比庄园教堂墓地一座无名坟冢里；艾伦·坎贝尔已于某天夜里在实验室饮弹自尽，死前没有透露他被迫知道的秘密；巴兹尔·霍华德的失踪引发的人们的兴奋，很快就会消失，人们对此事的兴趣已经开始消退了，他完全可以高枕无忧了。实际上，巴兹尔·霍华德的死给他造成的思想压力不是最大的，真正困扰他的是他生不如死的灵魂。巴兹尔画了一幅毁了他一生的画，他无法原谅他，一切都是这幅画干的。巴兹尔是说过让他无法容忍的话，而他都耐心地忍下来了。他只是一时失去理智杀了巴兹尔。至于艾伦·坎贝尔，他是自杀。他自己选择自杀，与道林无关。

一种新生活！那才是他所需要的，也是他在等待的。当然，他已经开始新生活了。无论如何，他已经放过了一个天真无邪的姑娘。他绝不会再引诱天真的姑娘了，他要弃恶从善。

想到赫蒂·默顿，他开始好奇，锁在房间里的那幅画是否已经变了。它肯定不像之前那么可怕了吧？也许，如果他的生活变纯洁了，那张脸上一切邪恶情绪的痕迹也都会一扫而空。或许这些邪恶之痕已经消失不见。他得去看看。

他从桌上拿起灯，悄悄上了楼梯。当他拨开门闩，一丝愉快的微笑掠过他那张年轻得出奇的脸，笑容在嘴角边停留了一会儿。是的，他要做好人了，他藏起来的那件可怕东西不会再让他惊恐不安，他仿佛觉得心头的重担已经卸下。

他轻轻地走进屋，习惯性地锁了门，拉开罩在画像上的紫色帘子。只听一声痛苦而愤恨的叫喊——除了眼睛里多了一分狡诈之色，嘴角上添了几条伪善的皱纹外，他没看到画像有任何变化。这件东西仍然让人厌恶——如果可能的话，比以前更让人厌恶——它手上的红色露滴似乎更加闪亮，像是刚溅上去的血。他颤抖起来。他只是出于虚荣心才做了那件好事吗？或者像亨利勋爵嘲笑时所暗示的那样，只是渴望寻找一种新刺激？或者只是扮演某个角色的一时冲动，而这种冲动有时会促使我们做出超越我们自身的好事？或者这些原因都兼而有之？为什么红色的污渍比之前大了？污渍像可怕的疾病爬上了皱巴巴的手指。画像的脚上也有血了，似乎是滴下来的——甚至没有拿过刀的那只手上也有了血迹。去坦白吗？这是在暗示他应该去坦白？去和盘托出，然后被处死？他笑了。这个想法荒诞不经。而且，即使他真坦白了，又有谁会相信？被杀掉的人痕迹全无，属于他的所有东西都已销毁，藏在楼梯下的东西是他亲自烧掉的。全世界都只会说他疯了。如果他咬定此事，人们就会把他关起来……然而，他有责任去坦白，去公开受辱，公开赎罪。上帝是存在的，他召唤世人向天地说出自己的罪孽。只有忏悔了自己的罪孽，他才可能洗净自己。他的罪孽？他耸耸肩。巴兹尔·霍华德的死对他来说似乎算不上什么。他想到了赫蒂·默顿。这面镜子，这面他在照的灵魂之镜是不公正的。虚荣？好奇？伪善？难道他自我克制就只是因为这些原因？应该不止这些，至少他认为是这样。但谁能说清呢？……不，没有别的了。他放过了赫蒂，就是出于虚荣；他戴上良善的面具，就是出于虚伪；他竭力自我否定，就是出于好奇。他现在认识清楚了。

但这次谋杀——它会不会尾随他一生？难道他要永远背负过去？他真该去坦白吗？绝不。现在只留下一点点不利于他的证据，就是这幅画本身——它就是证据，他要毁了它。自己为何会把它保留那么久？观察这幅画变化、变老，曾给他带来过愉悦，但最近他已经感受不到这种愉悦了。画像让他夜夜无眠。他一离开家就惊恐不安，总是害怕有人会看到这幅画。画像让他的激情蒙上了一层忧郁，只是想到它，就能毁了无数快乐的时刻。画像就像是他的良心，是的，它就是他的良心。他要毁了它。

他环顾四周，看到了那把刺死巴兹尔·霍华德的刀。这把刀他已经洗过很多次，刀上一点血迹都没有了，明晃晃、亮闪闪的。既然它曾杀死过画家，那么也应杀掉画家的作品，以及它所隐含的一切。它会杀死过去，而过去一旦死了，他就自由了。它会杀死这种畸形的灵魂生活，若没有画像的骇人警告，他就能归于平静。他抓起刀，刺向画像。

只听见一声喊叫，紧接着一声撞击。叫声痛苦而可怕，仆人们都被吓醒，悄悄溜出了房间。正从楼下广场路过的两位绅士停住了脚步，抬头望了望这幢豪宅。他们继续往前走，直到碰到一个警察，并把警察带回来。警察按了几次门铃，无人回答。除了顶楼一扇窗户里亮着灯外，整幢房子都黑漆漆的。过了一会儿，警察离开，站在附近的柱廊里观察着。

“那是谁的家，警官？”两位绅士中那位年长的问。

“是道林·格雷先生的家，先生。”警察回答。

两人四目对视了一下，冷笑着走开了。其中一位是亨利·沃顿勋爵的叔叔。

仆人的房间里，衣服都未穿好的仆人们在窃窃私语着。年老的利芙太太绞着手在哭。弗兰西斯像死了一样，面色苍白。

大约一刻钟后，弗兰西斯带着马车夫和一个男仆悄悄上了楼。他们敲了敲门，没人应答。他们大喊起来，依然寂静无声。他们想破门而入，但没有用。最后他们只好先爬上屋顶，再下到阳台上。窗户很容易就打开了，门闩已经陈旧。

他们进到屋内，发现墙上挂着一幅主人光彩夺目的画像，与他们上次见到他时一样，神奇地保持着极致的青春和美丽，真是奇迹。地板上躺着一具尸体，穿着晚礼服，心脏部位插着一把刀。他形容枯槁，满脸皱纹，面目可憎。直到看了死者手上的戒指，他们才认出是谁。

这是一个可爱的夜晚，非常暖和。

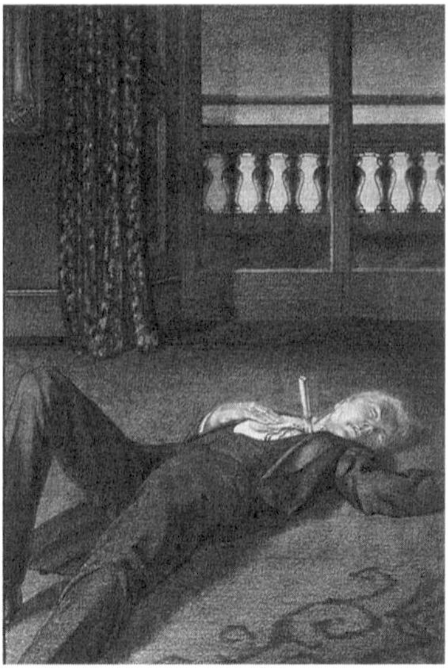

地板上躺着一具尸体，穿着晚礼服，心脏部位插着一把刀。

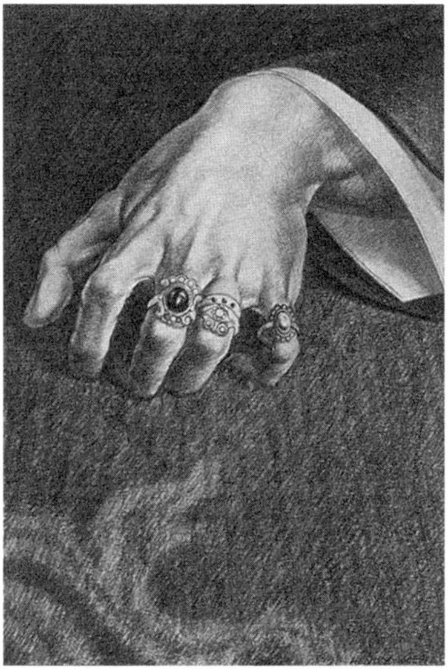

直到看了死者手上的戒指，他们才认出是谁。

奥斯卡·王尔德
Oscar Wilde（1854—1900）

19 世纪英国作家、戏剧家、诗人，唯美主义灵魂人物。

1888 年，王尔德出版童话故事集《快乐王子和其他故事》，英国杂志将他与安徒生相提并论。

1890 年，发表长篇小说《道林·格雷的画像》，因艺术观不被世人接受而备受争议。

1893 年，《莎乐美》等剧作陆续面世，大获成功，王尔德成了英国维多利亚时代风靡一时的剧作家。

事业如日中天之时，一场与阿尔弗莱德·道格拉斯勋爵的同性恋爱使王尔德官司缠身，最终他被判“严重猥亵罪”入狱两年，在狱中他写下长信《我自深处向你祷告》。

出狱后王尔德前往巴黎，3 年后在一家小旅馆去世，年仅 46 岁。他的墓是全世界最特别的墓地之一，无数朝圣者在墓碑上留下红色唇印。

小说

《道林·格雷的画像》The Picture of Dorian Gray

诗作

《诗集》Poems

《斯芬克斯》Sphinx

《瑞丁监狱之歌》The Ballad of Reading Gaol

《薇拉》Vera

剧本

《温德密尔夫人的扇子》Lady Windermere's Fan

《帕都瓦公爵夫人》The Duchess of Padua

《莎乐美》（原著用法语写成）Salomé

《无足轻重的女人》A Woman of No Importance

《认真的重要性》The Importance of Being Earnest

《理想的丈夫》An Ideal Husband

童话集

《快乐王子和其他故事》The Happy Prince and Other Tales

《石榴屋》A House of Pomegranates

散文集

《社会主义下人的灵魂》The Soul of Man Under Socialism

书信集

《我自深处向你祷告》De Profundis

道林·格雷的画像

作者 _ [英] 奥斯卡·王尔德　译者 _ 孙宜学

产品经理 _ 阿么 应凡　装帧设计 _ 肖雯　产品总监 _ 李佳婕

技术编辑 _ 白咏明　执行印制 _ 梁拥军　策划人 _ 许文婷

营销团队 _ 王维思

鸣谢（排名不分先后）

王靖婷 星野 路金波

果麦

www.guomai.cn

以 微 小 的 力 量 推 动 文 明

图书在版编目（CIP）数据

道林·格雷的画像 / (英) 奥斯卡·王尔德著；孙宜学译. -- 杭州：浙江文艺出版社, 2017.1（2025.2重印）
ISBN 978-7-5339-4683-8

Ⅰ. ①道… Ⅱ. ①奥… ②孙… Ⅲ. ①长篇小说—英国—近代 Ⅳ. ①I561.44

中国版本图书馆CIP数据核字(2016)第273771号

责任编辑：陈富余
特约编辑：阿　么　应　凡
装帧设计：肖　雯

道林·格雷的画像
[英] 奥斯卡·王尔德 著　孙宜学 译

出版　浙江文艺出版社
地址　杭州市环城北路177号　邮编 310003
经销　浙江省新华书店集团有限公司
发行　果麦文化传媒股份有限公司
印刷　捷鹰印刷（天津）有限公司
开本　880mm × 1230mm　1/32
字数　177千字
印张　8
印数　98, 201—103, 200
版次　2017年1月第1版　2025年2月第20次印刷
书号　ISBN 978-7-5339-4683-8
定价　39.00元